有一种力量，叫文学；

有一种美好，叫回忆；

有一种感动，叫青春；

有一种生命，在鲁院！

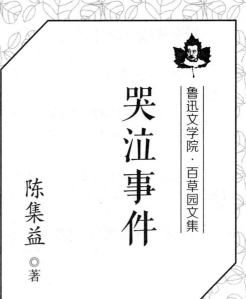

鲁迅文学院·百草园文集

哭泣事件

陈集益 ◎ 著

KUQI SHIJIAN

以凌厉的现实主义态度讲述故事，
以深刻的荒诞主义做底子，
书写底层人的精神世界。

知识出版社

图书在版编目（CIP）数据

哭泣事件／陈集益著 . -- 北京：知识出版社，
2017.8
　（鲁迅文学院百草园文集）
　ISBN 978-7-5015-9587-7

　Ⅰ．①哭… Ⅱ．①陈… Ⅲ．①中篇小说—小说集—中
国—当代 Ⅳ．①I247.5

中国版本图书馆 CIP 数据核字（2017）第 211569 号

哭泣事件　　陈集益　著

出 版 人	姜钦云	
责任编辑	周　玄	
装帧设计	君阅书装	
出版发行	知识出版社	
地　　址	北京市西城区阜成门北大街 17 号	
邮　　编	100037	
电　　话	010-88390659	
印　　刷	北京一鑫印务有限责任公司	
开　　本	787mm×1092mm　1/16	
印　　张	16.5	
字　　数	280 千字	
版　　次	2017 年 8 月第 1 版	
印　　次	2020 年 2 月第 2 次印刷	
书　　号	ISBN 978-7-5015-9587-7	

定　　价　　45.00 元

C目录
ontents

谎言，或者嚎叫

一

　　七月的一天清晨，当时还年轻的张德旺早早地起床了，他要上山查看前一天放置在山林里的野猪吊，他希望有野猪踩中它。这一年来，他坚持每天傍晚上山放置野猪吊，一早上山将它解开。野猪吊的原理很简单，选择一处隐蔽的位置，将绳套埋在地表落叶下面，只要有野猪踩进绳套触发机关，绳套就会借压弯的树干迅速反弹，将野猪吊在树下。张德旺自幼学会了这一看似简单、实则操作复杂的野猪捕捉方法，除了捕到过野猪，还捕到过野麂、獐子、狗獾，甚至捕到过人。

　　当然，捕到过人是一种玩笑的说法。这是由于他的疏忽，没有及时将绳套解开而致使人踩进去的结果。所以，从那以后，他再不敢偷懒。

　　张德旺上山捕捉野猪，是业余的爱好，他每天还要参加生产队的劳动，不能耽误上工的时间。正因如此，他每次上山，他的妻子乌凤都憋着一肚子气。这一天，她又埋怨起来："今天还要去吗？能不能待在家里帮我把猪圈修一修！"张德旺已经坐在门槛上换好了上山的衣服和草鞋，一把插在刀鞘里的柴刀，也已放在脚边。他正要站起来往山上走，听见妻子又说修猪圈，张德旺有些恼火："山上帮我们养着野猪呢！修什么猪圈！"

乌凤轻蔑道："我可不信你的鬼话，想吃你的野猪肉，想得头发都白了，我还不如自己养一头。"

张德旺懒得理她，他把套着刀鞘的柴刀捆在腰上，出了门。他心里有数：山上野猪很猖獗，就在几天前，他还看见野猪的脚印。张德旺很自信，只要野猪还下山来觅食，总有一头会被他放置的野猪吊抓住。基于此，他的脚步更加轻快有力。

太阳还没有出来，山上雾气很重，只看得清离自己最近的山冈。张德旺像往常一样一边赶路，一边想着捕到野猪后卖掉一部分肉，剩余的留着解馋。这时一阵山风吹来，不知道是他太想捕到野猪产生了幻觉，还是运气来了，他好像听到了野猪嚎叫的声音。是的，的的确确是野猪的嚎叫声，穿过重重迷雾传到他的耳际。难道真有野猪被吊起来了？

张德旺兴奋地跑了起来，就像冲锋陷阵的士兵，一口气从一座山跑到了另一座山，气喘吁吁地望着眼前的情景：他昨天设下的三副野猪吊全部弹上去了，可是绳套上面什么也没有。难道吊在绳套上的野猪咬断绳套逃走了？张德旺带着种种疑惑寻找野猪逃掉的原因，他突然间大吃一惊：附近的腐殖土上，他发现了一串巨大的脚印。难道野猪被哪个山贼偷走了？这么大的脚印会是什么人留下的？

张德旺追踪这一串奇怪的脚印，不知不觉追到了一个人迹罕至的峡谷。峡谷高深莫测，两边陡岩上长着遮天蔽日的杂木。尽管已近中午，峡谷里却还是显得一片阴暗。这时他仰起头，简直有些不敢相信自己的眼睛，只见一个红毛怪物坐在一块岩石上，正啃着一头野猪……

妈呀！张德旺被眼前的怪物吓了一跳。他定睛一看，这个怪物长得像个人，浑身上下一丝不挂，身上长着极其浓密的暗红色毛发，一张粗糙的脸上沟壑丛生，嘴巴突出，颧骨很高，两个眼睛很大，头发很长，耳朵是竖起来的。它坐着的身高大约有四尺。

张德旺害怕极了，难道眼前这个怪物就是传说中的野人？张德旺趴着，连气都不敢喘，心里想着，必须以最快的速度从这个可怕的峡谷逃出去。然而，还没等站起来，怪物就已经发现了他，嘴里发出"叽叽哇哇"的吼声，以百米赛跑的速度，朝他疾步奔来……

二

张德旺所在的村子，是一个普普通通的小山村，关于它的存在，你在书上或地图上是找不到的。至少，在张德旺从山上狼狈不堪地逃回来之前，它还是那样的默默无闻。可是这种情况，很快就要发生改变，因为张德旺在山上遭遇野人的事情，已经传开。

人们议论着很久很久以前，听老一辈人说起过山上有野人存在，可是这活着的人谁也没有看见过，谁也说不清它到底是什么样子的。如今听说野人被张德旺撞见了，村里人都去他家打探。刚刚从惊恐中摆脱出来的张德旺躺在床上，给乡亲们讲述他遭遇野人的经历。这段经历让他浑身是伤，神智也变得不清晰，刚开始他的讲述有些前言不搭后语，后来他讲得连贯了，讲到激动处，他脱下衣服，向村民展示他与野人搏斗时留下的伤疤。

张德旺说，那野人跑得飞快，好几次差一点被它追上了。他也不知道跑了多久，穿过多少树林，只记得那野人追赶他的时候，凄厉的吼叫声响彻山谷。他又害怕又无力，很想瘫下去或者藏起来，可稍一犹豫，野性大发的野人就向他扑来，他本能地蹲下身子躲过了它的利爪，并趁机拾起地上的柴刀向野人砍去，遭砍的野人蹦起来，用手抓住了他的柴刀，他的头发也被野人抓住了，衣服也撕破了，那时感觉身上很疼，只好丢了柴刀，拼命挣脱了野人，继续往山下逃。

他没命地往山下逃，不顾前面的悬崖陡坡，惊恐之中不辨方向，在灌木丛中连滚带爬，一口气逃出了三四里地，累得步子越迈越缓，直到从一丈多高的峭壁上跌落下去。这过程，他如同死了一场。等他从晕迷中醒来，发现天上挂着一弯月亮，山是黑的。我怎么会躺在这儿？我怎么会来这儿的？张德旺坐在黑暗之中，感到头疼欲裂，摸了

谎言，或者嚎叫

摸身上，比水浸过还湿，他这才记起，白天被野人追赶的情景是如何的恐惧。

当张德旺讲述这段经历时，仍心惊不已。而他的遭遇在一波又一波的听众心里激起的恐怖感与神秘感，更是挥之不去，以至于有胆小的人因此不敢上山，害怕被野人抓住、吃掉。

所有听众当中，只有张德旺所属的生产队队长不相信他的话，认为张德旺自称遇到野人，是想逃避生产队的劳动。他威胁说，张德旺再不出工，就扣他的工分，并上报大队书记。可是就在他决定处置张德旺的时候，公社突然派人来调查了。队长很得意："你们都给我等着结果，等到傍晚你们就会知道，张德旺因为制造谣言要被抓起来了！"

可是不等傍晚人们就知道了，那几个公社来的人不但相信了张德旺的话，而且还要打报告上去，让上面派专家下来考察；而且这件事在几天后的报纸上也登了出来。总而言之，张德旺与野人搏斗的消息，如同插上了翅膀，越传越远。先是公社领导知道了；后来，县市领导知道了；再后来，张德旺的家里一天到晚挤满了人。

整个村子，甚至整个公社都在议论着张德旺要发达了，少说也要得到上千元的奖励。这奖励的数额是怎么得来的，又是从哪儿传出来的，没有人知道。但是大家都这么说，肯定有他的道理。有那么几个人已经帮张德旺规划起这笔巨额奖金该如何花了，有人说先盖三间新瓦房。

张德旺一家就这样被包围在一片繁复的议论和充满嫉妒的盯视里。这样的一种舆论是很容易让人迷失自我的。张德旺的妻子虽然明白，就算上面真要奖励张德旺，也不会奖励这么多，但是她忍不住还是在心里暗暗乐开了。她打算等奖金到手，先给自己和孩子每人做一套的确良衣裳，再买一个缝纫机；如果有剩余，就把剩余的钱全部交给张德旺，让他自己去想怎么花，不管造房子、买猎枪，还是买自行车、买手表，她都不会反对。

这样的事，一辈子难得遇到一次，张德旺是瞎猫碰上了死耗子。既然他是第一个看见野人的，干部来表扬过了，报纸也登了，总不可能一分钱的好处都捞不到嘛！可是，奖励为什么迟迟没有来？

半个月后，等到上面派来的野考队进驻吴村，乌凤终于忍不住了。她对张德旺说："这次他们来找你带路，你可不要傻乎乎地把什么都招了，你要见到钱再告诉他们在哪里遇见了野人，如果他们不给钱或者给得少，你就不要理他们，更不要带他们上山！"

张德旺自从受了惊吓，一直病恹恹的，听乌凤也跟着村里人说这样不着边际的话，心里很反感。他感觉自己被推到了一个很高的舞台上，又孤立又惶恐，他还从来没有被人这么重视过。他说："我给他们做向导，队里照样给我记工分，野考队还给我工钱，这还不够吗？我又不是发现了一口金矿！"

乌凤说："你知道工钱能有多少？我说的是奖励，至少要五百元！没有这个数，你给我死在山上！"

三

野考队一共在山上考察了半个月。这可不是简简单单的半个月。首先，野考队上山，要雇佣村里的壮劳力帮他们挑帐篷、粮食和摄像仪器，还要蹲点守夜，村民的生活和生产节奏被打乱了。其次，野考队一共有三四十人，在同一时间，村里突然冒出来这么多讲普通话、戴眼镜的城里人，是从来没有过的。他们的到来，着着实实扰乱了某些村里姑娘的心。

只是，关于村里姑娘对城里男人的爱慕，注定是没有结果的。或许当时的某个姑娘，直到今天还会想起她曾经暗暗看上的野考队员，可对方或许浑然未知。因为他们刚进山的时候，野人存在之谜吸引着他们，让他们无暇顾及其他。后来经历几多艰难困苦，野人的不复存在，又让他们忍受着不愿言表的沮丧。因此，当野考队从吴村撤走的那一天，他们耷拉着脑袋，就像一支打了败仗的军队，完全没了刚来时的神气。

姑娘们看到野考队员这副样子，仿佛自己的心情也沉重起来了。

她们在离人群很远的地方，手里拿着一个刺绣的布包或者一双纳底的布鞋，内心激烈地斗争着，不知道要不要鼓起勇气，跑去送给自己暗暗看上的野考队员。

"看来，野人没有抓到。抓到的话，他们不会低着头走路的。"人群中，有人猜测着，问旁边的人。旁边的人叹了一口气，说："谁知道，也许野人是有的，只是他们没有抓到……"

空气中，弥漫着一种始料未及的沉闷气息，这气息似乎是失望，似乎是责备，它慢慢传染开来，让在场的人感到野考队的空手而归，与自己有关似的。仿佛是整个村子的人辜负了他们的期望。因此，野考队离开后的那天晚上，大家早早地睡下了，不论代销店那边，还是张德旺家，都没有围着一堆人。银色月光下，只有一些顽皮的孩子跑来跑去，他们一如既往地进行着追逐野人的游戏。在他们看来，野人是一种身上长毛的怪兽，所以充当野人的那个人，腰间捆着一张带毛的狗皮。

"抓野人喽，抓野人喽！看！我们发现了野人，快来看呀！"顽皮的孩子们你追我赶，他们追逐"野人"的声音回响在静默的夜晚，肆无忌惮。直到他们经过张德旺的家，这样的叫喊才被制止了。恼羞成怒的张德旺突然打开房门，从里面冲出来，恶狠狠地喊道："够了！狗杂种！再喊，我打断你们的腿！"孩子们朝他吐吐舌头，并未停止游戏。张德旺追上去，致使一个逃得慢的孩子哭了起来："张德旺打人啦！张德旺打人啦！救命啊！"

随着孩子们的哭声和叫喊声渐渐消失在街巷，村子重新安静下来。可是在张德旺家，激烈的争吵才刚刚开始。整整一个晚上，张德旺家都有争吵、哭泣的声音传出来……

四

人们怀疑张德旺在遭遇野人这件事上说了谎，是在野考队离开吴村后不久。事实上，关于这种怀疑，从一开始就存在着，只是到了这个时候，才找到了共鸣。就像大树底下的一棵树苗，只有等到大树倒下之后，它才得以重见天日，日渐繁盛起来。

人们有理由相信，山上是没有野人的。一是这么多年来，村里从未有人遇到过。二是野考队员加上村里的壮劳力，总共有近百人上山参与地毯式搜索也没有找到野人，更不用说将它击毙。这样的结果比金刚钻还要硬，不管张德旺的话多么逼真，只要拿它轻轻一戳，就能戳破。

这时候，再次被舆论推向风口浪尖的张德旺，回到生产队劳动已有一段时间，尽管他本人绝不相信野人就此蒸发了，但他始终拿不出证据来证明它的存在，这样的事实让他有口难言。

"我有什么理由撒谎？我为什么要撒谎？我没有理由欺骗大家啊！"

张德旺原本就是一个自尊心极强的人，队长曾经批评他捉野猪是"不务正业"，他都耿耿于怀，从而在平时劳动时比别人做得更好。如今，他就是再卖力地干活，也不会被人看作一个诚实的人了。人们都在说，他是想出名，想捞奖金，是恶作剧，总之，什么说法都有。

他想起父亲、祖父、曾祖父，都是村里有名的诚实人，到了自己这一辈，却要被全村人甚至整个公社的人戳脊梁骨，忍不住泪水纵横。"我不能再沉默下去了！如果再有人诽谤我、冤枉我，我一刀捅死他。"张德旺这么想了之后，才感觉自己一下子放松了许多，仿佛压迫着他的大山一样沉重的委屈，被他扔在了地上。

是的，他从没有像这一天这样想跟人打架，他感觉耳朵里仿佛持续地响着嗡嗡声，感觉肌肉变得紧缩，血液也烫了起来。他趁中午回家吃饭，在门后的架子上找到一把匕首，这把匕首曾经剥过动物的皮，也杀死过吊在绳套下的野猪。它很锋利。张德旺将它放在桌上，草草地扒了几口饭，脑子里搜索着村里几个欺软怕硬的家伙。

然而这时候，乌凤看见了他放在桌上的匕首，似乎感觉到了什么，问："你带匕首去干吗？"张德旺铁青着脸，闷闷地说："我要让所有诋毁我的人闭上嘴巴！"乌凤说："你疯了！嘴长在别人脸上，你能管得住别人的嘴吗？是狗，就得夹着尾巴做人！"

"你什么意思？你说谁是狗？"

"我不想说！"

"你说不说？"张德旺站起来，一下子将桌子掀翻了。张德旺的愤怒吓坏了乌凤，更吓坏了坐在门口玩耍的儿子，儿子哇哇大哭起来。

看到儿子哭了，乌凤走出去一边哄着孩子，一边流着眼泪。她朝张德旺说："就你有能耐，让一家人跟着你抬不起头来！如果你本本分分，不去山上捉野猪，如果你不说遇到野人，我们何至于这样被人骂！现在你又要和全村人作对，你就是被人打死，我也不会为你流一滴泪的！你这样做，是故意让全家人倒霉……"

张德旺默默地蹲在一摊被他掀倒在地的饭菜面前，几只鸡跑过来，在他面前啄食着，他抬起手，下意识地摸了摸自己的面颊，手上都是眼泪。他不知道自己该如何从这倒霉的事件里摆脱出来。他抽了抽鼻子，将掀倒的桌子扶起来，又将地上的碗筷从鸡的爪子间捡拾起来，嗫嚅道："乌凤，我、我真的没有说谎！野人一定还在山上！只是，暂时没有找到……"

"我不想听！不想听！以后你不要再到山上去，就算我求你，不管村里人说什么，你都当没听见……如果在你的心里，还有我，还有这个家，你就听我一句话，做一回聋子、哑巴。"

说着，乌凤又嘤嘤地哭起来。乌凤的哭泣又引起了儿子的哭泣。张德旺呆呆地站了几分钟，然后走出来，拿起地上的簸箕，去了生产队。

五

张德旺变得沉默寡言了，或者说，他原本就是一个很少说话的人，现在变得更加不爱说话了。村里人看到他终日铁青着脸，一副苦大仇深的样子，再没人去讥讽他。谁也说不出他们看见张德旺的感受，是怜悯还是恐惧。这个时候，谁都不愿撞在张德旺突然发作的枪口上。张德旺好像有些不正常了……

可是，人们没有等来张德旺的突然发作，张德旺失踪了。

"这个王八羔子，懒骨头！又跑什么地方偷懒去了，等到粮食收割，他家别想分到一粒粮食！"队长想到的，首先是张德旺不守纪律，以及如何惩治他。社员们可没有这样的官方视角，他们坚信张德旺不是因为偷懒。基于这样的把握，他们都劝伤心绝望的乌凤不要上山去找。

"饿他几天，冻他几天，他一定会回来的……"

"他这样做，就是为了跟全村人赌一口气。"

话虽如此，他们隐隐约约地感觉到，张德旺的突然失踪是一个危险信号，张德旺可能真要发疯了，他针对村里人的报复可能就要来临了。以至于上山的时候，感觉背后冷飕飕的，仿佛张德旺就埋伏在草丛里，或者担心会踩到野猪吊。

最终，在征得队长的同意后，大约有十多个人陪乌凤上山去找张德旺。他们从早上出发，沿着野考队员开辟的道路，走了整整一天，果然在天黑之前找到了张德旺。乌凤就像疯掉了一样，扑上去又是抓又是哭，责问他为什么不回家。张德旺任由乌凤抓，直到旁人将她拉走，他才说他从来没有撒过谎，他上山只有一个目的，就是要找到野人。他要给所有怀疑他的人一个交代。

他的话很简短，却好比一记耳光，狠狠地掴在每个人的脸上。那个瞬间，没有人不为曾经伤害了张德旺感到后悔，大家纷纷劝他回家。可是张德旺说："你们说我没有撒谎，并不能说明问题，我只有抓到野人让你们看到，才能证明我没有撒谎，我才能心安。否则我走在街上，不论遇到谁都会不自然。"

人们听张德旺这么说，更不知怎么说服他了。从他的口气中，一是可以听出他对山上有野人毫不怀疑，二是今天的问题皆出在他自己身上。既然这样，大家只好说："我们相信山上有野人，你也肯定能找到，但是我们还是希望你先回家，因为野人受了惊扰，肯定不会在一朝一夕出现，你以后可以利用空闲时间再上山找。否则，你的老婆孩子由谁来管？"

张德旺听了大伙的话，觉得在理，就跟在大伙后面下山了。然而，事实证明，张德旺的生活已经被"野人事件"撕开，再也难以弥合了。

张德旺原以为下山后，村里人会像劝他的人那样相信他了，生活也会很快回到昔日的状态中；然而他总感觉，村里人看他的眼神和从前不一样了，无论走到哪里，似乎都能听到别人在议论他，而他一走近，就把话题转移了。

有一次，一个村里人特意对他说，前几天他在什么地方干活，看到一个动物在对面山上的丛林里跑。那动物形体精瘦，浑身长毛，爬坡的速度迅捷，仅仅几秒钟就隐没不见了。那个人的本意可能是出于好心，可张德旺两手空空回来时，却认为那人是故意捉弄他。当然，也不排除那人真有可能捉弄他。

总之，在此后的一段时间里，张德旺时常感到心情压抑，有时半夜压抑得无法呼吸，只好坐起来，暗自伤心。一方面，正如上面提到的，他与周围人相处总是隔着一堵无形的墙；另一方面，乌凤对他的态度越来越不好了。她总是唠叨他，简直没完没了。

在张德旺的记忆中，乌凤曾经是一个善解人意的姑娘，她性格温柔，身材姣好；可是现在，她已经成了一个可憎的、不通人情的泼妇。自从他遭遇野人得不到奖金，自从村里人诬陷他撒谎，她对他就处处不满意，看哪儿都不顺眼，尤其是他想偷偷摸摸去山上寻找野人，一旦被她知晓，就要跟他吵，多么难听的话都会从她嘴里骂出来。

这是让张德旺最痛苦、绝望的地方。

六

有一件事，是过去好多天之后，张德旺才从一个好事者那里知道的：那一天，村里来了三个陌生人，他们背着很沉的帆布包。他们刚进村，就问张德旺住在哪里。当时那个好事者刚好站在村口，就问：

"找张德旺什么事？"他们说："我们是野人考察爱好者，自发来你们村找野人的。"

那个好事者把仨人带到了张德旺家。张德旺一早就去生产队做工了，家里只有乌凤在。乌凤一听来找张德旺去找野人，气就不打一处来："你们回去吧，山上没有野人！""怎么会呢，报纸上都登了的！"乌凤变得不耐烦起来，凶巴巴地说："走吧！张德旺从来就没有遇到过什么野人！报道是假的！"

那几个人你看我，我看你，不明白到底发生了什么事，他们背着帆布包原路返回了，因为不甘心，又随口问跟着他们的张德旺的儿子。张德旺的儿子说："我爸爸说他在山上遇见过野人，可村里人都说我爸爸是一个大骗子……"

这件事，让张德旺彻底寒了心。那一天，他整个人都是乱的。原来，乌凤就是这样看他的！就连他的儿子，也相信了村里人对他的诽谤！张德旺感觉全世界都抛弃了他。他感到无助无望，犹如掉进了深山谷底，一切已无可挽回。他终于决定，他要赶在冬天来临之前再一次上山；而且发誓，如果抓不到野人，绝不下山！

他简单准备了一下，就出发了。

此时，正值农历九月，正是割稻季节，为了赶在秋雨来临之前收割完毕，在队长的带领下，全生产队的人割稻的割稻，脱粒的脱粒，挑担的挑担，晒谷的晒谷，忙得汗流浃背，腰酸背痛的。而张德旺的再一次失踪，明摆着少了一个劳力，从而引发了越来越多的不满。

"又发神经了，他到底跟谁过不去？"

"没人害过他，是他自己有问题！这样的人，真被野人抓走才好！"

"哼！他被野人抓走当女婿呀？弄出个小野人来送给你养！"

"我说，他家不是还有一个'千金小姐'吗？她为什么不出工呀？"

家里没有了挣工分的男人，乌凤不得不把孩子放在家里，去生产队劳动。乌凤平日里被张德旺宠惯了，自从结了婚生了子，就很少出工。而割稻子是最衡量一个人农活水平的，它就像一项劳动竞赛一样，谁割得快，谁割得慢，看得很分明。乌凤总是落在最后边，遭人指责（除了指责，当然还有关于张德旺"发神经"的闲话）。

乌凤忍着委屈、疲惫，在生产队硬撑着，终于挨到傍晚收工，急匆匆回到家中，又看到儿子满脸泪痕，饿得狼吞虎咽的样子，不禁悲从中来，躲到暗处偷偷地哭："张德旺！难道你真的不回来了吗？你这个老虎叼的，为什么要这样折磨我！"

好在这样早出晚归地忙了半个多月，稻子割完了。

从那个年代过来的人都知道，生产队的收获季节也是分配季节。分配的主要依据是工分，它与每个人的口粮挂钩。工分挣得少的人，分到的粮食自然不会多。尤其像张德旺这样目无纪律的人，队长曾扬言，是绝不分给粮食的。可是等到分配粮食的那一天，看到乌凤带着孩子一副可怜兮兮的模样，队长还是分了她一袋稻谷。不仅如此，他还从自己的口粮里赊了十斤红薯给她。

待分配结束，人们挑的挑、抬的抬、背的背，每户把分到的粮食运回家。队长对乌凤说："你家那个张德旺，真不是玩意儿，他在山上倒是逍遥了，丢下你这么个俏媳妇不管不问。这不是发疯吗？如果不是遇到我这么好心肠的男人，我真担心你们娘俩这个冬天怎么过。"

乌凤低着头，领了粮食逃一样地离开了，她害怕看见队长盯着她看的眼神，更不知道未来的日子该怎么过……

七

然而，张德旺是不会轻易下山了。虽然存在着一种可能，就像他第一次遭遇野人那样，他与野人再次狭路相逢了，他冲上去，用匕首将它刺死。如此一来，或许明天就可以回家了。遗憾的是，山上的野人始终没有出现。

是野人受了惊吓，从此藏起来了，还是野人被他砍伤后，伤口发炎已死在山上？为了找到野人，张德旺从这座山到那座山，攀悬崖走峭壁，每天在期待与挫败的交替之中受着煎熬。渴了就喝山泉水，带的干粮吃光了，就到林子里采摘野果果腹。有时连野兽都不愿去的地方，他也要想办法爬上去观察一番。他认为野人比任何动物都要聪明灵活，只有学会像它们一样能攀善爬，才能与它们相遇。

有一次，他在大树下过夜，突然下起雷雨，雷就击在离头顶不远的地方，他害怕得跪在漏雨的帐篷里，浑身发抖。张德旺这才意识到，自己已经离野人最可能长期栖息的地区越来越接近。这里山势险峻，气候异常，毒蛇猛兽很多，如果还要继续留在这里，就必须建起一个遮风挡雨的"家"。

于是，他花了三天时间，在一块悬岩下辟出一块地方，用石头、树枝和茅草倚着岩壁搭成一个岩屋；然后，又在岩屋的里面垒了一个烧火的火塘。

张德旺上山时，特意带了几盒火柴，火柴被雨淋湿几次，幸好还能用。他点燃了晒干的苔藓，在火塘里生起了火。虽然山上没有锅，既做不了饭也烧不了水；可是火能烧烤兽肉，可以煨熟坚果，还能带给他温暖。张德旺心想，有了这间岩屋和这口火塘，就等于有一个家了。他做好了在山上长住的准备。

这个季节，正是野栗子、猕猴桃、橡子、榛子、山楂、野柿子等野果成熟的时候。接下来的日子，张德旺一边储备这些食物，一边用沥完葛粉的葛根编织成绳套，放置在兽道上。他希望能捕捉到野兽，更希望能捕捉到野人。

他每天忙忙碌碌的，天刚亮就起床，去山上寻踪查迹，投放诱饵，放置绳套，以及采摘更多的野果。他要一直忙到天色擦黑，才能回到岩屋。

山上的天气冷得早，岩屋成了他生命的庇护所。一天中，夕阳染血，血块变暗，黑夜还没有完全笼罩的时刻，是他最安详的时刻。这时，他一边用吹火筒对着火塘吹火，一边往火上烤（煨）一些吃的，一边暖和身子，几乎不去想机体需要之外的事情。

他的食物，以采摘野果、挖野菜为主，深山里的野菜遍地都是（他已学会用竹筒灌水将它们煮熟）；但是也能经常吃上兽肉，鬣羚、黑麂、山鸡、野兔，他都捕到过。他把兽类的皮剥下来，钉在树上晒，兽肉则放在火上烤。烤的时候，在兽肉上涂抹野蜂蜜和野生香料，以此掩盖没有盐做佐料的缺憾。当然啦，他已渐渐习惯吃没有放盐的食物了。

等到吃饱喝足，他就要睡了，因为他又困又累，或者说，他这才感觉到又困又累。不过睡之前，他还要把床铺到火塘边。他的床是一堆杂乱无章的干草，他把它们从角落里抱出来，铺在火塘边滚烫的地上，然后钻进去，在里面蜷缩成一团，一边聆听外面的动静，一边响起断断续续的鼾声。

然而，他的睡眠很轻，总会在凌晨三四点钟醒来。他往往是被噩梦惊醒的，梦的内容大多是梦见野人追赶他，不管他跑到哪儿，冷不防就会从四面八方的树上跳下来很多野人，有浑身红毛的，也有浑身黑毛的，有雄的，也有雌的，他们一个个面目狰狞，追得他魂飞魄散，而他的双脚，仿佛被什么东西粘住了，迈不开步，直到他就像真实经历的那样大喊一声，醒了。

"我这是在做梦吗？还是我已经死了……"

这个时候，岩屋里面是黑的，外面也是黑的，世界就像一个黑洞，总能听到有野兽在叫，张德旺恐惧地睁着眼睛，他要过很久才明白自己是谁，自己这是在哪儿，到底是怎么回事。只有在这个时候，无以形容的孤独与茫然，才让他后悔"自我放逐"的选择。

他怀念往日欢乐的点点滴滴，怀念和妻儿生活在一起的情景。虽然说，对于离群索居的生活，他早已有心理准备，可是作为一个正常的人类，他还是习惯群居，习惯一家人坐在八仙桌前吃饭的氛围。他多么希望乌凤再次上山来找他，然而他又害怕她会责备他。

当眼泪再一次湿润眼眶的时候，他在黑暗中无声地哭泣起来。

八

他不知道自己何时才能找到野人，更不知道他还能不能回到他的家。他告诫自己，唯一的希望就是坚持下去。虽然这坚持的背后有着太多无奈与逃避；但与此同时，也有一种希望暗藏于他的心底。那希望有时候是一根动物毛发，有时候是一堆动物粪便，有时候是一个可疑脚印，有时候是一处可疑动物睡过觉的"窝"……

时至今日，张德旺已经采集到了一百余根可疑毛发；发现了三百余个可疑脚印（其中最大的脚印约有四十厘米）；数堆可疑动物的粪便（它似人粪，螺旋形打转，上面还有个尖），还发现了十余处可疑动物栖息采食场所，竹窝、草窝、树窝（尤其树窝，四脚落地的动物是造不出来的）。

更让他激动的是，他还在一个"树窝"附近发现了一具獐子的骨架，连同一个依稀可辨的巨大屁股坐出来的"屁股坑"。獐子的骨架就丢弃在"屁股坑"的正前方。骨架上的肉已被啃光，相隔数米处，还有一堆獐子毛，似乎是用手拔下来的，有的毛上还带着皮。这只獐子很可能是被野人拔毛后吃掉的。因为食肉兽吃獐子的话，没有拔毛吃肉的习惯。

这些很有可能是野人留下的痕迹，让张德旺经常处于兴奋与幻想之中，虽然他始终没能与野人面对面地相遇，他却越来越坚信野人是存在的。有可能它就藏身于绿树浓荫，同样窥察着他的一举一动；有可能他上这座山的时候，它逃到了那一座山上，因为野人对山上的生活更适应，行动起来更快捷，它想要躲避人类很容易做到。正因如此，他必须沉下心来，一点一点地追踪它、靠近它。

有一次，张德旺放置在山林里的野猪吊，吊到了一头野猪，垂死的野猪绝望地嚎叫着。张德旺灵机一动，决定用野猪作为诱饵，诱使野人出来。于是，他蹲守在浓密的丛林里，紧张地守候着，观察着四周的动静。他盼着野人的出现，哪怕抓不到它，甚至再次被它所伤，那也值得。可是他熬了一天一夜，努力地驱赶蚂蚁和虫子，野猪并没能将野人引来。

第二天，野猪已不再叫唤，它死了。大山里静悄悄的，只听到风吹树叶和泉水流下岩石的声音，张德旺感到又冷又困倦，在等待的过程中睡着了。迷迷糊糊中，他似乎听到一声怪叫，睁眼一看，有一个黑家伙，正摇头晃脑地朝绳套上的野猪扑过去。他心里一惊，是野人出现了！他奋不顾身地从灌木丛里跳出去！

不料，那个黑家伙咬不到绳套上的野猪，突然转身朝张德旺跑来，张德旺这才发现它是一头熊。他惊慌地向山坡爬去，山坡又高又陡，他张牙舞爪地跌落下来。结果，他跌落的姿势把黑熊吓了一跳，几乎是救了他——因为就在黑熊一愣神的片刻，张德旺迅速爬上了一棵大树——熊在树下嗷嗷乱吼一阵，才离开了。

张德旺下了树，好久才从刚才的遇险中晃过神来。他拖着沉重的脚步回到岩屋，因受惊过度，在此后的很长一段时间里，他都感到后怕：如果当时稍慢一步，或许命已经没了。回忆当时的情景，那一只朝绳套上的野猪扑过去的熊，靠树站立起来的熊，远远望去，很像一个浑身长毛的野人。而他在那个上午，在光线昏暗的峡谷里遭遇的那个野人，会不会也有可能是在惊恐之中对熊或是一种自己不大熟悉的动物造成的误判呢？

不，不！那个浑身长毛的动物，绝不会记错，它个子高大，手臂很长，直立奔跑，大概有一米八九那么高，甚至接近两米，它长得像个人，但绝不是人，更不是熊……它朝他疾步奔来，它野性大发地向他扑来……他到死都不会忘记。可是，它究竟在哪儿？如果它真的存在，为什么没有再一次出现？

张德旺的心里不免有一丝惶惑了。尽管，他从不怀疑自己的记忆，并且把一定要找到野人当作一个信念，可是一天天地寻找，除去找到一些疑为野人存在的间接证据，却从未找到能证明这种动物真实存在的活体（哪怕没有活体，找到一具骨架也可以）。这样的结果让他很灰心。

他心里清楚，不捉到或者打死野人，村里人是不会相信的。

九

现在，已经是冬天，随着天气变冷，山上的草枯了，许多阔叶树落了叶子，许多动物冬眠了。冬天的大山就像一个衰老的女人，变得枯槁、阴郁起来。

早上，山上降了霜，地上冻出了冰。冰是从地表冻上来的，像萝卜丝，踩上去嘎嘎作响；太阳一晒，它就化作黏土。

张德旺一如既往地在大山里奔走，寻找着野人的踪迹。他的衣服、鞋子因为耐不住这长久的奔波，早已残破。现在，他不得不用各种兽皮缀在一起捆在身上御寒，又在脚上套了一双厚厚的草鞋。起初，他也觉得身上捆着兽皮怪别扭的，动物皮毛有些硬，样子也不好看，后来也就习惯了。

除此之外，他还用树枝做了一根拐杖，用竹筒做了一个"饭盒"。随着冬天的到来，他的胃在渐渐变坏，中午也需要吃到烧熟的食物。于是，他砍了许多毛竹，用竹筒做成"饭盒"，随身带着。有时候里面装着一块兽肉，有时候装着半筒用坚果磨成的粉，有时候装着几个从地底下挖出来的野山芋。

就这样，张德旺神奇地活了下来。虽然这样的生活说不上美好；但是至少没有挨冻，也没有饿着。

只是随着春节的临近，张德旺想家的情绪与日俱增。不论在山上还是在岩屋，不论在行走还是在睡觉，他的眼睛都好像蒙着一层雾。

他粗粗算了一下，他已经在山上待了三个月了，他不知道这三个月他的家人是怎么过的，他走的时候，家里的粮食快吃光了。他也不知道，当他两手空空地回去，他的妻子会怎么骂他，村里人会怎么讥笑他，他该如何向乌凤解释，又如何向村里人解释。他离开的时候，是发了誓的。

张德旺思前想后，他的心直往下沉。他是知道的，蒙屈受辱的日子并不比在山上的日子好过。不过，他又这样想："抓不到野人并不能说明野人不存在，山上有没有野人，天是知道的，地是知道的，只要我问心无愧，谁能把我怎么样呢？"张德旺这么想了之后，回家过年的理由似乎成立了。

从此，为了回家过年，或者说自从有了回家过年的打算，他就跟一个远离家乡当兵或者服刑期的人似的，越是临到探亲的日子心情越是迫切。他再不舍得吃野兽肉了，而是将它们晒成了干，还把一些味道不错的坚果也保存起来。

他想象着回家的日子，他如何在村外徘徊，又如何在天黑之后，就像一个被通缉的逃犯，悄悄地溜进村子，然后在自己家门前，心里激烈地斗争着，去敲那扇熟悉的门。门过了很久才打开，乌凤认出是他，拉下脸，扭身朝屋里走去。

他很尴尬，真恨不得掉头就走，可他没有勇气，他多么想念她和儿子啊！他低着头，怯懦地跨过门槛，走进自己家的屋里去。是的，他的儿子正坐在凳子上吃饭，看见他瘦骨嶙峋的身上捆着兽皮，蓬乱的头发像个鸡窝，一寸多长的胡子乱糟糟地遮盖了大半个脸，儿子吓得哭了起来……

是的，他就像一个非法闯入者，儿子已经认不出他来了。可是他能怎么办？作为父亲，他没有尽到责任，他是有罪的，现在，他就连怎么去哄一个孩子也不知道怎么做了，他刚要把他抱起来，他就挣扎着，跑向乌凤。母子俩的哭声就像一枚针扎着他的心。

"乌凤，我回来了。对不起……"他努力地克制着自己，整个人都在发抖，"我知道，野人没有找到，我不该回来，可我……实在太想你和孩子了。如果你恨我，你就骂我吧。我在山上，也受了很多苦。我、我只求你原谅我……"

是的，他宁愿被她咒骂、挨打，宁愿她像泼妇那般待他，他也不愿这样看着她哭。他无法承受那种巨大的无法打破的沉默。如果那个时候，需要他下跪，他也一定会下跪的……

然而，当张德旺左等右等，终于等到春节临近的日子（尽管山上没有挂历、钟表，也没有门口排起队买白糖和糕点的代销店，张德旺还是有一种明晰的感觉，这倒霉的一年就要过去，新的一年就要扑面而来），天变得阴沉沉的，浓浓的云重重地压下来，光秃秃的枝条颤动着，风在上面吹着哨子。

一场大雪，差一点将他封锁在大山里。

十

张德旺从未见过这么大的雪，舞蹈一般肆虐在空中。他焦急不安地盼着雪早日停歇，然而雪一直下着，直到第四天才停了。这时，大雪已经封锁了大山。张德旺望着白皑皑的大山，大山仿佛为这个世界穿上了孝服。即便这样，他还是用一根木棍挑起一副简易的担子，步履蹒跚地下山了。

山上本来就没有路，下了雪就更看不清楚。张德旺在雪中走了将近五个小时，最终迷路了。他在雪地里兜着圈子，找了好长时间也没有找到回家的路，也判断不出这是在哪一座山上，平日是否到过这里。眼看着时间悄悄流逝，张德旺知道，现在唯一的办法，就是循着来时的脚印，重新找回岩屋去，等到来日大雪消融再下山。

然而他心里清楚，雪在短时间内不会融化，他必须回家过年，不管走错路也好，冻死在山上也罢，他必须下山！可谁知此后的行进，他完全失去了方向。更要命的是，他掉进了一条山涧中。

冰冷的水打湿了他的草鞋和裤管，他的头上身上沾满了雪和落叶，他检查了担子，辛辛苦苦积攒的兽肉干和坚果已经散落，再难以找回，好在柴刀和匕首还捆在腰上，他挥舞柴刀，给自己开路。这时他的脑子清醒起来，他看见了山涧中水流的方向。他突然欢喜起来。

山上的水总是要流到山下去的。而且，被大雪覆盖的大山只剩下有泉水流动的地方没有覆盖着雪。没有覆盖着雪的山涧，就像大地上的一条涵洞，为他指引着下山的道路。于是，他跟着山泉流淌的方向，就像一只行动迟缓的蛤蟆，有时在泉水流淌的岩石之间爬行，有时干脆在冰冷的水中跳跃，有时泉水从陡峭的岩壁上跌落下去，形成了小小的瀑布，他不得不绕到旁边的树林里，抓住植物的茎干和藤条，一点一点地往下爬。

我们都不知道，这是怎样的一种力量支撑着他。天黑下来时，张德旺已经浑身湿透，身上多处受伤，手脚冻得失去知觉；然而，山涧终于把他带到了一处开阔、平坦的地方。在雪光映照下，一条山路的轮廓依稀可辨。张德旺就是凭借这样的微光，大步流星地赶路。

然而，就在这样的时刻，谁都没有想到，野人再次出现了！

"那是谁的脚步声?! 会不会又是一种错觉？"因为之前有把黑熊误认作野人的经历，这一次当他听到雪地上响起一阵沙沙的声音，并没有立刻把它与野人联系在一起。"谁呀？"他自言自语着，又走了一会儿，一阵沙沙声又从山崖的密林中传来，张德旺不经意地瞥了一眼，他愣住了，他不知道是激动还是恐惧，他就像一只惊弓之鸟，两腿发起抖来……

是的，他分明看到不远处的雪地里，有一个体形高大、两腿直立的黑影，正一步一颠地从侧面林子里走出来。这个黑影离他的直线距离约两百米。"难道它不是一个野人吗?!"一次次的失望，终于变成一次希望，张德旺心情十分激动，有一种旷日持久的愿望在他心中激荡。他赶紧蹲下身子，去摸匕首。

这时，那个黑影已经离他越来越近，看到张德旺，突然停了下来。"啊！会不会就是以前遇到的那个野人？"一瞬间，空气仿佛凝固了，张德旺张着嘴，心中想着最坏的结局，哪怕他的头被它拧断，他也要将匕首捅入它的身体！想到这一情景，张德旺的脊背发凉，浑身的肉都是麻的。

"我必须赶快采取行动，不能让它看出我的胆怯。"但是一眨眼工夫，那个黑影突然转身，向后跑去。张德旺一看形势不妙，立即腾跃起来追赶而去，然而那个人形动物爬坡的速度要比人类快得多，张德旺仅仅追出五十多米，那动物已从半山腰跑到数百米外的高坡，很快到达山脊，隐没在大雪茫茫的林海。

张德旺当时真有点懵了，这是他上山以来遇见的最鬼魅的事情。他感觉那野人不是在逃，而是在遁。虽然知道追不上了，但他还拿着匕首往山上冲，用了近二十分钟的时间，才冲上那个高坡，他又恨又恼，一种难以按捺的想哭出来的情绪，让他不能自已，他就像发疯似的，在雪地里吼着……

十一

从现场看，野人的脚印清晰，脚掌前宽后窄，步幅跨度在一米以上，有些脚印上还能看出叉开的大脚趾。在接近山脊处，却出现两个间距较小的脚印，可能野人在此停留、朝后张望过。张德旺就从这地方开始跟踪，不知不觉间，他穿越了数片树林，又翻过了一座山头。这时，野人的脚印突然消失了。张德旺在雪地里来来回回找了很久，最终在一片广漠的荒地里，重新发现了许许多多的野人脚印。

如此密集而杂乱的脚印，会是同一个野人留下的吗？显然是不可能的。这么多野人脚印的出现，说明野人经常在这一带来往活动，而且这里很可能是野人的大本营。说不定这里生活着野人的一个家族。可令张德旺吃惊的是，这些脚印虽然踩得很深，却看不出脚掌的基本形状，步幅也要比之前突然消失的脚印小得多。难道这是一个女野人留下的脚印吗？在张德旺的想象中，女野人的个子肯定要矮一些，步幅也要小一些。

曾有一个传说：村里有个叫阿中的人，一天进山去打猎，没想到被什么东西打晕了过去，待他渐渐清醒过来，才看清一个胸前有两个像葫芦一样大的乳房的女野人要与他成亲，他虽是一个光棍，却也知道什么是做人的伦理，所以女野人撕他衣服的时候，他拼命反抗，但最终被女野人强暴了。结果一年后，女野人生下一个小野人，并且带着小野人来村里找阿中认爸爸。阿中不敢认自己的儿子，力大无穷的女野人突然发怒，将阿中的命根拽断了。

诸如此类的传说，在张德旺的童年记忆中留下了恐怖的印象。现在，想到自己也有可能被女野人掳走，张德旺的心里有些矛盾，既盼着女野人的出现，又害怕会遭到难以抗拒的强暴。女野人的形象总在脑海里闪现，那形象是丑陋的，眼圆颧高，龇牙咧嘴，像妖怪。他下意识地勒了勒腰带，战战兢兢地跟踪这些脚印，猜想断了命根后的阿中，一定比他更痛苦。

21

谎言，或者嚎叫

同时，让张德旺感到困惑的是，这些神秘的脚印常常将他引入歧途，这样的困惑，直到他循着脚印来到一个山势陡峭的山谷凝神站定，才算终结。因为他看见不远处出现了一幕最为熟悉的场景。这场景里有一间简陋小屋，搭建在一块悬岩下面，如同小鸡依偎在母鸡身下。

他恍然大悟：他在荒地里找到并跟踪的野人脚印，是昨晚自己在迷路时踩下的。顿时，他感到整个人垮了下去、散了架子，一屁股坐在雪地里。他想逼自己挣扎起来，趁天没有完全黑，返回去继续寻找那个失踪的野人。可是，他感到虚弱无力。

张德旺第一次病倒了。而他的火塘已经熄灭了，他储备的兽肉干也散尽在昨夜的雪地里。他的岩屋就像一个冰窟，没有吃的，也没有温暖。他就像死人那样躺在返潮的干草上，眼前浮现的是他死去的情形：野兽们闻到尸体腐烂的气味，倾巢出动了。它们撕裂着他，吞噬着他。他痛苦得"哎哟"一声叫起来。周围一团漆黑。

他看见黑暗中野狗的眼睛蓝莹莹的，津津有味地啃食他的小腿肚。他痛苦地嚎叫起来："滚开！畜生！疼死我了！"野狗停下咀嚼，惊恐地跳到一边，四下里张望，然后它再一次埋下头去，一下，两下，干脆叼起他的小腿肚，跳过一条藤蔓遮盖的山涧，逃走了。

"不，不，饶了我吧！"顿时，他感到他的滴着血的小腿肚在锯齿草与灌木丛之间穿行，他的皮肤被划伤了，紧接着，他分明感觉到一群野狗扑上来咬他，它们的牙齿咬中他的脚筋时，疼得他发抖、战栗，连空气也如同打碎的玻璃刺进他的身体，他痛苦得再次哀嚎起来。

在哀嚎中，张德旺清醒过来。原来，是几只饥饿的山鼠在咬他的脚。他的脚已经冻得溃烂了。血，正汩汩地流……

事情就是这样。张德旺病了四天五夜，等他从死一样的昏睡中醒来，雪开始融化，到处湿淋淋的，屋里很冷，他逼着自己站起来，偏偏火柴用光了，他倒懂得老一辈人用铁器敲击石头取火的方法，可是他收集不到干燥的苔藓和草叶，他有气无力地趴在地上打了许多火星，始终没有将火点燃。

他又灰心又恼火，将敲击石头的柴刀狠狠地扔在地上。突然间，他有些后悔，在那个晚上最关键的时刻，他没有当机立断，没有采取果断的行动，以至于野人转身逃走。他也很后悔，当他追不上野人时，没有继续赶路，以至于耽误了回家过年。

现在，他不知道自己还要不要回家，还要不要在山上继续寻找，还要不要活着。

十二

谜，依然是一个谜。野人究竟在哪儿？还要多久才能抓到？会不会第一次遭遇野人是在山上做了一个噩梦？第二次遭遇野人是在雪夜里撞见了鬼魂？还是两次遭遇都是眼前出现了幻觉，得了癔症？不，没有那样的事！两次遭遇野人，都是明明白白、历历在目的。然而，为什么找到的似乎总是它的影子？

张德旺越来越多地陷入自我怀疑和难以解开的疑团之中。在这之前他可从不怀疑自己，他是真理在握的；然而，随着日复一日、年复一年地寻找，他不但没有抓到一个活体野人作为实证，而且连这个动物的影子都难以遇到，他不免要这样怀疑自己。要知道，现在距离他发誓"抓不到野人就不下山"的日子，已经过去了好几个年头。

是的，我承认，当我说出"好几个年头"的时候，时间在这里似乎起了波澜，似乎加快了速度。其实不然，时间对于张德旺而言，永远是缓慢的存在。正因如此，张德旺才会觉得，时间是他无止境的痛苦的帮凶，他快要被这无止境的时间和从时间之河泛上来的痛苦逼疯了。他多么希望时间如同一匹快马，早日将他带到解脱痛苦的另一个世界。然而我们都知道，时间的流速永不改变。

现在，张德旺在山上具体已经度过了多少个年头，恐怕连张德旺自己都记不起来了。他已经不去想他在山上度过的时间，他害怕去想它，甚至害怕去想他那不能摆脱的过去，仿佛他从未得到过那样的生活，仿佛他从一出生就被扔在这个杳无人烟的地方。虽然张德旺心里明白，他始终拥有回家的自由，但是他总觉得，他已经失去了回家的最佳时机，他现在已经无法（也不愿）再回去。

于是，事情似乎变得简单起来。张德旺似乎已无须证明什么，因为不管他能否找到野人，他都已经失去了一个旧的世界。他也只能听天由命了。而事实是，张德旺从未停止他的寻找。这种寻找似乎已成了他生命的一部分。他每天依然忙忙碌碌的，从这座山爬到那座山，攀悬崖，走峭壁，依然在希望与失望的交替之中受着煎熬。重复的日子，同样的痛苦，同样的疑惑，时间在他面前缓缓流过，却没有带来任何新的收获。

是的，大山还是那个样子，从这个山顶望到那个山顶，重峦叠嶂、沟壑纵横，又总是被更高的山峰挡住视线。山里的气候也还是那个样子，从严冬到酷暑，从初春到深秋，花开叶落，四季分明。就连月圆之夜月亮升起与落下的轨迹，都有着固定的路线。虽然为了寻找的需要，张德旺搬了两次家，从一座山搬到了另一座山，但是他从未觉得这座山与那座山之间，有什么本质的区别。

这个过程中，如果一定要说出某种变化，就是张德旺变得黝黑了许多，粗野了许多，甚至变得不像一个文明世界里的人了。他刚上山时，虽然说不上细皮嫩肉、衣冠楚楚，至少是干净、整洁而且得体的。现在呢，他不刮胡子、不剪发、不修指甲，浓密的胡须就像野草，狂乱的头发遮盖双肩，从家里带出来的几件衣服穿破了，他就以山麻、藤皮、葛根为原料，用石头砸烂洗净后编织成麻片，然后拼凑成衣服套在身上。如果是冬天，他还要在这身装束外面缀上兽皮。由于不经常清洗，这身衣服和他的身体总有一股怪怪的膻味，他自己似乎从未闻到。

风吹雨淋的野外生活，的确让他改变了许多。以前他爬一个坡要歇好几次，现在他一口气就能爬上去。不是说他的体格在辛劳的奔走中变得强壮了，而是爬山攀岩的技能提高了，练就了走山路攀峭壁如履平地的本领。以前他害怕黑夜和雷雨，现在他懂得了如何应对。以前他被蚂蟥、蚊虫、竹虱子咬了，身上斑痕点点，苦不堪言，现在他的皮肤坚韧得就像刷了一层漆，就算咬了也不会红肿。这样的皮肤不穿衣服也不会被荆棘划伤，天热的时候之所以没有像野人那般赤身裸体，仅仅是出于遮羞和衣着习惯的考虑。

总之，孤立无援的野外生活虽然是让人绝望的，张德旺却适应了这样的生活。更重要的是，他在适应恶劣的生存环境的同时，也战胜了一个人远离尘世的孤独。毫无疑问，战胜孤独要比适应环境更难应付。刚上山时，他每天都要想念妻儿，每晚都要担惊受怕，担心随时有猛兽袭击，尤其做了噩梦时，在孤独、惊恐和茫然中，他瑟瑟发抖。现在，当太阳每天从同一座山上升起，当每一天他从同一个地方经过，一次一次地听到同一只鸟站在枝头啼鸣，他逐渐地喜欢上了大山，喜欢上了山里的小鸟，并懂得了与各类野兽打交道（而不是只想着吃掉它）。幸好有这些鸟兽做伴，让他感觉一个人住在山上并不孤单。

现在，他已经习惯了这样的清净日子，有时候真想永远这样生活下去。在山上开垦荒地，栽水稻、种花生、种菜、种瓜。只是这种想法往往是昙花一现，并不去实施，因为在张德旺的内心深处，他依然想念妻儿，怀念往日的欢乐、忧伤，依然有一种刻骨铭心的屈辱，像蛆虫咬噬着他痛苦的灵魂……

十三

日子，就这样一天天地挨过去了。那是一个天气晴朗的早晨（现在张德旺又在山上度过了若干个年头），张德旺在一阵急促的鸟鸣中醒来。点点点、点点、点点点，这是石灰鸟的叫声，它的叫声是天要下雨的预报，叫声越急，雨点来得越快。然而，张德旺从山洞里探出头来，看见的是湛蓝的天空，完全没有下雨的迹象。

他有些纳闷地回到洞中，等他从山洞里再出来，手中拿着一捆绳子。这个山洞是张德旺最新的家，他每天必须借助这样的绳子爬上爬下。他先把绳子放下来，然后抓住绳子，就像猴子一样溜到地上。不一会儿，他就来到了一个地势比较平缓的山坡，这里有大片的映山红，就像火焰似的开放，映山红的花瓣是微甜的，他一边摘一边吃，吃得半饱，才继续跋涉。

此时正是春季，山上的树木抽出新枝，嫩叶嫩得透明，如同翡翠。五彩斑斓的野花芳香四溢，摘一朵闻一闻，又扔下。大自然到处蓬蓬勃勃，就连平日里藏匿在岩缝里的癞蛤蟆也出来了，他们在泉水流淌处欢快地跳着，一串一串地拥抱在一起。走不远，又看见两只松鼠在树梢上追逐嬉戏，它们悬在随风摇曳的树枝上轻声细语。

混沌潮热的丛林里，到处可见一对对热恋的情侣，交欢的叫声此起彼伏。尽管野兽们因专心交欢而失去御敌的警觉，张德旺却不忍心去伤害它们。目睹此情此景，他不由得想起和妻子的婚姻，想起新婚的幸福与甜蜜。那时候，村里人都说他和乌凤是天生的一对。他们是自由恋爱的，就像这丛林里的野兽。

可是，想到自己离开妻子的原因，他的心情又变得复杂起来，这么多年没有回家了，妻子可能早已改嫁，儿子可能痛恨有这样一个躲在深山里的父亲。想到这些，张德旺的心还是会疼，仿佛这么多年的痛苦是一块压在心头的锥形石头，就连黏稠、阴冷的光阴，都无法磨蚀它钻心的棱角。

只是，这一切又如何能怪他？年复一年地坚守、寻找，最后连野人的毛发、脚印都越来越难发现了，是不是挣脱世俗的纷扰、来到这个没有人烟的地方，恰恰证明了这样一个事实：山上没有野人？我在寻找一个根本不存在的动物？我就是为了证明这个完全相反的结论吗？张德旺觉得，他现在的处境是老天爷对他错失那么多能抓住野人的好时机的"惩罚"。

所以他今天的任务，是要到一片他从来没有到达的区域去寻找。那一片区域地处边陲，谷深坡陡，地形复杂，根据他的判断，已经隶属于邻县的管辖范围。而野人是不分户籍的，它很可能逃往该区域藏匿。张德旺的心里燃起了新的希望，大约走了三个小时，终于找到了一条隐约可辨的通往邻县山区的小径。这条小径会不会是野人穿梭往来于两县交界走出来的？

张德旺满心欢喜，却不敢流露。他就像一只野兽，嗖嗖地健步如飞。果真,当他翻过一个山垭,一直向前方搜寻时,看到对面山谷有一个人影晃来晃去。会不会真是野人出现了?出于某种条件反射,张德旺立刻屏住了呼吸,并且怀疑自己是不是又看走了眼。他躲在棘刺丛里,瞪着眼睛望过去,吓了一跳——只见一个穿着衣服、背着背篓的人,正从离他不远的沟里往上走!

"谁?"那人轻轻地问了一声,然后用一只手遮住太阳,对着张德旺所在的荆棘丛张望。张德旺当时真的吓坏了,趴在荆棘丛里像一只淋了雨的山鸡,本以为找到野人的欢喜就像是遇到冷水的岩浆,一下子冷却、凝固了。好在那个人张望了一会儿,向他这边投掷了几个石头,接着上路了。他一边走,一边从背篓里抓一把石灰,洒在地上。

"他想要干什么?他跑到山里来干吗?"张德旺已经有好几年没有看见有人进山了,寂寞难耐时,他真想跑到有人类活动的浅山上去大声喊叫,引起他们注意,但是又怕他们追来,看见他毫不体面的生活。因此,他现在很紧张,打定主意赶快逃离这个鬼地方。可是当他悄悄爬上山冈,正准备原路返回的时候,没想到对面山上还有其他人,其中一个发现了他,惊呼起来:"你们看哪!野人!野人!双脚直立的野人!"经他一喊,另外几个人也看到了,他们就像紧急救火似的,朝张德旺逃跑的地方跑来。

十 四

张德旺很害怕,这是怎么回事?他们喊的是我吗?他越逃心里越慌张,好几次想停下来,跟那些人解释,他不是野人。可是,他已经不敢停下来,没有办法停下来。他看见追他的人越来越多,那些人有的拿着斧头,有的拿着锄头,嘴里呼喊着,穷追不舍。

张德旺好几次差一点被人追上,又好几次侥幸逃脱,这时他的身体渐渐热了起来,他在山上生存多年练就的爬山本领总算得到了发挥,他已经没有刚才那般慌不择路、辨不出东西南北,他认准了

27

谎言,或者嚎叫

"回家"的方向，没命地跑。

那些追兵呢，已经越来越追不上他，明明看见他在半山腰，他们追上去，他已经跑到了山顶；当他们追到山顶，没路了，明明是深渊，他却抓住一根根藤条，像荡秋千一样跳下去了……追兵们追得满头大汗，气喘吁吁，就连他们的叫唤也越来越涣散；但是他们心里都很兴奋，因为他们发现了野人！

不管怎么说，谁都是第一次亲眼见到野人，既好奇又自豪，又感到一丝恐惧。他们从上午追到了下午，从这座山追到了那座山，在他们的一生中，大概还从来没有这么执着地追逐一个东西，哪怕它是一头追到后可以宰了分肉的野猪，如果追过两个山头还没有追上，那也只能抹抹嘴巴，为吃不到野猪肉感到惋惜。可是今天的情况让他们欲罢不能，尽管十分劳累，他们还是决定继续追下去。

这时，他们发现那个野人奔跑的速度也在减慢，它好像受伤了。于是，他们就像打了强心针似的，又来了力气，他们大呼小叫着，在茂密的丛林里，像一只只训练有素的猎狗。直到猎物被他们围困在一片越来越小的区域。他们又兴奋地喊喊起来：

"你们看哪！他在那边，那边！他朝那块悬崖逃去了！"

"快来啊，不好了，他爬上去了！他要爬到山洞里去了！"

"快！快啊！他爬不动了……"

是的，此时的张德旺已经没有力气了。更要命的是，蛇毒开始发作了。蛇是一条蝮蛇，半个小时前他从一坑洼地跳过去的时候，被它咬了。当时他只做了简单处理。现在他必须爬到山洞里去，那里有他平时预备的蛇药。可是被蛇咬的，正是他的手臂，这只手臂已经肿胀，他只能使用剩下来的一只手臂抓住绳子。好在追兵赶到之前，他最终逃回了山洞。

随即就有人抓住绳子也要爬上来，张德旺拿起一块石头，将挂出洞外的绳子砸断，那个人掉了下去。

张德旺靠在洞里的岩壁上，心还怦怦地跳。

现在怎么办？

对，蛇药，赶快，找到了。

他用嘴咀嚼蛇药，然后把嚼烂的蛇药敷在发黑的伤口上，另一部分蛇药吞进了肚子里，他感到伤口剧痛，胸部恶心。

那些人已经将他包围了。

十五

是的，这的的确确是一群来自邻县的人。他们上山来的目的，是要给刚刚属于自己家的承包山划界的。就在几天前，这些人家通过抓阄的方式，分到了这一片偏远的"荒山"。由于路途遥远，山上多岩石多杂木，这片"荒山"远没有村子附近的杉树林、松树林、毛竹林受欢迎，所以他们抓阄抓到这里，连连叹气。

他们是背着背篓、石灰、油墨、柏树苗、锄头、斧头来山上的。他们显然在山下就分了工，谁用石灰标出各家承包山的分界，谁用斧头在立于分界线的树干上劈出一块白皮、写上一个"中"字（即"界"的意思），谁用锄头在分界处的空地上栽上一棵柏树苗，各司其职。然而，他们这一天的工作还没有展开，就被张德旺的出现打乱了计划。

他们听到"野人！野人"的呼喊，赶忙丢下手中的活，从不同的方向，追赶起野人来了。没想到这一追就追了大半天，当他们终于追到野人的"老巢"，天色已经黯淡下来。抬头仰望，可以看见高高的悬崖上有一个不规则的岩洞，洞口被青藤遮盖，谁也不敢轻易爬上去。

"野人呢，野人长什么样？"

"长头发，黑色，披在肩上，脸长，上宽下窄，像马脑壳……"

由于当时目击野人的距离较远，大部分人都没有看清野人的真面目，有的说它个子很高，将近两米，有的说它跑得很快，一个跨步能达三米，有的说它浑身长毛，无尾巴。它长得像个人，但绝不是人，是一个公的。

总之，那个晚上，山洞下面吵吵嚷嚷的。那些来自邻县的人点起了篝火，烧起了吃的东西，都沉浸在一种前所未有的欢乐与成就中。他们已经派人回去借猎枪了。他们都在说着，自己一路上追赶野人的功绩（仿佛整个追赶过程，他才是最关键的），或者议论着，抓到野人后可能会得到很多奖赏。

"你们还不知道吗？听说许多年以前隔壁县有一个人，光是远远地看见了一个野人，国家就奖励了一千元！"

"是吗？那我们大家都看见了呢。"

"要是活捉了这个野人，那该奖多少啊？"

"至少上万吧……"

他们越说越激动，觉得这个月光如洗的晚上既新鲜又美好，有几个年轻人已经唱起歌来了。

可是就在这些邻县人如过节般高兴的时候，对于躲在山洞里喘息的张德旺而言，则是活在另一个世界。

是的，蛇毒在他的体内扩散了，他的整条手臂发黑，皮肤胀得裂开，浆状血由伤口渗出，他感到浑身灼痛，他努力地支撑着自己，咀嚼蛇药，却吞不下去。他张着嘴，嘴唇抖动着，视线变得模糊，他能感觉到死神在召唤他。死神，跟野人一样浑身长毛，像猿像鬼又像人，狰狞地笑着……

不，不！我不是野人，我不要作为野人死去！我也是人。张德旺振作起来，他要爬到洞口去，说出他是谁。

然而，他的身体万分沉重，像溺在水底。他东倒西歪，倒了下去。

十六

他是被那些邻县人抬回去的。没有人觉得他还能活过来，他们是把他当作尸体抬回去的。他们把他扔在村口，供那些闻讯赶来的人参观。人们拥挤着，伸长脖子，里一层外一层，高声地议论着他们看见的事实：一个传说中的野人。

这个野人虽然不像传说的那样高大、吓人；但是它与常人比起来，的确要丑陋得多：首先它不穿衣服，只在身上吊一张兽皮，以此遮住羞处；其次是它的皮肤，就像树皮一样粗糙、发硬，汗毛更是要比人类浓密得多，简直就像稀疏的头发一样；还有它的脸，一张脸上沟壑丛生，嘴巴突出，颧骨很高；以及它的手掌、脚掌都很大，关节的弯曲也与常人不同……

一时间，张德旺的四周围满了人。人们一波波地涌来，对着张德旺指手画脚，议论着他与人类比较起来有什么不同。这个过程中，那几个参与了追捕野人的年轻人，一直高声地向新来的人讲述着追捕这个野人的过程。人们听了又听，简直比听说书更着迷。毕竟这不是一头野猪或是一头熊，而是一个野人啊！只要想一想这辈子能亲眼看见过一个野人，就不枉来世上一遭。

只是这个野人要是还能活过来就好了，说不定野人比猴子要聪明许多呢。说不定野人还会说话呢。有人就是抱着这样猎奇的心理，趴下身去探了探张德旺的鼻息，似乎还有一丝气，又掰开张德旺的嘴，发现舌苔又黑又紫，接着，他还把张德旺的眼睛翻了开来，没想到，张德旺的眼睑翻上来之后，他那足有乒乓球那么大的发红的眼珠子，就一直瞪着他了。

"啊！野人醒了！野人活过来了——"

那呼喊，又恐怖又尖厉。所有人都跑开了。

跑开，又重新围拢来。

张德旺就这样陷于惊恐的目光和"嗷嗷"的起哄声里，他已经有太长时间没有见到如此多的人出现在他的生活里。他感到很恐惧，挣扎着，想坐起来，重新逃到山上去；但是，他犹如坠入一个噩梦之中，动弹不了。

有胆大的人试探性地问候他："喂喂喂！野人，你好啊！"见他直着眼睛没反应，以为他愚钝得很，就捡起一块小石子扔过去。

"喂，喂！野人！你不穿裤子，都露出你的小老弟了，你的小老弟倒是不小啊，哈哈哈。"

经他这么一提醒，大家都朝张德旺的两腿根望去，只见他的两腿根，真耷拉着一根和人类一样的生殖器。这一极不雅观的情形，让许多妇女羞红了脸，她们正要去骂那个与野人打招呼的人。没想到这时，野人突然张开嘴，"哇"的一声长啸，把所有人吓得没命地逃。

逃了好一会儿，才发现野人并没有追上来；但是他们都不敢走回去了，远远地看着野人扭动着身子，嘴里喊着他们听不懂的"叽叽哇哇"的话。那声音难听极了。

尽管被邻县人当作野人抓回来的张德旺竭力呼喊着什么，试图证明自己也是人，就是许多年以前第一个发现野人的人；然而此时的张德旺，已经与外界失去了语言交流许多年了，他的语言功能退化了，再加上隔着大山的两个县方言不一样，就算从"叽叽哇哇"的吼叫中偶尔冒出一个词语，邻县人也难以听出其中的含义。张德旺从来没有意识到，他已经说不出完整的话语来表达自己的情感。

张德旺喊着喊着，眼泪就像瀑布般地泻下来。

"野人哭啦！野人哭啦！"

"野人也会哭呢，野人跟我们一样，哭得可伤心啦！"

那些翻来覆去看他的人，你推我搡，又往前挤，想看看野人哭的样子；但是又害怕野人突然挣脱绳子追上来，结果闹哄哄的，差一点打起架来，直到从他们的身后，有一只巨大的铁笼子抬了过来。喧闹的人群才肃静了。

那铁笼子，大家一看就知道，是许多年以前大队熊场里用来关熊的。那时候，人们把熊关在笼子里，隔几天提取一次熊胆。现在，这个笼子已经抬到了他们跟前，接着又抬到了野人跟前。那野人一看见铁笼子，又拼命地挣扎起来，"叽叽哇哇"地吼叫着。可是有几个胆大的人突然扑上去，狠狠地抓住了他杂乱的头发和乱踢乱蹬的脚，将他拖进了笼子里。

"哐当"一声，铁笼被一把大锁锁上了。

就这样，张德旺傻了眼，他被那些邻县人当作真正的野人关起来了。

我不是野人！我不是野人！放我出去！……

张德旺张着嘴，却喊不出这一句话，那些曾经属于他的词汇，都背叛了他。张德旺愤怒地用手使劲地摇晃着铁栅栏……

他嚎叫了一夜。

离开牛栏的日子

一

故事或许要从我家的搬迁说起。

在我十二岁那年，父亲突然决定买下生产队的房子，搬出老屋。没有任何征兆，似乎也没有什么理由。当父亲向家里人宣布这一决定时，我们都以为他在说一句属于别人的话。

父亲不得不重述一遍："我跟二队的人说好了，本来一千二的房子，卖给咱一千，那房子不用看你们也知道，又大又敞亮，门口还有晒谷场……"

爷爷用"简直是放屁"将父亲的话顶了回去。爷爷还说："你给我闭嘴！你说什么？买那排牛栏住人？这房子住不下你啦？嗯？"

听爷爷这么说，父亲底气有些不足了："不要说得那么难听，牛栏刷上白灰，不比老屋漂亮？老屋闹鬼，多少次了……"

父亲的话将爷爷激怒了，他放下碗筷，灰白的胡子抖个不停："呸！你个败家子！我看是你在闹鬼！你的心在闹鬼！竟然要去买牛栏住！休想！"

看着爷爷气急败坏的样子，我和弟弟感到害怕，又不敢离开。这时妈妈说话了："还有你这样愚蠢的人？也不看看二队的队屋被谁买走了！别人躲都躲不及！"

父亲阴沉着脸，一副沮丧的样子。很明显，家里人都在反对他。最后他哼了一声，兀自走了，像个被驱逐的幽灵消失在黑暗的街上。

偏执，怯懦，敏感，父亲就是这样的人。当他遇到什么困难或者不满时，就会显得很古怪，好像不是一个正常的人。为了买下紧靠在第二生产队队屋旁边的那排牛栏，父亲天天变着法儿跟家里人吵闹。那样子就好像他有一套完整的计划，一直逼到别人没有退路，直到悬崖。有一次，他把家里的碗全砸了，吃饭的时候，爷爷只好把一根毛竹锯了，用竹筒盛饭吃。

又有一次，他竟然拿出了刀，站在天井里挡住了母亲的去路，说："你们到底买还是不买？买还是不买？"那样子就像一个小孩端平了假枪，逼迫同伴从口袋里掏出糖果。

母亲虽不怕他，但被他纠缠得很无奈。再说，我们居住的老屋确实是可怕的。阁楼上黑乎乎的，就是在白天我也不敢一个人上楼。据说那口棺材自爷爷六十岁那年就造好了，它被家里人放在阁楼靠墙的地方，等着爷爷死。每次经过爷爷的棺材，我的心就会怦怦地跳起来，总害怕会从里面爬出一个青面獠牙的鬼来。而父母总有那么多事情让我去做，一会儿让我上楼去取米（楼下潮湿，米缸放在楼上），一会儿又让我上楼去抱柴火……我只好喊上年幼的弟弟，让他跟我一块去，可是每当经过爷爷的棺材，弟弟就会怪叫一声，跑了，吓得我比一个人上楼还要怕。

事实上，到了最后，家里只剩下爷爷一个人在顽固地反对父亲买牛栏了。母亲虽然没有说过她支持父亲买牛栏，但默默地妥协了。

钱，当然是向亲戚们借的。只要能想到的，能张口的，都去借了。最后还差二百来块的样子，无论如何凑不全了。如果凑不全这最后的二百块钱，房屋买卖契约是写不成的。但是第二生产队的人一想到卖了牛栏，每户人家都能分到一小笔钱，多数同意我家把房契先签下，剩下的钱来年补上。这就加速了我们一家搬到牛栏里去住的进程。

我仍记得父亲带着我去第二生产队的人家摁"指头印"的情形。

按照我们这里的规矩，父亲必须让第二生产队的所有户主在一张白纸上摁下"指头印"。摁了，就表示他们同意我家欠钱，也表示同意将他们的"集体财产"——牛栏，永久性地卖给我家了。为了使事情进展得顺利，父亲特意到代销店赊了几包"金丝猴"牌的烟，让我用书包装上。父亲说："每到一户人家，你都得在门口站着。如果我不咳嗽，你就不要进来。"我知道父亲是想省下几包烟，因为不是每户人家都要用"糖衣炮弹"才能攻克的，有些人家说不定很好讲话呢。

数天之后，经过父亲的不懈努力，房屋买卖契约的附页上终于摁满了第二生产队二十四户户主鲜红的"指头印"，有竖着摁的，有斜着摁的，有带指甲的，有圆滚滚的……密密麻麻，就像父亲头上的癞痢斑，不忍心多看。任务刚刚完成，父亲就嘀咕着"搬家了，要搬家了"回到家。他把那些横七竖八的"指头印"往母亲怀里一搁，就拉起我和弟弟跑到村下头去看我们的"新家"——那排沾满牛屎、坑坑洼洼的牛栏。

父亲就像一个小孩似的，已经提早沉浸在要搬"新家"的喜悦之中了。他用手这里摸摸，用脚那里量量，说："多好的房子呀，只要把里面的栅栏拆了，稍微平整平整，然后把墙上的那些洞眼用泥巴堵上……我们就可以搬到这儿来住了。"

于是，从第二天起，我们全家真的忙起来了。虽然在这之前，家里人曾极力反对父亲买牛栏住人，但现在，大家都有点盼着搬家似的。特别是父亲，浑身有使不完的劲。他带领我们拆栅栏，挑牛粪，打扫卫生，平整泥地，扩建窗户，粉刷墙壁，添置新瓦……真不敢相信这样一个原本破破烂烂的牛栏，经过我们一家人夜以继日的忙碌，越来越像一个"家"的模样了。

但牛栏毕竟是牛栏，再怎么整，还是牛栏。比如，牛栏里的那股牛粪味就是一个让人头疼的问题。完全可以想象，曾经被关在牛栏里的许多牛，它们除了日复一日地用犄角去戳墙壁，一边戳一边哞哞乱叫，还把它们的尿和屎永久地渗进了它们脚下的土地。父亲埋头苦干，掘地三尺，那挖上来的泥还是臭的。父亲试了不少除臭的办法，但它始终在。最后，他只好对母亲说："看来我们只能闻上一段时间了，等人气旺了后，这股子牲畜味自然就下去了。"

沉默了一些时候，一脸愁苦的母亲终于开了口："哼，我一闻牛粪味就想吐！要住你一个人住！债也你一个人还去！现在，家里可是把所有的钱都砸进去了，我想想都后怕……我现在一点儿力气也没有，好像看见一家人跳进了深渊。"

听母亲这么说，父亲把头扭到了一边，我看见他同样心绪不宁。这时，坐在一旁的爷爷干脆发起火来，气咻咻的，好像今天我们还在商量该不该买牛栏似的，他真是老糊涂了，他说："牛栏，牛栏，牛栏是人住的吗？除非你愿意去做畜生！"说完，爷爷气呼呼地上楼睡觉去了。

父亲很尴尬，脸唰地红了，我甚至都能听到父亲脸色嬗变的声音。他又与母亲吵起了架。于是吵着吵着，搬家的日子到了……

我仍记得这个日子——农历四月十六，天未亮，我和弟弟就被母亲从睡梦中叫醒了。"阿逮、阿龙，起床了，今天搬新家！"母亲不由分说地把我俩拉了起来，"时辰快到了，快起床，不要躺下去了！"

我迷迷糊糊地来到了堂屋，发现堂屋里一片通红，原来是两边的柱子上各插着一个火把。就在这时，我似乎看见了什么，心跳到了嗓子眼。只见八仙桌上坐着一个红脸大汉，眼睛瞪得像铜铃，紫红脸庞大如锅盖。还好，母亲很快从里屋出来了，她说："别怕，阿逮、阿龙，这是关公爷爷显圣，大吉大利，大吉大利！"

那个怪物也说："大吉大利，大吉大利！"

原来，他是一个人，一个戴关公面具的人，是父亲从井下村请来的"阴阳道士"。搬家的日期及时辰，也是他老人家根据我们一家人的生辰八字及房屋的朝向测定出来的。

匆匆忙忙，一家人洗漱完毕，并且换上了过年过节时才穿的衣服。父亲点了一炷香，给八仙桌上的"关老爷"鞠了躬，然后在老屋门口燃放了爆竹——再然后，我们一家人依次跟在那个"关老爷"后面，"过五关，斩六将"，浩浩荡荡地向我们的新家走去了。

街上静得出奇，能听见火把燃烧的声音。到了新家，我们又燃放了鞭炮和爆竹。这一回可是真正地燃放鞭炮和爆竹，足足一箩筐呢！鞭炮是挂在竹竿上放的，噼噼啪啪，震耳欲聋，爆竹则从父亲手中"嘭"的一声飞上了天，然后"啪"的一声炸开，火星四射……我和弟弟在新家的晒谷场上奔跑，追着一个接一个的高空爆炸，然后等着爆竹的残骸掉落在我们跟前。以前，我们可从来没有捡到过这么多鞭炮和爆竹！我们的衣兜里、口袋里、裤腰里……塞得满满的！

接着，就有许多本家人来到我们的新家，说他们是听到第一次爆竹响就起床了的。许多人喊我爷爷叫"三叔"，并且带来了家族祭祀时才拿出来用的祭祀器皿。一阵寒暄之后，有人问"磨刀六"起来了吗？有人说他起床了，有人说他还没有起床，于是就派了一个人去喊——"磨刀六"是村里的屠夫。

此刻，那个道士已经摘下了关公的面具，穿上了戏袍似的道士服，在新屋的地上燃起了一堆堆冥火，柱子上也插满了香。他先是摇了一阵铃铛，而后从身后抽出了一把剑，开始念念有词。所有来我家帮忙的人都被道士的"表演"吸引了。据说，他这是在"驱魔除鬼"，目的是要让新屋变得"干净"。大家虽然觉得好看，但心里还是挺害怕的，特别是道士先是一阵猛追直赶之后，双手往额头上一点，一束大火突然从手指尖直冲向屋顶瓦片（牛栏没有阁楼）。这是我们在当时的电影里也没有看到过的。

过了一会儿，杀猪的"磨刀六"来了，大人们杀猪的杀猪，挑水的挑水，搬家具的搬家具，磨豆腐的磨豆腐……一派繁忙的景象。大概在上午十点左右，也就是道士完成本次搬家的最后一个仪式"祭灶神"后不久，我的外公、大舅、小姑、姨娘等居住在外村的一大帮亲戚，也陆陆续续到了。值得一说的是，他们除各自带了米糕、粽子、染了颜色的鸡蛋、花生、用红头绳系着的万年青之外，还凑钱买了一只"以前只有慈禧太后见过"的"自鸣钟"，即闹钟。

可以这么说，这只神奇的自鸣钟刚一出现，就成了我家的焦点。它的体积是那么大，跟一只风箱似的；它的外表是这么漂亮，满身金闪闪的；特别是那钟摆特别长，像谁的一只胳膊……滴答，滴答，滴答，当！当！当！当！……真没想到，它竟然能报数！声音轰鸣，老远都能听到！太神奇了！太神奇了！它能毫无差错地敲十一下！

一句话，那一天我家像赶集似的，这一拨人刚走，另一拨人又来了。人们似乎都在说我父亲有脑子，有魄力，从今天起，我家就是村长家的邻居了，"双喜临门"。我父亲呢，面对这盛大的场面似乎有点怯场，他的脸一直红红的，不停地给来者敬烟，又吩咐我和弟弟给他们提供茶水。这样闹闹哄哄的气氛，直到村长来了，坐在一个显要的座位上，才安静下来。

那一天，或许是我家历史上最值得骄傲的、最值得纪念的一天了。

二

然而，新的生活并不是快乐、美好的。自从住进牛栏，我就病了一场。母亲说，我是被牛栏里刺鼻的牛粪味熏的。我不知道。我想我是吃那些剩食吃的。因为热热闹闹的"乔迁酒席"之后，母亲舍不得将大伙儿吃剩下的残羹剩渣倒掉，将它们一一收集在脸盆里、陶钵里、钢精锅里，苍蝇们在我家的厨房里狂欢，在有油渍的地方盘旋；加上天气又热，那些名义上的"大鱼大肉"很快就馊了，泛着白沫。我恨不得把肠子也拉到茅坑里去。总之，等到我的肠胃稍稍好受一些时，已经是我们住进牛栏的第二个月了。

这一天，是一个阳光明媚的中午，我和弟弟在门口的晒谷场上玩耍起来。因为弟弟要比我小六岁的缘故，我总爱带着"欺负人"的性质逗他玩，比如打他一下，拧他一把，故意惹他生气，看他怎么气急败坏地来追我。这一天也不例外，我根本就不会去兑现游戏前讲好的某些承诺。于是，他就急了，哇哇大叫，追着我跑，他怎么可能追得上我呢？于是被激怒的弟弟手拿一根木棍，恶言恶语地骂起来了："臭小子！兔崽子！快让我刮你鼻子！刮二十下！你这个无赖！我非打断你的腿！让你瘸着腿走路！让你讨不上老婆！让你断子绝孙！……"

弟弟从小就是一个很会骂人的人，现在回想起来，或许正是弟弟的这一番叫骂埋下了祸根。假如那一天，我不去惹弟弟发火将有多好！但是也很难说，你知道，我家的牛栏与邻居村长家的房子是呈"√"形对角的，"√"形中矮的一端即我家，长的一端是村长家。事实上，这是再明白不过的，因为村长家住的正是第二生产队的队屋，而我家住的则是队屋一侧的牛栏，我们两家的房屋朝向是不一样的。只不过生产队解散后，村长先买下队屋住进来了，他一住进来，牛自然就养不成了。

"你们赶快把我家屋后的牛栏卖掉，不准养牛了，不然我叫人拆了！苍蝇蚊子满天飞，熏死个人！"

于是，大家应该能明白，像大会堂一般巍峨矗立的村长家一侧，出现一排自惭形秽的牛栏是合情合理的，而我和弟弟相互追赶的那块晒谷场，也不是村长家的那块晒谷场，它们之间是有阻隔的，所以也就明白当村长突然从他家院子里冲出来骂我们"吵什么！吵什么！还让不让人睡午觉"时，我们当然感到很委屈，也害怕得要命。

那是非常凶恶的声音。

虽然搬到新家之后，我对村长是产生过一丝好感，每当在路上碰到，总要提早站住，红着脸，在他走近时喊他一声："村长伯伯。"他总要"嗳"上一声，有时还会问："干什么去呢？"我于是如实相告。然而那天他让我感到从来没有过的害怕。是的，我们宁愿他是一个村长，因为村长身上的权力只会让大人感到害怕；但是我的邻居穿着"三接头"皮鞋"咔嚓咔嚓"地跑到我们跟前来时，又分明是那个"吓唬"我们度过了整个童年的赤脚医生！

他有一张瘦长的脸，宽嘴巴，高鼻梁，额头窄而平，终日穿一身旧军装。他从我记事起就是村里的赤脚医生了。单从字面上看，你一定会以为"赤脚医生"是"赤着脚的医生"。《现代汉语词典》是这么解释这个词汇的：【赤脚医生】chìjiǎoyīshēng，指农村里亦农亦医的医务工作人员。这就不难理解我们的赤脚医生为什么是穿着皮鞋的，许多像我父亲这样的农民倒是赤着脚。

要知道，在当时能穿得上皮鞋的人是很少的，简直比瘸着腿走路的人还少。在吴村，最早拥有皮鞋的人是一个从城里退休回村的老工人，他拥有一双"翻毛"皮鞋，也就是那种高帮的、表面粗糙、样子像雨靴的皮鞋。据说城里的工人每天都要穿着这样的皮鞋去上班，所以他们都是很幸福的人。直到几年以后，吴村才出现了第二双皮鞋，这双皮鞋的主人就是赤脚医生。他拥有一双黑色的、矮帮的、三接头的皮鞋，据说是他退伍那年从部队里带回来的。

说起来难以置信，记忆中，我和我的小伙伴从小就害怕听见村中央的石板路上响起"咔嚓咔嚓"的声音。只要听见这个声音一响起，我们就会条件反射般地想到一双黑色、矮帮、三接头的皮鞋。从这双皮鞋，又会条件反射般地想到赤脚医生来了，想到他手中拿着针筒，想到他怎样强行剥掉我们的裤子，掰开我们的嘴，给我们打针，灌我们吃药……于是，我们吓得号哭着四散，跑回父母身边。

对幼年时期的我们而言，打针是最可怕的事，或许我们一辈子也不会忘记被赤脚医生制服，光着屁股趴在父母的膝盖上满怀恐惧地等待疼痛从天而降的那个过程，仿佛等待枪声响起的死刑犯。

唉！我在当初那些哇哇大哭着逃避打针的日子里绝没有想到，若干年以后，赤脚医生会成为吴村的村长，继而又与我们家做了邻居！他骂了我们一通还不够，又一再追问我们："刚才是谁骂我'断子绝孙'？嗯？是谁骂的？"

我真不明白他为什么要诬赖我们骂了他"断子绝孙"，刚才弟弟明明是骂我的。他却不听我们的，非要我们说出刚才是谁骂了他"断子绝孙"。他见我们不肯承认，就一手拽住一个，硬把我们拽到他家院子里去，然后让我们脱掉裤衩站在墙根。

他恶狠狠地说："你们不说出来，就一直这么站着！"

我和弟弟怕他会用针筒惩罚我们，扎我们屁股，吓得半死，不敢把屁股露出来，乖乖地靠墙而站，并且用手捂住还没有发育成熟的生殖器。

"不说？哼！那么是谁骂我'瘸着腿走路'？嗯？"

弟弟已经吓得发抖，不敢哭出声音。我只好替弟弟承认说："刚才是我骂的……但是没有骂你，都是骂我们自己的……"

"骂你们自己的？你竟敢撒谎！"村长说着，跳到我的跟前，只听"呲——"一声，他的裤管被他撕到了大腿根，一条生锈的假腿突然从裤管里暴露出来，像一根圆规，他指着它："你们给我睁大眼睛瞧瞧！竟敢在背后骂我瘸腿！人民解放军保卫了你们这么一群败类！我真该把你们的腿锯了喂狗！"

说着，也不知道村长要干什么，他突然恶狠狠地推开了我和弟弟捂住生殖器的手，那架势仿佛要一口咬住它，撕碎它，吃掉它似的。我感到很害怕，很害羞；然而，村长并没有要伤害我们的意思，看到我们瑟瑟发抖的生殖器，他就像被人点了穴似的，我看见他的眼睛里忽然涌出了一股清流。

他摆了摆手，说："你们……走吧……回去吧……"

见我们一时没有反应过来，又说："我已经不生你们的气了，你们回去吧，用不着怕我。"

说着，他蹲在地上抹起了眼泪，反而像被我们欺负了似的。

我和弟弟趁机跑回了家。

整整一个下午，我们不敢出门，不敢大声说话，呆呆地等着父母回家。偶尔，我们也为刚才的"受辱"相互抱怨，弟弟怨我不该"耍赖"，我则怨弟弟不该骂人。最后，我们把矛头对准了村长，发誓等我们长大了，要好好"收拾"他。尤其是弟弟激动得挥舞拳头，一再发誓："到那时，我一定要把他摁在地上，让他吃狗屎！"

我第一次在弟弟面前感到无能了。因为我清楚自己的真实想法：即使等我长大了，我也不敢去报复村长的，我发现我是那么怕他。

天黑时，忙碌了一天的父母回来了。他们回到家时有气无力的，连一句问候都没有。三个人中只有爷爷相反，他一回到家就兴致勃勃地凑到闹钟跟前去看时间，说："哎哟，迟了迟了，迟到二十分钟了。听不到了。"他说的是今天回来迟了，没有赶上听闹钟敲响傍晚七点钟时的那七下轰鸣，他只能等闹钟敲响八点钟的时候再听了。

吃晚饭时，母亲才看出了我和弟弟的情绪与往日有所不同，就问我们是不是跟人打架了。我的眼泪流了出来。我告诉家里人，下午村长突然跑来骂了我们一通，还让我们脱下裤子站在他家的墙根。弟弟

离开牛栏的日子

则帮我补充了村长撕掉他的裤管让我们看他的假肢的情景。

母亲听了，用筷子使劲地搅拌碗中的米饭，对父亲说："你去问问，咱家的孩子在自家的晒谷场上玩，碍着他什么了？"

父亲埋着头，大口大口地吞饭。母亲一把夺下父亲手中的碗，又要父亲去问。父亲失去了手中的碗，只好抬起头来看母亲，一脸为难地说："是村长治好了阿逮的痢疾。小孩子的事，问个啥？"

母亲说："他为阿逮治痢疾没有收钱吗？他的腿是为阿逮废掉的吗？你不敢去你就说出来！村长又怎么啦？村长就有权不让孩子玩耍了？"

父亲嗫嚅着，身体微微发抖："哎，哎，你别让人家听到了！"

母亲"哐啷"一声，把碗摔碎在地上："我一不偷二不抢，我怕他个屁！我要让他知道我们陈家不是好惹的！"

父亲见母亲动了真格的，再也不敢吱声了，只好冲我们吼："你们两个不争气的东西！还不快去拿扫帚扫了！以后给我记住，不该你们骂的话就别骂！听到了吗？"

我和弟弟低着头，放下筷子，赶忙向屋角的扫帚跑了去。我们都没想到母亲会发这么大的火。

三

一转眼，搬到新家住又过了一个月。我家与村长家的关系虽然谈不上亲密，倒也相安无事。平时大家碰到，还是比较热情的。尤其是两家的妇女，交往多了起来，比如相互串门，结伴拔猪草等等。

渐渐的，关于我和弟弟被村长骂了一通这件事，很快被大人遗忘，或者说虽然记着，但已经不想再去追究谁对谁错了，就连弟弟也不再跟我提起这件事。有时候村长家农活忙（村长从不干农活），母亲还会叫父亲帮忙去做，父亲总是任劳任怨地去做。唯有我还记恨着村长，每次在路上遇到他，总要迅速地躲开。

然而这时候，村长跟我家套起了近乎。似乎他也知道对不住我和弟弟似的，每次往我家跑，都要问父亲："'二癫头'，你家的阿逮、阿龙呢？这两天好像没有看见了呢。"父亲就会东看西看，喊起我们的名字。

我们当然听见了父亲的叫唤，因为我们就躲在卧房的门后头；但是我绝不会去见村长的，我也不允许弟弟去见他。村长很狡猾，扑了几次空后，就带了糖果来。这下子，弟弟就再也不听我的使唤了。弟弟就像饿狼似的去抢村长放在八仙桌上的糖果，剥了糖纸就往嘴里塞，还朝村长做鬼脸。于是，村长看着我的弟弟，眼里冒出光来，又跟父亲讲起了他在部队的光荣史，简直是不厌其烦的光荣史……说他的腿是怎样被炸药炸到什么地方的天上去的……并且每一次来，都要让它再发生一次。而我的父亲竟然有这样的耐心，毕恭毕敬地，准备将村长的光荣史听上一千遍。

值得一提的是，村长一般是在下午或者晚上的时候，抽空来我家坐坐的，间隔是三至五天；可是有一次，村长竟然在一个大清早就大驾光临了。村长说："'二癫头'！今天我买了一条狗，待一会你来我家帮一下忙！"

父亲满口答应着，又是擦凳子，又是泡茶、递烟（父亲的口袋里永远藏有一包专门给别人准备的烟），但村长说："我不坐了，我不坐了，他们还等着我回去呢。"

父亲不敢怠慢，走到里间换了一身干净衣服，然后就慌里慌张地往村长家跑。不一会儿，村长家的院子里就响起了狗叫声，很骇人。

我叫来弟弟，爬上村长家的院墙往里看。只见一条倒霉的狗龇牙咧嘴，已经吓得发疯。院子里虽然站着一圈人，但手拿铁棍打狗的，只有屠夫"磨刀六"和我的父亲。他们两个一会儿追着狗跑，一会儿狗又追着他们跑，狗叫声与惊恐声混成一片。

父亲原本是一个怕狗的人，可这天他却拿着铁棍去打狗！刚开始的时候他躲躲闪闪地跟在"磨刀六"的后面。几棍子打下来，他就不再怕狗了，那样子甚至比杀猪的"磨刀六"还凶狠。那条被打瘸的狗呢，终于被他俩逼到了一个死角，瞪着一双血红的眼睛，喘着气。

我知道，父亲此刻一定也很害怕。这一点我能从他头皮的颜色变化上看出来。每当他感到害怕时，头上的癞痢斑就会变得这样惨白惨白的。但是他为什么还要往前靠？狗已经多次向他发出警告，满嘴的牙齿全露到外面来了。它会咬死你的！爸爸！

　　然而我的父亲还在向前靠，战战兢兢的，直到那狗突然跃了起来，就像一只下山的猛虎……一场殊死的搏斗就这样开始了。那血雨腥风的场面如果没有目睹，是很难想象的。我们根本看不清父亲是不是被狗咬了，也弄不懂那狗是不是被父亲揍趴下了，就像两只关在笼子里相互撕咬的野兽……我们只听见混战之中，那狗在没命地吠，父亲在没命地叫。

　　担心让我们忘掉了时间，不知过了多久，从狗鼻里流出来的血，快要把整个院子染红了。而我的父亲，此刻还在墙角往死里揍那条狗，直到逃得老远的"磨刀六"跑过去告诉他那狗已经死了，他才丢开手中那根血淋淋的铁棍，两眼发直地看着大家。此时，躲在屋里看热闹的乡干部们从村长家里走出来了，叽叽喳喳地说个不停。

　　我认识那个最胖的乡干部——杜富，他以前就经常来我们村颁布各种新政策。他是一个又粗又矮又黑又胖的人。记得早几年，杜富每次来我们村，都要背一支步枪，一路上看见鸟就打鸟，看见野兔就打野兔，实在没什么可打的话，就卷起裤管打鱼。枪响过后，鱼们翻着白色的肚皮从被震碎的石头底下浮上来，就像秋天里被风吹下来的树叶那么多。可如今，再也没见他用步枪打过鱼了，据说原来的枪支弹药早已收缴上去了。

　　我看见杜富一扭一扭地走到我父亲跟前，拍拍他的肩膀，大声说："呵呵，这位同志，你是打狗的英雄！吴村的英雄啊！"

　　只可惜面对这样的赞誉，我可怜的父亲竟好久没有缓过神来，就像他第一次做贼就被抓住了似的，脸色苍白如纸："杜、杜、杜乡长……我我我……不怕狗了……"

　　晚上，父亲从村长家一瘸一瘸地回来了，喝得醉醺醺的。母亲关切地问："'二癞头'，狗打死了？你的伤势怎么样？打过针了吗？"

　　父亲一瘸一瘸地坐到长条凳上，理直气壮地说："喝了！跟杜乡长一块喝的！咯——还吃了狗肉——咯——"

"瞧瞧你，高兴成这个样子！"母亲笑了，"还知道自己是谁吗?"

父亲突然梗起了脖子，他大概以为母亲这是在讥笑他，骂了起来："好你个臭婆娘！啊呸！我是谁，要你、你管吗？杜乡长说我、我——咯——是吴村的英雄呢！"

母亲开怀大笑："瞧瞧你，能打死一条狗就是英雄，那世界上都是英雄喽。"

父亲恶狠狠地看了母亲几秒钟，就好像母亲的这句玩笑话像一把匕首刺痛了他——父亲真的是一个不懂得调情的人，要知道，当母亲从我嘴里得知杜干部夸他是"英雄"时，内心是多么激动，她是唱着歌等父亲回家的，因为她一直希望父亲是一个"正常"的人，受人尊敬的人——可父亲却无缘无故地骂开了，说什么小时候生了头癣被人骂，长大后不会打架被人欺，因为不听广播说错了话，结果是挨斗！说什么他受够了，他买下这个牛栏就是要跟村长做邻居，看村里人再怎么来欺他，来斗他……

母亲哭着跑进了卧房。

四

第二天早上起来，我以为父母还要吵架，因为按照惯例往往是要连着吵上几次的，我却有些奇怪地发现他俩奇迹般地和好了。这一点，从我母亲坐在门槛上清洗父亲昨日的那套"血衣"就能看出来。

"阿逮，你爸爸昨天被狗咬伤了，你看，裤子都破了。"母亲看我观察她，这样说。

那段时间，的确是父母相处最融洽的日子。当然，也是我家与村长家相处最融洽的日子。我的父母争吵渐少了，他们与村长家的交往更深了。那段时间，有空没空，父亲总是帮村长家干活；村长家呢，一旦来了上面的干部，总要叫父亲去帮忙准备食物。

现在，村里的"磨刀六"和我的父亲基本上成了村长家随叫随到的厨师和猎手。父亲终于融入了他想要的那种生活当中。

众所周知，"磨刀六"的本行是杀猪，但由杀猪这行当延伸出来的是他会炒猪肝、猪肚、猪耳朵、猪腰等等跟猪相关的菜肴，又由于掌握了跟猪相关的菜肴之火候，他又无师自通地掌握了所有跟肉类相关的多样性烹饪。事实上，我家那顿热闹非凡的"乔迁酒席"就是由"磨刀六"帮我家杀完猪后烹制的。

我的父亲呢，虽然不是一个天生的猎手，但由于他从小生活在吴村，从三岁那年就爱追在野兽后面跑，看见野兽就想把它打死，所以作为一个猎手的基本训练早在他的童年时代就完成了。当然，父亲作为一个猎手的狩猎生涯，应该从他打死村长家的第一条狗算起，从此一发不可收，又打死过许许多多条狗。打狗成了父亲最初的特长。

或许你会问："能打死一条狗就是猎手，那世界上都是猎手喽？"我在这里告诉你：是的，因为打死一条狗并不比打死一只野兽来得轻松！

并且我还想告诉你：那一段时间，我们可崇拜我们的父亲了。

父亲简直成了吴村最有名的人！在路上，有村里人迎面走来，总是要提早站到一边，让路给父亲，态度很恭敬："'二癫头'，又去捉什么呀？"人们总是这样问。而我的父亲一直是理直气壮的：捉蛇，或者掏鸟蛋，或者逮野兔，或者看看哪儿有穿山甲……

父亲成为了一个越来越精于捕猎的高手，虽然他没能像井下村那些职业的猎人一样捕获过野猪、黑麂、豺狼等大型野生动物，但你知道，我的父亲是没有猎枪的，完全是靠自己的智慧和灵巧的双手，来捕获上面来的干部爱吃的野味的。能做到每次出去不空手而归，已经非常不容易了。

我仍记得父亲为了捕到一只野鸡，怎样废寝忘食地设置"绳套"。可以说，这种绳套完全是他自己发明的。在他认为有野鸡出没的地方压弯一棵灌木，在灌木顶端绑上一根绳子，将绳子的另一头做成一个活套，然后用非常复杂的技巧将这个活套埋在灌木丛下，周围撒上米。一旦有野鸡因为想吃米而踩进活套，只听"呼哧"一声，被压弯的灌木弹起，野鸡就会被活活勒死。

除此之外，父亲最惯用的是他根据"捕鼠夹"原理制造的"捕兔夹"。那玩意除了没有捕到过兔，已经捕到过十几种小动物（兔子吃草，不吃夹子上的食饵）。有嘴馋的人看见父亲老有所获，就想模仿父亲的捕兔夹制造自己的捕兔夹；可是他们试了一下父亲的捕兔夹后，就再也没有这种愚蠢的念头了。因为这玩意一旦失灵或者不慎碰到，你就等着缺手指、断胳膊吧。

有时候，特别是上面的干部来得过于突然、而时间又到了该吃饭的时候，父亲还会急匆匆地跑回家让我和弟弟跟他一块去小河里捉螃蟹、小鱼小虾什么的。这时候的父亲一下子变得可爱了，仿佛又回到了他的童年。

那时候的金塘河河水清澈，鱼类繁多，有一种鱼叫"石板鱼"，如筷子般长，身上有黑色的花纹，一见人就往岩石底下躲。以前杜干部最爱吃这种鱼。不过，他是用步枪将它们"震"死的。我们为了捉到这种鱼，不得不将自己脱得赤条条的，潜到小溪的深潭里去摸那些岩石底下的缝隙。

现在回想起来，那是多么快乐的时光呀！我们熟悉了什么样的石缝里鱼最多并且容易逮住后，总能从石缝里摸到很多的鱼。每次去村长家之前，父亲都会偷偷地从这些鱼当中挑一些个头比较小的，让我们带回家。

当然，在父亲的狩猎生涯中也有完成不了"任务"的时候，比如他受了伤，或者运气特别不好的时候。

有一次，上面来了一群搞计划生育的，十来个人，来抓大肚子妇女，他们跟村长开起了玩笑，说今天你能不能给我们弄一点以前来的时候没有吃到过的东西。村长笑着问他们那没有吃到过的东西是什么，他们却说不上来。这可把村长愁苦了，更把父亲愁苦了。倒是我的爷爷脑子灵，虽然他自农忙结束后，被家里的自鸣钟"折腾"得木木愣愣、神思恍惚的；但在那一天，他突然离开了摇晃不停的钟摆，冒了一句："他们没有吃过的东西——我看是茅坑里的屎！"

只可惜爷爷的这句话，是在村长和父亲都离开了以后说的。否则，我的父亲也用不着去冒那么大的险，爬到高布山上去捕捉那条

"比碗口还粗"的蛇。

据说那一天父亲爬到高布山上去，本来是想去摘野果的，因为他把所有能捉到的动物都想了一遍之后，实在想不出一种他们没有吃到过的东西；终于想到了的，又没有能力捉到。后来，他就想到了野果，比如猕猴桃、野葡萄、野山楂、山茱萸什么的。父亲心想，这些高山上的野果，他们肯定没有吃到过。但由于那一年天气有点反常（鬼才知道是不是天气的缘故），野果青涩，难以入口。

父亲在山林里转了一圈，不敢空手而归，就到护林员的窝棚里休息。护林员听了父亲的心事，告诉他在高布山的劳动坞有几个蛇洞，里面住着"眼镜蛇王"，上次把他养的几只鸡吃掉了，希望父亲去碰碰运气。

"它现在肯定在洞里，一般等到太阳下山才出来活动。不光吃我的鸡，连野猪仔都吃。这样下去，它都要成精了。你来得正好，帮我消除祸害。"护林员如是说。

到了这个时候，父亲已经顾不上那些上面来的干部是否吃过眼镜蛇了。他跟护林员去了劳动坞，果真在山坡向阳处发现了蛇洞。只可惜那时候我已升学到井下村读书，所以未能目睹父亲活捉"眼镜蛇王"的经历。以下描述是我根据护林员的讲述整理的：

"我和'二癞头'用手电筒往里一照，差点没把我吓死，只见里面横陈着一团蛇的肚皮，比碗口还粗！吓得我直劝'二癞头'回去得了。'二癞头'二话没说，就用锄头刨起蛇洞来。这样刨了大约半个小时，没想到那截蛇肚皮不见了。很显然，蛇洞底下是一条横向的通道。这条通道有可能连接着别的出口。'二癞头'找到附近的两个洞口，用石头堵上。渐渐的，'二癞头'刨到了底，挖上来的泥滑溜溜的，一股腥臭。可是，那蛇要么往左走了，要么往右去了。总之，你要捉到它，得往右刨，或往左刨，但这显然是不可能的，因为那通道太深了。

"这时候，'二癞头'做出了一个让我吃惊的决定，他要我帮他提着脚，他要沿刚才刨开的土坑探下身去，看看那蛇到底往哪个方向去了。'二癞头'说，如果蛇爬得不太远，说不定还可以一把抓住它的尾巴把它拖出洞来！然而，实际情况不是这样，当'二癞头'像一只偷吃盐巴的山羊那样探身到坑内去以后，他突然蹬起了腿，一副要拱上来的样子。我赶紧将他往上拖，心想他肯定抓住蛇的尾巴了……"

每当护林员讲到这儿，总要擦一擦额头上的汗，向周围的人形容他是怎样将我的父亲像"拔"萝卜一样"拔"到坑外来的。这拔的姿势非常重要，因为只有这样往外"拔"，才能看到我父亲的双手死死掐着那条蛇的头。

"我吓得腿都软了，那蛇头——离'二癞头'的头就三四十厘米远！如果我稍一松手，那蛇就会咬到他额头！我冲二癞头喊了一声：'不要动！让我想想办法！'实际情况非常急，我看见那蛇拼命地想从洞中蹿出来，好几次差一点咬到了'二癞头'……这时，我脚下的一块石头偏偏松动了，我'哎哟'一声，拽着'二癞头'滚下了山坡，一直滚到一块平地上，我才发现'二癞头'并没有滚下来，而是一动不动趴在斜坡上，我赶紧跑过去看，才知道他的两手还掐住那蛇头，蛇的身子则缠在'二癞头'的身上……我立刻抽出刀鞘里的砍刀，用刀背猛拍蛇的身子。过了一会儿，蛇松开了'二癞头'，死了……"

尽管在这传奇的背后，也有个别人嘲笑我父亲"被蛇咬死了也是活该"，但这样说的人是不负责任的，不为别的，只为父亲敢赤手空拳爬进蛇洞里去捉蛇的勇气。试问，吴村还有第二个人敢像我父亲一样爬进蛇洞里去捉蛇的吗？没有。至今也没有。

五

不久，天凉起来，秋天到了。我们的生活一如既往。一个星期六的夜晚，天气闷热，直到接近黎明时分才下了很大的一场雨。第二天早上起来的时候，我发现门前的晒谷场被雨水泡软了，一些生草的地方钻出了蚯蚓，几只鸡叼着蚯蚓相互追逐着，将蚯蚓拉得很长，很长……

早饭后，弟弟跟母亲去河边洗衣服，我无事可干，坐在门口做起作业来。这时，我突然听见在晒谷场的另一边，响起了一只鸡的叫唤，是鸡挨了踢后的叫唤。我循着声音望去，感到心头一惊，又是赤脚医生朝我家走来了！我只要一见到他，心里就发怵，赶紧往家里走。

"阿逮，你爸爸呢？"他远远地问。

我没有理他，继续往家里走。父亲的耳朵真灵，我刚迈进门去，他已经从有线广播的下头蹦到了门口，批评我说："你这孩子，怎么不理人！"然后笑眯眯地站在门口，迎接村长，大声说："啊，村长！你来了。"

村长"嗯"了一声。

父亲谨慎地问："上面来人啦？"

村长一脚迈进屋来，黏糊的泥巴从"三接头"皮鞋的鞋跟掉落，屋子里一下子暗了许多。他说："还真来了哩。"

父亲拍了拍衣袖，并且喊了我一声，就准备往外走。父亲说："今天阿逮也在家，我就下河摸几条鱼吧！还有古泡桐上的蘑菇也该长出来了。一会儿就回来了。"

村长却毫无离开的意思，站在屋中央东张西望，看我爷爷像个瘟神似的守在闹钟旁。"你在干什么呢？阿逮爷。"村长终于问。

爷爷有些害羞似的，望了望钟，又望了望村长，说："我呀，嘿、嘿，看、看着钟哩。"

村长说："看着它？它又没有脚，跑不了！还没看够哪！"

一有空闲就爱守在闹钟旁边，看闹钟"滴答滴答"响的爷爷，就像被人揭了短似的，红着脸说："钟坏了，我想多听几次报时，就把时针快速地往前转，结果你看，乱了套了……为这事，昨天还吵了架……"

"这个呀，"村长走上前，看了一会儿钟面，又看了一会儿钟摆，说，"时针指的方向是对的，钟摆也没有问题。你瞧，跟我手表上的时间一样哩。"

"可它的报时总是报错。"爷爷激动地说，"是不是它跟我一样老糊涂了？"

村长哈哈地笑起来，笑得前仰后合的，就像他脚下的那块地会扭来扭去似的；然后，他将鞋底的泥巴全部磕在我家的门槛上，准备回去，但又想起了什么，从衣兜里掏出来一张折叠好的纸。

父亲一直站在门口等着他，见村长看他，就问："村长，还去捉鱼吗？"

村长把那张纸递给父亲，严肃地说："河里涨水了，不要去了。这是一张申请表，你先填好了，到时会有用处的！还有，那面墙上的画像也该换一幅新的了，都什么时候了。"

说完，村长就走了。

父亲愣了好长一会儿，手中捏着那张纸，像个木偶人似的。渐渐的，我看见他的秃顶上有了雾气，呼吸也急促起来，他突然将村长递给他的那张纸死命地摁在瘪瘪的胸脯上，弓着的身子一鼓一鼓的。我怀疑他是不是心脏不太好，只见他突然将头一仰，皮包骨的脸缩成了一团，就像颗饱经风霜的山核桃似的，大颗的眼泪顺着面颊上的沟壑滚到了肩膀上，他的肩膀哆嗦起来。

他终于蹲了下去，两条胳膊捂住自己的脸，手中的纸片瑟瑟作抖："娘……娘！你的儿子也有今天，也有今天！可怜你看不到……娘！"

父亲抽泣着，压抑的哭声吸引了鸡的注意。它们停止了奔跑，好奇地看着父亲蹲在门槛上，一会儿哭了，一会儿笑了。我感到害怕极了。

父亲哭了一阵，接着就跑到里屋去，到处找酒喝。他的记性真好，不知道什么时候剩下的半瓶酒，被他从碗柜中找到了。他喝了起来，一副要跟谁去打架的样子。爷爷当然也注意到了他的异常举止，站在闹钟旁边看着他。

爷爷说："你怎么又喝酒啦？"

父亲说："我高兴！"

爷爷再没说话。

我知道，父亲是不喝酒的，如果要喝酒，就说明他要在自己家的范畴内闹事了。我似乎预感到了什么，像一颗子弹一样飞了出去。我想去河埠头寻找母亲，告诉她，今天父亲又要闹事了。

然而，父亲喊住了我："站住！干什么去！"

我不得不在湿软的晒谷场上站住了，因为"急刹车"的缘故，我的一只鞋陷进了泥里。那是一只已经残破的解放鞋，去年在井下村供销社买的。

"你给我回来！你又要疯到哪里去？嗯？"父亲已经站起来，双手叉腰，刚刚哭过的眼睛里闪烁着凶暴的焰火。这焰火，只有他在村长家的院子里拿铁棍打狗的时候出现过。

我害怕了："我我……去找……弟弟回家。"我扯了一个谎。

"没有像你这样的！你是不是又想跑到你妈那里去说我的坏话？嗯？"父亲说着，将手中那张纸高高地扬了起来，"我要警告你们！警告全吴村的人！这荣誉不是我拍马屁拍来的！而是用堂堂正正的奋斗得来的！你们永远没有权利耻笑我！"

爷爷终于看不下去，嗓门高了起来："狗东西！给那小子打了几天狗就想造反了不是！我真想一巴掌扇死你！"

父亲说："老不死的，你还想压制我是不是？半辈子了，还想压制我到死是不是！"

爷爷做梦都想不到他的儿子有一天会这么跟他讲话，气得吹胡子瞪眼，举起凳子就向自己的儿子砸去。凳子砸空了。爷爷又拿起茶柜上的两只香炉，掷过去。这次掷中了。父亲"哎哟"一声，眼睛都睁不开了。

然而，爷爷毕竟年纪大了，手中的香炉虽然掷中了父亲，但还不至于将他掷得倒下去。所以父亲把眼睛里的香灰抠出来后，就冲了过去，将爷爷按倒了……父亲的拳头就像雨点似的落在爷爷的后脑勺上。

六

父亲变了。这个变化仿佛是在片刻之间完成的。也就是当他怀揣那张纸片，蹲在门槛上哭了一通之后，就变得这样乖张暴戾、蛮横无理。

对于这样的变化，最不能容忍的仍是我的母亲。她是听了我的报信之后匆匆赶回来的。当她拨开里一层外一层的人群，看见自己的丈夫将墙上的毛主席画像撕了，茶柜上的闹钟砸了，还站在八仙桌上像京剧里的杨子荣那样手舞足蹈时，她的眼前黑了一下。

"'二癞头'，'二癞头'，你真的疯了吗！"

母亲的这一声号啕，让所有在场的人感到心头一紧。只见母亲就像要扑上去撞墙而死似的，在门口号啕了一声之后，急速地冲向八仙桌上的父亲，将父亲又蹦又跳的两个脚腕死死抓在手里。她使出了吓人的力气，将父亲摇晃得随时要翻下八仙桌。

"我的命好苦呀，'二癞头'！我以为你从此变正常人了，就像村里人一样，通情达理，受人尊敬……没想到只一会儿工夫，你就疯了！早上我出门时你还好好的，这是为什么呀，为什么呀……好心的村里人，告诉我，这是为什么呀？"

我的父亲被母亲使劲地摇晃着，就像一套晾晒在空中的衣服被一阵突如其来的狂风猛烈吹刮。终于，父亲被这一阵大风刮到了地上，又被风刮到了墙脚。一些人跑上前去，将那狂风抱住了，让她吹不到他。

"要冷静！冷静！冬妹！'二癞头'没有疯！还没疯呢！"他们试图让母亲冷静下来；但母亲挥舞着手臂，继续着她的悲伤。因为她担心自己的丈夫会发疯，已经不是一年两年了。

"你们不知道，他从来就没有过一天正常的日子，你们不知道我有多担心他会发疯……跟这样的人做夫妻，全吴村也只有我能坚持到现在，我事事忍让他，以为他会好转，他要住牛栏，我就帮他去借钱，为了那些债，我的头发都愁白了呀！你们，你们这些好心的村里人，你们不要管我，我只有把他杀了，一家人才会得到安宁……你们都回去吧！把我家的阿逮、阿龙也带走！等我做了牢，还要请你们多多照顾他们……晚上的时候，你们再来帮我收尸吧！呜呜……"

母亲的哭声感染了所有的人，许多妇女泪流满面，许多男人默默地背转身去。而我，早已哭得嗓子沙哑，脑子里嗡嗡的，想找一个地方躲起来。

这时，唯有我的父亲是最威风的。他挣脱了众人的阻挠，冲到母亲跟前来，骂的却是全村人："只许你们高兴吗？你们这些王八蛋！只许你们扬眉吐气吗？我偏要站到桌子上去唱一段戏给你们听！我高兴，我乐意！"

父亲这样骂的时候，还不忘从口袋里掏出那张已经被他弄得皱皱巴巴的纸，就好像拿着皇上的圣旨一样……里一圈外一圈的人再不敢吱声。

是的，那一天之后，父亲变了，变成了一个让我说不出味道的人。他在家里耀武扬威的，动不动就打人，就跟电影里的假洋鬼子动不动就打自己人一个样。我们开始有点惧怕他。在以前，这种情况简直是难以想象的。牛栏，终于把一根原本干糟糟的海参迅速地泡涨了，涨得它浑身的刺儿直扎向同住在牛栏里的我们。

现在，自家田地里的活，父亲是连一根手指头都不会去碰的了，所有农活不得不由母亲一个人去做。好在母亲是一个坚强的人，她那高大的身躯仿佛是特意为抵抗命运中的这诸多不幸而降生的。自从父亲"脱产"之后，她默默地承担起家中的所有劳作，好使这个原本就不稳固的家不至于在瞬间坍塌。她就像一个男人一样挑粪，干活，上山拉树，砍柴。为了贴补家用，母亲还做起了豆腐买卖，就跟外婆年轻时一样，每天一早就挑着豆腐出去卖，大概要到十点钟左右才能回来，有时候更迟。

而我的爷爷自从被父亲揍了一顿之后，近半个月卧床不起。后来虽然能下地，但老感觉头晕，用他自己的话说，他的脑浆被父亲打"汪"了，就像被人搅出了水的豆腐脑，每动一下，脑浆就会跟着晃荡一下，声音很响，好像随时会从耳朵漫溢出来一样。爷爷不敢掉以轻心，睡觉时不敢侧睡，走路时格外小心，当他好不容易走到目的地——被父亲砸得完全失去控制的闹钟跟前，坐在矮凳上一动不动，形同泥塑。他已经不能给家里干活了。

　　每天，父亲一早就出去了，只有鬼才知道他又在村里人面前出了什么洋相……反正母亲将豆腐卖到哪里，关于父亲怎么怎么了的窃窃私语就进行到哪里。母亲总是像躲避瘟疫一样躲避着有关父亲怎么怎么了的话题；但是有很多次，她迎面遇见了像条疯狗一样到处找事闹的父亲。他俩就像谁也不认识谁似的，各走各的路。

　　母亲无疑是痛苦的。现在父亲虽然在村里为自己赢得了一些"地位"；这"地位"却让我们更加抬不起头来，也让村里人更瞧不起他。仍记得那是一个秋高气爽、暑威尽退的好天气，村子沉浸在午后的静谧中。突然，街上有声音响了起来：

　　"快去看'偷树贼'！快去看'偷树贼'！'树干部'抓到了一个'偷树贼'！"

　　"在哪儿？"

　　"在大会堂里，已经吊起来了！"

　　"是吗？是村里的，还是外村的？"

　　"是外村的。"

　　"太好了，太好了！该揍他！"

　　"对，是该揍他！"

　　于是，静谧的村庄就像被棒槌敲响的铜锣一般浑身战栗起来，不一会儿，村里人就把大会堂挤了个水泄不通。只是"偷树贼"并没被"吊起来"，而是被父亲捆在了一张椅子上，埋着头，像打冷嗝似的，在哭。

　　他长得极瘦，蓝色的卡其布在绳子之间像一团揉皱的纸，里面似乎没有多少肉。他的头发很黑、很脏，他的脸是瘦长的，泪水将脸上的灰尘打湿了，看上去非常可怜。

　　此时，我的父亲坐在一张办公桌后头，一条腿抬了起来，身子倚靠在墙壁上，已经喝了许多酒，耳朵都红了。他说："我是在七园尖抓住他的，他想逃，我就用刀背砸烂了他的脚趾头。一路上，他不停地给我下跪，求我放了他，可我偏偏让他背着树走。他背着树还想跪下来，我就随手砍了一根刺，抽着他走。这个贱种！"

于是村里人"哎呀，哎呀"地退了好几步，离椅子上的"偷树贼"远了一些。从高高的窗户上投射下来的阳光，刚好照射到了"偷树贼"的脚。只见"偷树贼"穿着草鞋，鞋上都是血，有两根脚趾头血肉模糊；但"树干部"却意犹未尽，提醒大家："你们再看看他的小腿肚，被我抽得肿起来了。"

于是村里人又看起"偷树贼"的小腿肚来。因为小腿肚是朝向里边的，所以他们之中的好几个人不得不埋下头去，看得"偷树贼"忸怩不安。父亲就从桌子后头跳出来，赏了"偷树贼"一个耳光，命令道："快把腿抽出来！贱种！"

"偷树贼"只好老老实实地将两条腿从椅子下面抽出来，父亲就"呲——滋"一声，撕开了"偷树贼"的裤管，村里人就像看见了蛇似的，浑身哆嗦了一下，他们惊恐不安地说："都看不见肉了，都看不见肉了……"

我感到很惶恐，急匆匆地跑回家去喊母亲，可是母亲还没有回来。最后，我在桥头遇到了还没有卖完豆腐的母亲。我一见到母亲就哭了，因为我很害怕，说不出的害怕，即便那个被绑在椅子上挨打的人是我的父亲，我也不会这么害怕的。

可怜的母亲听了我的讲述，脸都紫了，我们都不知道父亲已经当上了吴村的"树干部"。

母亲将担子放在一个鸡鸭啄不到豆腐的地方，只带了一根扁担，就跑了起来。可是当她冲进大会堂之后，母亲傻眼了。她"哎呀"了一声，似乎想逃；但那个被捆着的"偷树贼"已经看见了她，他叫了一声："冬妹！"

我的母亲被动地"嗳"了一声，脸色就跟死人一样了。

然后，那个"偷树贼"哭了起来。他断断续续地告诉母亲，他来七园尖偷树是迫不得已。因为一家人穷得填不饱肚子，孩子们上不起学，父母看不起病。他哀求母亲，看在都是井下村人的份儿上，一定要帮他去求求情，一定要劝劝"姐夫"（我想是指我父亲）手下留情。他说家里人还等着他卖了树回去买米呢。

母亲早已听得泪流满面，这时就走上前，在众人的目光中解开了捆绑着"偷树贼"的绳子，说："你走吧……回去后不要跟井下村人说。是我瞎了眼，嫁了这么个畜生……"

那个"偷树贼"却不敢站起来，疑惑地看着母亲："姐夫，他……等一下回来……"

母亲说："你就放心地走吧！谅他不敢再抓你。还有，这十块钱，就算是我借给你的。"

那个"偷树贼"一下子站起来，跳开去，躲得老远："冬妹，这可不行，使不得……"

这时候，围观的村里人纷纷劝那个"偷树贼"把钱先收下，赶紧回家买米，让家里人饿着肚子，简直就是罪过。"偷树贼"收下了我母亲不知要卖多少豆腐才能攒够的十块钱，在众人的目送下，沿着通往井下村的黄泥路，一瘸一瘸地走了……看不见了。

不知道为什么，他那孤单、无助的身影，竟让我想起了我的父亲，那个曾经同样可怜巴巴的父亲！

七

"树干部"，是我们村创造的一个新词，是指抓赌博、抓小偷，尤其是抓"偷树贼"的"村委会临时执勤人员"的戏称。它跟"村干部"的区别仅仅多了一个"又"字，仿佛这称谓包含着许多敬畏似的，实际上，村里人却暗暗地憎恨他们，诅咒他们，称他们"狗腿子"。

我的父亲担任"树干部"的时候，无疑是他一生中最春风得意的时候，也是家里人最难以容忍他的时候。他现在已经完全像地主家的长工一样，揽下了村长家的所有农活，他每天起早摸黑，连村长家水缸里的水都是他挑的。他在村长面前是那么谦卑，在上面来的干部面前甚至学会了假笑，可是在村里人面前，他更凶狠了。

经常，在我家的晒谷场上，有村里人又是哭又是闹的，叫我害怕又羞耻。尽管有一些事，父亲或许是无辜的，可是这些人不敢到村长家去闹，他们就死死咬住父亲不放。再说，他们站在我家门口叫骂，村长那边也听得清清楚楚。于是，父亲一面沦为这些人的出气筒，一面又充当了某些事情的替罪羊。以至于没过多少时间，母亲再也没有脸面去卖豆腐了。她也懒得去管农活，对生活绝望了。

每次去井下村上学，路过我家那块杂草丛生的田地，我的心就会产生一丝不祥的忧虑。那杂草仿佛生长在我的心头，生长在我的家里。

最不能容忍的是，父亲居然带着阿龙一起去抓"偷树贼"。以前放学回家，我还没走到村口，就会看见羡慕我上学的弟弟站在枫树湾等我回家。我们开开心心玩到天黑。即使晚上睡觉了，他也要我讲一讲学校里的事。现在再也看不见弟弟站在枫树湾等我回家的身影了。他再也不会来等我了。只有村口的那棵老枫树，五百年如一日地等着村里人回家。

可是有那么一天，弟弟竟然跑到了凉亭那儿等我回家。我老远就看见他孤单单地站在那里。我跑过去，将书包扔给他，心里有说不出的高兴："你今天怎么跑这么远？以后还站在枫树湾等我就行了！"

弟弟却将嘴一抿，掉起了眼泪，说："爸爸出事了。"

"什么？"

"爸爸出事了。好几天没回家了。"

"你不是说他住在护林员那里抓'偷树贼'吗？"

"那是爸爸走的时候要我跟你们这么说的……"

"那他现在在哪里？"

"今天护林员下山了，跟妈妈说，爸爸没有到他那里去过……呜呜……"

"哭什么！我问你，爸爸是不是被'偷树贼'砍死了？你说，你说呀！"

"呜呜，呜呜……我不知道……"

"妈妈呢？"

"妈妈生病了。"

我拽起弟弟就往家里跑，那心啊，七上八下的……

当晚，母亲带着我和弟弟问遍了整个村子，连一个哑巴家都去了，可没有人知道父亲的下落。我们全家出动了，还包括几个一直帮助我们的本家。可是面对茫茫林海，我们又该如何寻找生死不明的父亲？特别是一些高山上的树，都是龙游县的人翻过山岭来偷的，如果父亲死在他们手里，他们将尸体背到龙游的地界去掩埋也说不定。看来只能报案了。

最后，生病的母亲决定带我和弟弟先回村子再打听打听，至于那些赶来帮忙的好心人，他们都愿意在山上再喊上一阵再回去。

回村的路上，母亲以为父亲死了，她忍不住了，蹲在地上哇哇大哭。直到有一个村里人跑过来告诉母亲，他在几天前曾亲眼看见父亲打开我家老屋的门，走进去了，一直没见他出来。他劝我们再去老屋找找。于是，母亲带着我和弟弟急匆匆地往老屋跑去……

没想到，我们果真在老屋里找到了父亲。我们找到他时，他就像一只中了毒的野兽，蜷缩在阁楼上一堆臭烘烘的破棉被里。此时，也只有母亲自己清楚，她有多么痛苦……

母亲说："你这条千刀万剐的狗！你这条万恶不赦的虫子！你就死在这儿吧！你就死这儿吧！怎么就没有'偷树贼'把你剁了！怎么就没有老虎把你叼了！今天我告诉你，牛栏我们住着，老屋归你，咱夫妻一场，今天就算走到了头！"

母亲说完，拉起我和弟弟的手，紧紧地拉着，往阁楼下走。我感觉到母亲的手冰凉、枯瘦，不停颤抖。楼梯很窄，越往下走越是黑暗，仿佛我们不是从阁楼走向地面，而是从地面走向地底。地底有一个地狱……

此时，我们听到了阁楼上的哭声，那是父亲的哭声："冬妹……我对不起你……冬妹……"

母亲停了下来，我和弟弟也停了下来，但母亲又拉起我们，向阁楼下面走去。

这时，阁楼上响起了父亲急速奔跑的声音。因为阁楼是木头做的，父亲的奔跑使整座楼房摇晃起来："冬妹——你为什么就不问一问我——为什么不敢回家？冬妹——你别走……"

我们已经走下了楼梯，自下向上望去，父亲好像一只受到侵扰的人猿站立在高高的树梢上。他在绝望地咆哮。母亲抑制不住自己的悲伤，眼泪迸射到了我们脸上，她吼了一句："我不想知道，我什么都不想知道。"然后松开了我们的手，哭泣着，离了开黑暗的老屋。

我拉着弟弟，向老屋的门口跑去。这老屋是我熟悉的，现在却让我感到恐惧……

可是，我和弟弟刚跑到天井的时候，就被从楼上滚下来的父亲追上了。他拉不住我们，就挡住了我们的去路。我们用力地撞击他，每次都被他推了回来。眼看着挡不住我们了，他就耸了一下身子，扑通一声跪下了。我和弟弟被他的举动吓呆了。

他哭泣着哀求我们："阿逮、阿龙，不要走，不要走……爸知道对不起你们，爸也是没有办法……你们一定要帮帮爸爸啊！"

凭借着从天而降的几缕微光，我第一次发现父亲秃顶上仅剩的几根头发白了，仿佛是一块龟裂的土地上稀疏的枯草。父亲当"树干部"时的威风全没了。

"阿逮、阿龙，你们是爸爸的好儿子，阿逮才十二岁，打柴、割稻、挑水，样样会……阿龙，你今年才六岁，还没有读书，就跟哥哥学会了算术，你也是爸爸的好儿子，从小跟爸爸最亲……可是那个狗东西，他不是人，你们知道吗？他不是人……"

父亲就这样跪在我们跟前，一会儿抱抱我，一会儿又亲亲弟弟，哭哭啼啼地说了许多类似的话。末了，他随手扯来一根稻草，将它截成一长一短，握在手心，让我们抽。

为什么要选择这样的时候玩这样的游戏？我很惶惑，又不知如何是好。我记得我是第一个抽的，没想到我一抽就抽到了长稻草。

"不公平！不公平！我还没抽呢！长稻草就被哥哥抽走了！"弟弟咋呼起来。

这时候，正如母亲认为的那样，父亲或许真的疯了，就算没有疯，也极不正常了。他看见我抽到了长稻草，从嘴里发出一个中了枪似的声音，夺过我手中的长稻草，抱着我哭了起来："阿逮，阿逮，我……舍不得你呀……"

后来我们才知道，那是父亲一生中最伤心的一天。

八

父亲要把他的一个儿子送给村长，认村长做亲爹，还是村里人先说开的。

有一天，和我一起去井下村读书的"星星囡"说起这件事，我不相信。可是没过几天，父亲居然在饭桌上公开征询大家的意见。他说的时候，眼睛始终是盯着自己的碗筷的。那碗筷摆放得很整齐。

谁都没有说话。沉默，死一样的寂静。盐，也突然从咀嚼在嘴里的食物中消失了。真不敢相信，这样的一件事情不是一个玩笑，而是从父亲的嘴里非常严肃地说出来。

父亲等着我们发表意见，等了一会儿，见我们都不吱声，他就学着村干部的腔调说起来："那个那个……同意的，举手……"见我们都不举手，又说："既然你们都不表态，那就那个那个……通过了……"

这时，一直坐着不敢乱动的爷爷开口了，他用筷子狠狠地敲打桌面，气咻咻地骂父亲是一只毒蝎子、一条蛇，衣冠禽兽！家族的败类！命令父亲滚出去。爷爷几次想举起手中的白瓷碗砸向父亲，都未能如愿。我怀疑爷爷如此激动一定非常痛苦，因为爷爷的脑浆自从被父亲打"汪"了以后，每次过于激动时都会耳鸣目眩，头痛欲裂。果真，爷爷骂了没几句，就扶住桌子呼哧呼哧直喘气。那声音就像在吹一支麦笛。

屋子里出现了短暂的冷清。父亲等了一会儿，就问起母亲来："冬妹，你的意见呢？"

没有人能告诉我在这件事上母亲是怎么想的。我真奇怪她为什么始终埋着头，不紧不慢地吃饭，吃得比任何时候都要耐心。父亲见母亲不理他，就把目光转到了我的身上。一瞬间，我感到自己好像被赶出了人群。我听见父亲在问我："阿逮，你是老大，我先问问你，你是喜欢吃咸菜，还是喜欢吃大鱼大肉？"

父亲的话是一截一截传到我的耳朵里来的。我感到放在桌角的煤油灯突然跳了一下，从玻璃罩中蹦出了几颗暗淡的火花。接着，灯罩里的火焰在我的眼里变得模糊了。我想起父亲在老屋的天井里让我和弟弟抽稻草签的情景……

果然，坐在对面的父亲用筷子敲了一下碗，提醒我："阿逮，不要忘了，那天是你抽到了长稻草！"

我沉默着。

父亲继续说下去："你倒是说话呀，阿逮！喜欢吃咸菜，还是喜欢吃大鱼大肉？嗯？你难道真的不喜欢吃肉吗？猪肉、鱼肉、牛肉、鸡肉、鸭肉，还有狗肉、兔子肉……这么多的肉，吃也吃不完！吃得你胖胖的，像杜乡长一样满嘴流油……喷出来的唾沫星子都能炒一锅菜。"

我不想理他。父亲说的那些肉，让我感到从来没有过的恶心，比吃了一肚子剩菜还恶心。

父亲急了："你个兔崽子，我白白养了你十二年！忘恩负义的混账东西！"

我实在忍无可忍了："我不去！我不去！打死我也不去！"

父亲豁地站起来，那股子"树干部"的威风在他身上又活灵活现地出现了，他想扑过来打我；但由于隔着八仙桌，那拳头始终没有打出来。他就"呸"了一声，一团黏糊糊的唾液飞到了我的脸上。

"我告诉你，你不去也得去！给村长做儿子，这是你——的——命！"

"不是我的命！不是我的命！"我哭着吼。

父亲就像要吃了我似的瞪着我："你是敬酒不吃吃罚酒！你不答应？我宰了你！"

说着，父亲离开了八仙桌，在屋里找起东西来；最后，他在墙角找到了一根绳子，是一根牛鼻绳。那一瞬间，我的内心涌上了一种要被人强迫穿牛鼻绳、作为牛的恐惧，一种欲逃不能的无力感，就像一盆刺骨的冷水泼中了我，我感到自己连站起来的力气都没有了……

幸好，我的爷爷跌跌撞撞地拦住了试图绕过来捆绑我的父亲，有气无力地骂着父亲。父亲一副欲罢不休的样子，拿着绳子重新坐下。

这时候，屋子里再一次出现了短暂的冷清。只不过这时候的冷清，使人感到更加压抑。此刻的我，多么希望得到母亲的帮助啊！可是她还在吃，就好像父亲说的那许多肉——盛进了脸盆里、陶钵里、钢精锅里，全被端上了八仙桌。母亲正代替我在吃它们，在拼命地吃它们！

就是一个刚刚放出牢笼的囚犯，也吃不了这么多的呀！看着母亲那狼吞虎咽的样子，我一时傻了眼。她已经吃完了钢精锅里的剩余米饭，此时毫不犹豫地端起了弟弟的碗，那里面有拳头大的一团米饭，她把那团米饭往嘴里一塞，嚼了起来，只嚼了三五下，将脖子一伸，"咕噜"一下，胀鼓鼓的两腮瘪下去了。

吃完了弟弟的米饭，两眼发直的母亲又想来端我的饭碗；但她的手被父亲抓住了，父亲吼了起来："你想干什么？你疯啦？"

母亲却不答话，使劲地扭动手臂，试图挣脱父亲的阻挠。四只曲里拐弯的手，就在八仙桌的上空纠结在一起，谁都不让谁。最后，母亲渐渐吃不消了，呼吸重了起来。我听见她的喉管里都是食物翻涌的声音。那声音"呜——哇"作响，好几次要吐出来的样子，但又没有吐出来。

一股难闻的气味熏得我也想吐，我怕自己吐到桌子上，慌忙离开了桌子，走到门口去。我想抑制一下汹涌不止的恶心……可是我发现我家的晒谷场上白花花的，全是父亲所说的那些肉，那些肉冒着血腥的气泡。我终于"哇——啦——"一声，将那些强迫自己吞下去的、失去了盐味的食物吐了出来。

我蹲在地上，吐了很久，仿佛把身体里所有的流质都吐出来了。最后，就像刚刚从晕死中醒过来似的，我发现自己的嘴角挂着一些发苦的口水，腥辣辣的。到这时我才发现母亲待在我的身旁，拍着我瘦削的肩膀，安慰我："阿逮，不用怕，你不要听那个畜生胡说，妈妈不会答应的……"

我坐在了地上，机械地喝了一口母亲喂到我嘴边的糖水，那是用糖精泡的，顺着我苦涩的咽喉滋润了我的眼眶，我感到有一股热乎乎的眼泪流过我的嘴角，那么甜。这是我第一次体验到世界上有一种眼泪是甜的！

我喊了一声："妈——"

我真不知道以前特别难过的时候，为什么不依偎在母亲的怀里哭泣，痛痛快快地哭泣……可母亲也蹲到一边，吐开了。现在，终于轮到她吐了。我端着还剩下一点点糖水的碗，耐心地等着母亲吐完。

九

听大人说，母亲是被外婆逼迫嫁给我父亲的。那一年她才十六岁。

难道这就是命运吗？假如那一年的端午节，我的外婆待在家里包粽子，而不是挑着豆腐挑子卖豆腐；假如她挑着豆腐挑子卖豆腐时，不挑到吴村来卖；假如她挑着豆腐来吴村卖时，没有那一场雨，外婆的豆腐绝不会掺有沙子的；假如豆腐没有掺沙子，那么外婆将顺利地卖完豆腐匆忙回家。是那一场可恶的大雨将山路上的沙子溅到了外婆的豆腐挑子上。外婆又冷又饿，她已不指望有人买她的豆腐，只希望能借一户人家换一身干净衣服，喝一碗热姜汤。

而我的奶奶偏偏是一个善良的人。即使在那个年代，她也信佛。她在那个雨天出去倒马桶，是因为路上碰不到人。可是当她提着空马桶往回走的时候，偏偏遇到了我那落汤鸡似的外婆，她就主动走上前去，邀请对方到家里去避避雨，暖暖身子。没有人知道这个井下村的中年妇女有一个十六岁的女儿，也没有人知道我那长瘌痢头的父亲桃花运已经降临，就好像那些沙子溅在外婆的豆腐上。

我的外婆还没有开口，奶奶已经为她拿出了自己穿的衣裳，熬上了姜汤；并且我的外婆还被奶奶挽留，吃了一顿极为丰盛的午饭。后来，我的外婆每次来吴村卖豆腐，都要在我家的老屋里歇歇脚，与奶奶推心置腹。再后来，外婆就产生了这样的念头：这户人家的公公、婆婆真正好，这户人家的房屋真正大，这户人家的儿子真正老实巴交，快三十了，一根独苗不用与兄弟分家。就这样，母亲被她的母亲许配给了我的父亲。

没有人知道，母亲第一次见到我的父亲时，是不是像我见到赤脚医生似的感到恐惧？也没有人知道她在洞房花烛夜，发现她所嫁的男人竟然是一个不折不扣的瘌痢头时（相亲时父亲戴一顶军帽），她是不是也像我看见晒谷场上那些白花花的肉似的感到恶心？总之，在父亲宣布要送我或弟弟给村长做儿子的那个晚上，破碎的往事和杂乱的思绪在我的脑海中交织在一起。而在这之前，我从来没有想到过命运，还有父母的婚姻。

夜，渐渐深了，不安在折磨着我。有一阵子，我听见屋里的闹钟仿佛也感觉到了我内心的痛苦似的，当我忘了它的存在时，它就像故意要吓你一跳似的，突然从钟体内发出了可怕的嘶嘶声，然后，整个闹钟就像要爆炸了似的，伴随着"哐当、哐当"的轰鸣在茶柜上剧烈地战栗，你能清晰地听见里面的发条发出"卡、卡卡、卡"的不和谐音。

这只"金碧辉煌"的自鸣钟，曾经花掉了我家亲戚四十八块血汗钱，也曾为我家赢得过短暂的荣誉，可自从爷爷将时间旋过了头，就没有停止这样那样的毛病，特别是父亲将它从茶柜上摔下来后，它就彻底告别了清醒时期。它最终蜕变成了一个大而无当的摆设。

夜，多么的静，静得能听见睡在另一头的弟弟的呼吸。他时而"嘎吱嘎吱"地磨牙，时而含含混混地说胡话：肉，肉，牛肉、猪肉、鱼肉、鸭肉、兔子肉……自从住进牛栏，我们已经有很长时间没有肉吃了，家里没有什么钱，钱都拿去还债了。我们吃得最多的是母亲做豆腐残留的"豆腐渣"。我真希望弟弟在梦里能吃到那些肉，只要他在梦里吃过了，第二天醒来就不会想肉吃了。只要他不想吃肉，父亲就打不了他的主意。

也不知又过了多少时间，正当我迷迷糊糊要睡去时，突然，我听见父母的房间里有窸窸窣窣的声音响起，很轻微，但还是听到了。我仔细地听了一会儿，却始终没有听见尿桶上有尿尿的声音响起。是谁在深更半夜起床了却不尿尿？难道是在梦游吗？——我很想知道是父亲"梦游"了，还是母亲"梦游"了？

只听"吱嘎"一声，父母房间的房门轻轻地响了一声，门似乎没有合上，那个奇怪的窸窣声好像向厨房那边响去了。我不敢怠慢，赶忙下了床。我拿不准这个溜出父母房间的人是不是事先躲在衣橱里的贼。如果是贼，偷了东西后会从窗户逃走。不过，父亲口渴了也爱到厨房去喝水的。可是总感觉有点不对劲。

好奇心驱使我将房门打开了一条缝，轻轻地走了出去；但是走了没几步，我就害怕了。我突然想到了鬼。或许鬼就是这样在深更半夜四处游荡的。这么一想，我更害怕了，慌忙跑了回来。因为害怕，还差一点跑错了房间，因为父母的房间也是敞着门的。不过，我终于知道了，那个跑到厨房去的人有可能是我的母亲。因为我发现母亲睡的那个地铺是空的，父亲则照样躺在跟我们房间一样摆放的木床上，似乎睡得很香。

这下，我就不再害怕了，再次向厨房走了去。不一会儿我就看见了灶台、碗柜、水桶什么的，它们的轮廓很模糊，只有水缸，很亮。水缸里的水荡漾着一圈圈波光。我不禁被这暗夜里的一圈圈波光吸引了。可是就在我盯着水缸看的片刻，突然从水缸下面伸出了一只手，那手就像蜻蜓点水似的撩了一下水面，又迅速不见了。我看见水缸里的水就像我的心一样剧烈地波荡。

我强忍恐惧，终于看见是母亲蹲在水缸下面，在磨一把刀！是一把菜刀！当她举起它对着月光矫正刀锋时，刀锋的反光就像一支利箭射穿了我。我感到我的神经在瞬间收缩，箍住了我，使我不能动弹。

她要杀谁？

这时候，我虽然很恐惧，但神智是清醒的。我知道，她肯定是要去杀死我的父亲！不知为什么，我在此刻竟然再次同情起了我的父亲，我能想到的，竟然仍是他那孤单而又无助的背影！我就像受了鬼的驱使似的，竟然偷偷地溜到了父亲的房间，并将房门死死地闩上了……我听见自己的心脏在怦怦地直跳……

没一会儿，母亲的脚步声响起了！透过很小很小的门缝，我看见母亲就像一个披头散发的鬼。当她跌跌撞撞地朝这边走来时，我没有办法控制自己不发抖。我等了一会儿，却没等来母亲推门，母亲的脚步声似乎响到我和弟弟的房间里去了……

不好！她一定是走错房间了！我赶忙打开房门追出去，然而已经晚了！就在我的呼喊响起来的同时，母亲已经冲到弟弟睡觉的床榻边，一道寒光，照亮了弟弟甜美的小脸……

十

多少年来，这样一些念头总是折磨着我：我是救了父亲一命，还是害了弟弟？是我成全了弟弟，还是父亲本不该继续活下去？或许，母亲是对的……

现在回想起来，一切都那么遥远！一个要将亲生儿子拿去做交易的父亲，是该杀的；但一个拿起菜刀企图亲手宰了自己丈夫的女人，又是可怕的……我陷入了深深的情感危机，家，变得像一座地狱！我简直不敢回想母亲蹲在水缸下面举起菜刀矫正刀锋时的情景，当她举着菜刀跌跌撞撞地走过来时，她笑得多么怪诞，狰狞！她还是那个喂我糖水喝的母亲吗?!

从那时候起，我便不想回家，逃避回家，说不清是因为害怕母亲，还是憎恨父亲。可是在学校，我又要受到同学们的嘲讽，人们指着我的鼻尖用一些我不愿复述的词汇讥笑我。他们知道我家的所有底细。我是孤独的。我常常在外公的窝棚里睡觉。外公那时候在一座瓦窑做工，我就背着书包去瓦窑找他。瓦窑里只有一个叫"老四头"的光棍和外公守夜。我爱看瓦窑中熊熊的炉火，烧到最后，瓦胚子就像黄金一样亮澄澄的。很远很远，都能闻到瓦胚子烧"化"了的气味。这种泥土挥发的气味在夜里闻起来尤其浓郁。

"老四头"是一个有趣的人，他每晚都要练拳，天冷了也赤着膊，在瓦窑的辉映中伸胳膊蹬腿，蹦来跳去，像一只蚂蚱。那时候的我对打拳的人是崇拜的，我总是安静地看他打拳，但我不喜欢听他的下流话。大概所有的光棍都是那种不能安静下来的人，一旦安静下来，就会想到女人，一旦想到女人，就会满脑子下流的念头。于是，外公不停地安排他干活，安排他练拳给我看，希望他把身体内所有的力气都发泄掉。那样子，他就没有力气想女人了。可是"老四头"永远想着女人，想得难受的时候，会在万籁寂静的山谷里发出野兽般的嚎叫。或许，只有老天爷知道"老四头"的痛苦。

　　这样的日子大概过了两个星期，妈妈就托村里的同学捎来口信，要我务必回家一趟。事实上，家虽不和睦，可我还是想家了。更何况我每天都担心家里还会发生什么不测的事情。果然一回到家，母亲就哭着说，弟弟在村长家治好了额头上的刀伤后，不愿意回家了。最让她接受不了的是，他不认母亲了，喊他也不应，亲他也不理。阴错阳差，这倒正合了父亲的意。

　　原来，这段时间弟弟在村长家疗伤的过程中，居然被村长夫妇用那"吃也吃不完的肉"收买了，这对陈家而言——至少对我和母亲而言——是一种侮辱。

　　我安慰母亲说："妈，别哭了，我会把阿龙要回来的！别哭了！"

　　母亲却还哭，说阿龙待在村长家，是他自己愿意的。

　　此刻，看着母亲那六神无主、无所依靠的样子，我的内心不知有多么复杂。

　　我陪着母亲向村长家走去。

　　天还没有黑，村长家的屋里已经亮起了电灯，亮得很。

　　这是我第一次看见弟弟演变成村长家"儿子"后的样子：只见他大模大样地坐在大圆桌一侧，两只袖筒撸得老高，微仰着头，在刺眼的灯光中"暴晒"他额头上的伤疤，足足有一根手指那么长，粉嘟嘟的，就像老屋上新筑的屋檐。他没有看见我，正认真地吃着半只鸡。那半只鸡的一条腿挣扎在弟弟油乎乎的手掌和牙齿之间，油水滴在他的领口上，湿了一大片。他的衣服是新的。

然后，我又看见了我的父亲。我的父亲因为双手都未摆到桌面上来的缘故，就像一只刚刚探出水面的乌龟。看见我们来，他的头又矮下去许多。村长夫妇纡尊降贵地看着我们——来自他家隔壁的不速之客——微笑。

我一动不动地看着这四个人，竟不知道是先发火，还是不发火，因为道理是没有什么可讲的，态度决定了一切。

我终于骂了一句："去偷别人家儿子的贼！不要脸！"

我看见刚才还笑眯眯的村长夫妇笑不起来了。他们离开凳子站了起来，有些词不达意地说："阿逮、阿逮娘，来来来，吃过饭了吗？我们等着你们吃……呢。"

我刚想说，我才不要吃你们家的狗食！母亲那边却先哭开了。母亲是个没有出息的人，没有战胜敌人，就先想着战利品了。她是跳着跑到她的儿子那边去的，从背后抱住了儿子的脸，母亲说："阿龙，跟妈妈回家吧！妈妈等你回家天天等到天亮，你就可怜可怜妈妈吧！"

我看见弟弟被母亲捂得很难受，好不容易才挣脱出来。他"滋溜"一声钻到了桌子底下，大声说："妈妈会杀人！妈妈会杀人！妈妈是个杀人犯！"

听到弟弟这样叫唤，母亲就像被人狠狠掴了两个耳光，差一点瘫倒了，她扶着村长家的墙壁，哭着说："阿龙，妈妈不是故意的，妈妈求你原谅我……如果你愿意，你也在妈妈身上砍上两刀吧……那样子，妈妈的心……妈妈的心不会这么难受……"

弟弟却始终躲在桌底，不出来。

短暂的沉默中，大家都不知道说什么好了。母亲哭了一会儿，就晕晕乎乎地俯身去拉弟弟；但由于弟弟离我近，弟弟的手倒是被我先抓到了。我叫了起来："妈妈！弟弟在这儿呢，被我抓到了！"

我可没想到弟弟已经彻底变了，这个兔崽子！他抱住了桌子腿，死活不出来，还死命地咬了我一口。我"哎哟"一声，火气怦地冒上来了，我蹲着去踢他，真想踹死他！踹死这个王八羔子！

弟弟终于被我踹中了一脚，滚到一边，他痛苦得叫了起来："爸爸！爸爸！救我啊！"

这时候，奇怪的事情发生了，这是我和母亲没有想到的：当弟弟躲在桌子底下呼唤他的"爸爸"时，第一个应了他一声"嗳"的人，竟然不是他的亲生父亲，而是村长——那个曾经让我们胆战心惊的赤脚医生！而他的亲生父亲却嗫嚅着嘴唇，不敢应答！

我的母亲不是一个聋子、瞎子，她跟我一样，目睹了这不可思议的一幕。她冲了上去，狠狠地掴了父亲一个耳光，又一个耳光……我的父亲一动不动地站着，任母亲打……

母亲哭着问他："你这个畜生！畜生！你为什么不答应？为什么？为什么呀？"

父亲低着头，鼻血流到了他的嘴角，浑身颤抖……我的弟弟则躲在村长老婆的怀里，哇哇大哭起来……

十一

之后，母亲又到村长家要过几回弟弟。每一回，母亲都要跟村长老婆吵得昏天黑地，吵得全村人都跑来看——其实是听，因为他们不敢走进村长家的院子里去，只敢背地里骂村长是一个"废物"——奇怪的是，村长从来不说什么，任她们吵。

到这时，母亲才意识到，弟弟有可能永远要不回来了。她哭得很伤心，时刻都在责备自己。我想不出话来安慰她，眼睁睁地看着母亲一天天憔悴下去。

是的，那个晚上，母亲的确伤害了弟弟，但她不是故意的。她刚把菜刀砍下去，就发现床榻上躺着的是我的弟弟，于是她立刻将菜刀往上提；但由于惯性的作用，弟弟的额头还是被锋利的菜刀"碰"破了一块皮。当然，这是我站在母亲的立场上说的。弟弟一定不这么想，他一定恨透了母亲。

其实，我也很想念弟弟。我想着弟弟以前是怎样跟我坐在一起看电影的，我想着我们以前在一起时是怎样做游戏的，我一次次爬上村长家的院墙往里看，但始终没有看见弟弟。村长家的院子里空空荡荡的，水泥地上还残留着狗的血迹。我往村长家的院子里扔石头，砸他们家的门，却始终没有人到外面来骂，仿佛村长一家突然变成虫子飞走了。

我有一种担心，自己再也见不到弟弟了。上学、放学的路上，我总盼望遇见他；回到家，我总盼着村长家的灯亮了。

可是有一天，几乎在我没有任何察觉的情况下，弟弟突然出现了。我记得那一天我一个人在家，弟弟偷偷摸摸地跑回来了。他站在门口掩掩藏藏的，似乎害怕我会揍他。看上去，他的确比以前胖了。

我也不知道为什么，当我见不到他的时候我是那么想他，当我一见到他，又是这么恨他，就像有时候恨自己一样。我故意装作没有看见他。

"哥。"弟弟的声音轻得像一只蚊子叫。

我没好气地"嗯"了一声，并没有去看他。

弟弟说："爸爸带我到双龙洞去玩了，汤溪、金华很热闹……"

我恶狠狠地打断了他："是那个王八蛋带你去的吗?"

弟弟顿了一下，说："是我们的爸爸，还有村长带我去的。"

我一听"我们的爸爸"这几个字，肺都要气炸了，冲他吼道："滚出去! 卖国贼! 汉奸! 走狗! 我没有像你这样的弟弟!"

弟弟就真的走出去了，接着我听见他又轻轻地喊了我一声："哥。"

我抬头看他，发现他手中拿着一包东西，用报纸包着的，刚从衣服底下掏出来的，放在门槛上。我以为他会说一句话，至少说一句请求我原谅他的话，所以我只是看着他，等他说话。我没想到他一扭身子，就像受了很多委屈似的，哭哭啼啼地跑了。只眨眼的工夫，就消失在房屋的拐角。

我愣了，仿佛弟弟的出现只是我的幻觉，是我太想弟弟了，是我想象出来的。我急慌慌地跑到村长家门口去看，跑到他家的墙头上去看，却没有看见我的弟弟! 我们虽然近在咫尺，我却无法接近他。我蹲在村长家的围墙下面，一声一声地喊着弟弟的名字，喊着。

这时，村长家的院门突然开了，我以为是弟弟出来了，跑了过去，没想到是父亲。他有些紧张地探着头，对我说："阿逮！村长睡午觉了，别嚷嚷了！"

我瞟了他一眼，没有吱声。

他于是像个贼似的走出来，擎着拳头威胁我："你滚不滚回去，嗯？"

"我凭什么滚回去！这又不是你的家！"

"混账！你你——当心老子揍死你！"

"弟弟呢？"我终于问。

"他也睡午觉了！奶奶的，他的事你少操心！"说着，父亲走进去，"砰"的一声把院门合上了。

父亲进去后，我又喊了好长一会儿，并且砸起了他家堆在院墙外的酒瓶来，"哐当"一只，"哐当"一只，很过瘾。但奇怪的是，他们干脆不理我了。我只好垂头丧气地回到家。这时，我看见足足有二十只鸡，有我家的，有别人家的，就像一群穷凶极恶的匪徒，抢食弟弟放在门槛上的那包东西。被油水浸得透明的旧报纸被鸡们啄破了，是肉，从报纸的漏洞里绽放出让人垂涎的香。

咯嗒，咯嗒，那些鸡在我的面前拍打翅膀，大口大口地吞食着它们好不容易抢到手的肉，有的直接把肉啄到食囊里去了；有的梗着脖子，把头仰到了天上，脖子胀得鼓出了包；有的叼着一块带筋的肉，四处奔跑，可是它刚把肉放下来，旁边就冒出了另外一只鸡，它只好叼起那块肉，继续跑……

我的心一阵酸楚。我不知道吞到肚子里去的，是被自己憋回去的眼泪，还是想吃那块肉的口水。我一屁股坐到了地上，看着那些鸡：那些鸡，多么欢快，它们今天终于吃上了肉，是弟弟从村长家偷出来的，一定是他偷出来的！因为弟弟知道家里没有钱买肉吃，他知道我们想吃肉！

十二

我开始天天磨一把刀——一把三角尖刀，就在母亲磨菜刀的那块磨刀石上磨。我记得清清楚楚，一个电影里的坏蛋就是用这样的三角尖刀将一个好人捅死的。捅的时候，他还不忘在好人的肚子上转动几下，这样子，当他把刀抽出来时，血就会嗞嗞嗞地喷出来，一直喷到观众的脸上。

睡觉的时候，我把刀放在枕头底下。

以前弟弟在家的时候，我们总爱在睡觉前打打闹闹的，直到母亲敲响板壁三次，我们才会不情愿地睡去。现在我孤孤单单地睡在篾席底下铺着稻草的床铺上，所有的跳蚤集中到我一个人身上，我无法入眠，杀死仇人的想象成了我睡觉前唯一的乐趣。只有在想象中，我的力量才会那么大，才敢去杀人！

有时候，特别是母亲的房间里传来压抑的哭泣时，杀死仇人的想象就会更加汪洋恣意。它使我的身子变成了一只充涨的膀胱，我想再憋一会儿，但憋不住，总想起床。杀死仇人的欲望迫使我掏出了枕头底下的尖刀。在黑暗中，我学着"老四头"教会我的那几招功夫，一次次捅死了黑暗中的空气。我感到很高兴，笑了起来，似乎已经看见村长捂住肚子，血像小便一样淋了一地。

哈哈，他完蛋了！一定会死在我的手下！

我甚至在上课的时候也想着杀人的事。我在书上找到了人体内脏分布图，默默记住了五脏六腑的分布。我想，尖刀如果捅中心脏的话，一定是最容易死的；但是我按图上的分布摸了摸自己的心脏，发现它包着肋骨，而肋骨是坚硬的。当然，肠子不包着肋骨，并且是最容易刺穿的；可是肠子里会涌出那么多血吗？我可不想抽出刀来的时候，喷出来的是屎……不过，假如这样也能死人的话，屎又算得了什么……

机会终于来了。

有一次，我竟然看见村长带着我的弟弟去给病人看病。那样子就像当初我的父亲带着弟弟去山上抓"偷树贼"。我跑回家拿来了三角尖刀，悄悄地跟踪他们，一直跟到那个快要死的人跟前。那个快要死的人是"星星囡"的爷爷，村长要给他打针，"星星囡"的爷爷就像孩子似的"嗷嗷"叫。屋子里乱哄哄的，哭声震天，这样混乱的场面似乎是专门为我杀死村长准备的。我终于靠近了他，将手偷偷地按在刀柄上。我能感觉到杀人的欲望在我的体内熊熊燃烧，而我的四肢却是冰凉……接着，简直莫名其妙，我在一片冒泡的血水中，大汗淋漓地醒了……

也不知从哪一天起，冬天已经降临。时间在我的磨刀声以及有关杀人的幻梦中悄悄流逝了，我却始终没有勇气采取行动。

上学、放学的路上，天气阴沉沉的，寒风呼啸。生长在道路两旁的古树就像被雷劈焦了一样，这里一棵，那里一棵，在寒风中瑟瑟发抖。田野里空空荡荡的，枯草、稻茬、稻草垛、小溪、田埂、死去的玉米秸，还有任风吹打的油菜苗和小麦苗，它们在默默地忍受着。从井下村至吴村有五里路，路上漂浮着低矮的冷雾，我行走在这条路上，形同梦游。

我知道，再这样磨下去，三角尖刀会被我越磨越尖，也会越磨越细，直到有一天被我磨断在磨刀石上！我开始感到有些惶恐了，不敢看到那把三角尖刀，我知道它在等我，等我去杀人！它已经等得有些不耐烦了……但是我又不得不天天去磨它。我现在唯一的希望就是等弟弟回家，又睡到了床的另一头。弟弟说："哥，我才不愿意给村长当儿子呢！他想得美！我只是想到他家去享几天福，吃几天肉，等我吃腻了，我就跟着爸爸回来了。"

我突然想起了我们刚搬来牛栏住不久，村长骂我们吵了他睡午觉，弟弟是怎样信誓旦旦地说的："等我长大了，一定要把他摁在地上，让他吃狗屎！"想起这些，我心如刀绞。我甚至想，这一切能全怪村长吗？弟弟真的是被逼的吗？或许弟弟跟父亲一样，也是一个贱骨头！或许我不该去杀村长……但是我这么一想完，就立刻给了自己一个大嘴巴，我是替我的三角尖刀扇的……懦夫、懦夫、懦夫，我是多么恨自己!

天，黑得越来越早。放学的路上，有时候还没走到凉亭，便看不见前方的路了。因为我常常一个人躲在学校后面的茶园里，等同学们走光了以后才慢腾腾地回家，因为我害怕再去磨那把越来越细的三角尖刀，也害怕同学们的嘲笑。所以，每次回到家，爷爷早睡了，妈妈如果不是等着我回家，屋里的灯也早熄了。

关于弟弟的事，我们已经心灰意冷，就像夏天的绿叶到了冬天变成了枯叶，一阵风吹来就从树上掉下，腐烂在泥土里。事情似乎只能如此。然而，我还是咽不下这一口气!

这一天已放寒假，我又坐在门槛上磨刀。我的爷爷坐在门前的矮凳上，就像一个死人似的一动不动地看着我，我却一点也没有察觉到。因为磨刀的时候，我的脑子又被各种残忍的杀人幻想占据了。磨完刀，我只将它轻轻碰了一下手中的萝卜，那萝卜就掉了一半在地上，就好像那萝卜原本就是断开的一样!我一边扎着萝卜，一边嘿嘿傻笑，仿佛那个被我扎中的萝卜就是村长。他被我捅死了。

这时候，一直观察我的爷爷突然开口了："阿逮，你过来!你整天拿着刀，你想干什么?嗯!"

爷爷的声音来得这样突然，又这样严厉，我不禁打了一个寒战。我看见，他就像一个在黑暗当中乞讨光明的乞丐似的，蜷缩在破旧的棉袄里，冻得发抖。我硬着头皮喊了他一声："爷爷。"

爷爷应了我一声"嗳"，然后又很凶地质问我："天天磨一把刀到底想干什么去?"我说："我不想干什么去!"他就瞪起眼珠子站起来，一副很激动的样子，叱喝道："你不想干什么去，那你把刀交给我!刀是凶器，你听见了没?"

我抽了两下鼻子，不服气地说："我不给!我要用这把刀杀死他!杀死抢走阿龙的强盗!"

爷爷挂着拐杖的手抖个不停，他好不容易站起来，头不由自主地抽动着。我知道，爷爷如此激动一定非常痛苦。爷爷脸涨得通红，威胁我说："你、你敢去……看我打断……你的腿!"说着，爷爷踉踉跄跄地往前走了三五步，似乎要扑上来揍我;但是他张着嘴，光是喘

离开牛栏的日子

息着……

我不安地注视着爷爷，斩钉截铁道："村长是坏蛋！我要去报仇！爷爷！你走开！我会把弟弟要回来的……"

爷爷一只手扶住门框，一只手举着拐杖指着我，那拐杖就像寒风中的一根枯枝剧烈地颤抖着。爷爷断断续续地说道："我早就知道，兔崽子……你想杀人，哼，你这想法很好……我观察你好多天了……你想报仇，我告诉你……还嫩了点儿……你听爷爷的……不、不要去闯——祸！"

爷爷说完以上的话，身体晃动着，呼吸急促，两眼直瞪瞪地望着我，似乎是痛苦，似乎是哀号。而我，非但没有去扶他一下，反而看准时机推开他，向屋外冲了去。因为爷爷的话刺痛了我。我突然有一种冲动，真想像一个大人那样去杀人！拿着我的三角尖刀，捅死一个算一个！

可是，就在我冲过爷爷的身边要哭起来似的往前冲时，爷爷手中的拐杖落了下来，然后爷爷突然后仰，两手张开来，摔倒在地上。此时，我已经往前跑起来了，听到爷爷倒在地上呻吟，我停住了脚步。那一瞬间，我还以为是我的三角尖刀不慎戳中了爷爷……

爷爷大张着黑洞洞的嘴，拼命地想抬起头来，他的喉咙里发出一声紧似一声打呃一样的声音，看上去就像误吞了一条蛇，痛苦得吐不出来……我俯身去扶他，他的剧烈抖动的手很有力地拽住了我，手指鸟爪一样抠进我的肉里。

"阿逮，杀、杀、杀人……是、是要枪、枪、枪……毙的！"

爷爷口眼歪斜，艰难的声音里夹带着哆嗦，完全失真了，后面的话，我根本听不清。我不停地喊着"爷爷、爷爷"，眼睁睁地看着他痛苦地抽搐着。可我既扶不动他，也不知道怎么办，我哭泣着，向村长家跑去——

我的腿发软了。

十 三

那一天，害怕爷爷死去的无以名状的恐惧让我忘却了对村长的仇恨，我疯一般捶打村长家的院门，没命地哭喊着："救救我爷爷！我爷爷就要死了！"我已经不管那么多了，只想叫村长来救爷爷。

不一会儿，村长背着医药箱来到了我家。这时，爷爷昏迷了，喉咙里发出如雷的鼾声，我真以为他是睡着了，很后悔叫来了村长。村长却如临大敌，解开了爷爷的衣领、裤带，将他侧过身，叫我将嘴掰开，然后他伸手进去往外拉爷爷的舌头，爷爷的舌头拉出来以后，嘴里流出来许多黏糊糊的东西。

过了一会儿，爷爷睁开了眼睛；可是他不能动，更说不出话，只有眼袋上的肉抖个不停，他的眼睛里不停地往外淌着浊黄的液体。这时候，母亲不知从什么地方赶回来了，母亲问村长要不要把爷爷送到汤溪镇医院去治疗。村长说，爷爷中风了，脑血管破裂，这病发病急、变化快，去医院的话，就怕路上颠簸震荡会加重出血，死在路上。

母亲六神无主，一味地央求村长一定要救爷爷。也不知道村长是真懂还是装懂，接下来他将爷爷的头部稍稍抬高，用冷毛巾敷在爷爷的头部，用一些针在爷爷的身上刺入又拨出，还用一只罐头瓶在针刺部位上拔罐。忙了半天，爷爷似乎睡着了。或许他没有刚才痛苦了。

村长说，爷爷的中风其实早有征兆，如果今天不是我发现得早，爷爷的舌根再下坠一寸，堵住气管就死了。

爷爷就这样人事不省地躺在太阳底下，直到天快黑了，爷爷才被大伙小心翼翼地抬到了床上。这时，我家挤满了听到消息赶来看我爷爷的本家，村长除了将爷爷的四肢像打开一把生锈的戒尺一样扳来扳去，嘴巴一直没有闲着。他对我的本家说，其实自从阿龙住到他家，他就一直想带阿龙回家来看爷爷，又怕我们不欢迎他，所以一直没有过来（此时阿龙就坐在爷爷的床榻前）……以后啊，我们都是一家人了，阿龙的爷爷也就是他的干爹，他会天天过来照顾爷爷，为他做一些必要的康复治疗。

我的母亲不知出于感激，受了感动，还是村长的话触碰到了她的伤心处，她啜泣起来。村长逮住这个机会，又说了一些好听的话。

后来的日子，村长没有食言，他几乎每天都到我家来给爷爷做护理与治疗。

爷爷中风后，左侧身体不能活动，语言功能丧失。村长除了给他做针灸、拍背、按摩，还对他进行必要的运动训练，以防肌肉挛缩、关节变形。一旦爷爷身上出现褥疮，他就用他家的电气灯烤干患部，涂抹紫药水。有时候，他还带一些补品喂给爷爷吃。奇怪的是，爷爷虽然半边身子不能动了，却特别能吃，一小会儿就饿，一天能吃六七顿。又由于爷爷长期卧床，肠道蠕动减慢，常有便秘，拉屎成了最大的难题。我父亲是没有耐心侍候他的，他恨不得用棍子把拉不出屎的爷爷揍一顿，母亲又是女性，多有不便，于是，情急之下，母亲不得不叫村长来解决爷爷的排泄问题。

现在，因为爷爷的病，我们两家又像以前那样走到了一块，仿佛这中间不曾发生过矛盾与纠葛。至少村长的存在给我们家带来了实在的好处，更重要的是，逃跑的阿龙终于开始认母亲了，每次回来照旧喊她"妈"，这样的结果叫母亲很满足。

可是，我还是不能接受这样的现实。尽管爷爷中风与我扬言杀人有关，尽管在这件事上村长帮了我家的忙，可是每次看到村长来我家为爷爷翻身、按摩、打针，我并没有感激他的意思。相反，我认为这是他欠我们的，我照旧不跟村长讲话，他一到我家，我就跑出去，或者他叫我名字我不应答。晚上，我仍把三角尖刀放在枕头底下睡觉。我知道，我没有勇气去杀人，只是，我已经习惯了与刀为伴……我想，总有一天，村长老了，我长成小伙子了，我会把弟弟要回来的。等到那一天，我也要剥掉他的裤子，叫他站在墙根，在刺骨寒风中，用带刺的荆棘条抽他。

然而，日子过得如此缓慢，仿佛我们是在一个怪圈之中打转，谁都不能从中解脱。最终，我的一次心血来潮的报复，将自己逼上了绝路。

我记得那是在爷爷中风数月之后，有一天，我照常背着书包去井下村上学。正值谷雨时节，天气变得炎热，金塘河畔草木繁茂，谷类作物苗壮成长。可是，由于我的父亲一直不问家里的农活农事，母亲又不懂得预防水稻的病虫害，我看见我家插下不久的稻秧螟虫飞虱兴风作浪，叶子如同白癜风病人的皮肤惨不忍睹。而离我家稻田不远的地方，村长家的稻田里，父亲帮他家插下去的秧苗绿油油一片，风吹过，绿波荡漾。我出于报复心理，随手从路边抱了一些乱糟糟的麦秸秆扔进村长家的稻田里，还把他家稻田的排水闸打开了。

那一天我在惶惶不安中度过。可是，临到黄昏，当我从井下村放学回来的时候，我看见我早上扔进去的那些麦秸秆已经被人清理出来了，村长家的稻田里重新蓄满了水。不知道为什么，当我看到这一切，心里异常地难受，比被人反击了一个巴掌还要难受许多。我咬住嘴唇，走了很长的一段路之后又返了回去。我看看四周无人，就把他家稻田的排水闸重新打开，扔得老远。我觉得意犹未尽，又跳到他家稻田里把稻秧拔掉了许多，后来实在担心被人看见了，我才一路小跑，跳到小溪里洗净了手和脚，回了家。

此时，晚霞映照寂静的山林，当我鬼鬼祟祟地走到离家不远的地方，我看见村长坐在我家的八仙桌旁。那一刻，我的小腿肚一阵抽筋，吓得站都站不稳了。我有一种预感，我要完蛋了。我不知道该逃跑，还是装作满不在乎的样子回家。就在我犹豫之际，村长已经站起来往门外走来，我的父亲像影子一样跟着他。我慌忙跳入一个柴垛匿藏其中。

我听见村长很响地咳嗽一声，说："阿逮他还没有回来。你就跟他说，这样的恶作剧，小孩子不要做。如果他捣乱的是别人家的田，就麻烦了。"

我听见父亲低声地答："村长，对不起！这个不争气的东西，我会收拾他的！"

村长叹了一口气，过了一会儿说："这事就算了吧，你也不要打他。阿逮还小，不懂事，等他再大一些，就不会这样做了！"

离开牛栏的日子

说着，村长走了。父亲站在柴垛旁，大概是等我回家。我趴在地上一动不动，紧张得喘不过气来。我的心里急剧地活动着，想着各种可能发生的事情。差不多绝望了。这时候，如果不是柴垛里有一只老鼠蹿到了我的身上，就算等着揍我的父亲发现不了我，我也会被内心的恐惧、矛盾、无助折磨而死的。这样的处境就像在经历一个不能醒来的梦，是那只老鼠的出现让我在梦里情不自禁地尖叫了。

　　于是，一切犹犹豫豫的逃跑的打算，跑回去把那些刚刚拔掉的稻秧重新种起来的打算，还有胡乱编造的"恶作剧"的理由，在这个瞬间失去了它的意义。因为在我尖叫的时候，父亲已经警觉地转过身，一下子就发现了我。父亲发现了我，我还没有做出反应，他就一个箭步，一伸手抓住了我的头发。

　　"你、你干的好事！你、你气死我了！"他恼怒地叫唤起来，声音响得像打雷一样。

　　就这样，我的父亲抓住了我。我被他拖着，拖出了柴垛，我感到头皮离开了我，痛得只想跪下来。我哀叫着："放开我！放开我！干什么？"

　　"你心里清楚！"

　　"我不清楚！"

　　"兔崽子！早上是不是你放了稻田里的水？嗯！"

　　我趁机挣扎起来，想掰掉他的手；但是掰不动，父亲的手指甲仿佛抠进我的脑壳里了。我大喊大叫着："不是我干的！我不知道！"

　　父亲见我一副宁死不屈的样子，把我的头摁在牛栏的墙上，然后恶狠狠地将它往前推了一下，头磕在墙上，墙上的每一颗沙砾此刻就像一枚枚铁钉，痛得我直打哆嗦。

　　"你、你不承认……我揍死你！"

　　最剧烈的一波痛苦过去后，我的额头上渗出了血，滚到了眼睛上，我扭身哭吼道："你这个汉奸！走狗！你就是对自己家里人厉害……你是村长家里的一条狗，看门狗！你有本事……别拿自己家里人出气！"

　　父亲的一只手摊开着，仿佛抢过来一把铁铲，掴在我的脸上。我听见父亲阴阳怪气地说："孽障！你说什么？你竟敢讥笑我？我要你的命！"

父亲说着，又劈头盖脸地打过来。我躲闪着，竟然一点不知道害怕了。我朝他吐唾沫，还用比刚才更难听的话骂他，包括用"癞头皮""秃子""红灯笼"之类的称谓中伤他。父亲听了气得直翻白眼，他的头皮就像当初第一次打狗时那样变得惨白、惨白了。

他喘着粗气对我说："你个不孝子……我养你……你给我添乱子……我现在没有心情跟你计较……今天，就算我求你一件事！跟我到村长家认错去！"

"我不去！我不去！我死也不向瘸子认错！"

"没大没小的畜生！你今天是哪根筋痒痒了？还想挨揍吗？"

父亲说着，拧住了我的耳朵，直接将我往村长家的围墙那边拖，我赖在地上，他拖不动，就踢我，我抱住头，任他死命地踢，一下，两下，三下……他每踢一下就问我："你起来不起来？"我说："我不起来！"他就转身去柴剁上拿棍子。我瞅准时机，想跑，可惜没跑几步，就被父亲追上了。只一下，我的脊梁骨就像断了一样疼，我趴在了门口湿漉漉的泥土上。

"你个不孝子！你到底去不去认错？"

"不去不去！就不去！"

父亲抓住了我的衣领把我从地上提了起来，我的喉咙仿佛被一根猩红的绳子勒住了，难受得要命……

我最终被父亲拖到了村长家。

只是，我到了村长家也没有认错。父亲拿我没办法，只好放我回来了。我回到家，从枕头底下掏出了那把已经快要被我磨断了的三角尖刀……泪水，不可遏止地流出了眼眶。我知道我想干什么，我走出房门，我的心一阵痉挛……我清楚自己，虽然十三岁了，但我还从来没有杀死过一只鸡……

我拿着刀，一屁股坐在了门槛上。

十四

那是我生命中最绝望的夜晚。

天已经完全黑了，但是母亲还没有回来。我坐在门槛上，一个人抽泣着。后来，我饿了，累了，感到全身都痛了起来。我摸了摸额头和脸，一些血结了块，摸上去硬硬的。我很想站起来，一种像钻子钻在脊梁上的疼痛叫我又坐了下去，我使劲地揉着。疼痛叫我没有了丝毫的力气。我感到头晕晕的，有一些想呕吐的感觉，我真担心我的头也被父亲打"汪"了，好在这样的晕眩在我第二次站起后减弱了。

我踉踉跄跄地向厨房那边走去。

母亲还没有回来，我想先把米饭煮好，以前母亲回家晚，饭都是我烧的。可是我走到厨房，完全忘记了自己要干什么。我从水缸里舀了一些水，一边吸着鼻涕一边清洗额头上的血迹，水沾湿了伤口，疼得我又想哭。我突然想起了从前，想起了我家的老屋，想到爷爷当初那么坚决地反对父亲买牛栏。我的心里压抑着无法排解的痛苦。

我走到爷爷睡觉的地方，我看见爷爷蜷曲在破烂的被单下面，像一具被人遗弃的尚在喘息的尸体，眼泪禁不住流了下来。我知道，我对不起爷爷，因为内疚，所以我总是害怕一个人面对爷爷。可是今天，我多么想向爷爷倾诉我所遭遇的这一切……当我点灯的时候，我听见从爷爷的喉咙里发出了类似鸭子受到惊扰时的急促的嘘嘘声。

"爷爷！是我……"

爷爷的两只眼珠子翻动着，大概是脸上只剩下一张皮的缘故，爷爷的两只眼珠子几乎悬浮在眼眶上。他困难地翕动嘴唇，吞吞吐吐说了半天，我最终没有听明白他想表达什么。我问他是不是饿了，要不要吃饼干。爷爷直瞪瞪地看着我，突然从被单里伸出来一只手。那是爷爷唯一还能动的一只手。我看见这只手好似被大火烧过一样干瘦，唯有上面的血管又粗又多，好比攀爬在枯树枝上的藤蔓。

"爷爷，你怎么啦？哪里不舒服吗？"

爷爷的脸好像被什么东西牵扯着，喉结上下滑动着，我看见他的眼睛里闪动着泪花。到这时，我终于明白爷爷虽然中了风，说不了话，但他的耳朵并没有失聪，刚才父亲打我的时候，爷爷一定也听到了……我读懂了他的眼泪的全部含义……我忍不住扑到爷爷身上，号啕大哭起来："爷爷，爷爷！……我们重新搬回老屋去住，你说好不好？……好不好呀？爷爷！"

爷爷那只哆哆嗦嗦的手终于伸到了我的脸上，他帮我擦眼泪，擦得我感到疼，就像一只螃蟹在我脸上爬着。我捉住了爷爷的手，使劲地摇晃着："爷爷，爷爷！你就答应我吧！我们重新搬回去住！……我会把你背回老屋里去的！爷爷……"

爷爷摇摇头，将脸扭到了一边，他的半个身子颤抖着，好比刚刚被人毒打了一顿。他艰难而痛苦地弯拢起来，就像一只即将死掉的鸟雀，眼泪汩汩地往外流。看到他这样痛苦与难受，我一时不知如何是好。幸好这时候，帮茶场摘茶叶的母亲回家了。

听到母亲回来的声音，我慌忙丢下爷爷，跑到门口。

"妈妈！"

"你怎么啦？"

母亲见我额头上的伤，脸色阴沉沉的。她问我是不是跟谁打架了，我说父亲打了我，并且说父亲是怎样打我的。不知道为什么，母亲表现得很麻木，竟然没有问父亲为什么要打我，就丢下手中的竹篮，一声不吭地走进厨房。母亲划了很多火柴才点着了灶火。

一时间，家里静穆得可怕。我的心被某种不安攫紧了。临到快吃饭的时候，母亲问我，她从茶场回来的时候看见村长家稻田里的秧苗被人拔掉了许多，是不是我拔的。我支支吾吾不肯说。母亲就像要落泪的样子，告诉我，她今天回来这么迟，是因为她把那些被我拔掉的秧苗重新补种上了。

我低着头。母亲语重心长地说：

"阿逮，世上有些事是我们没有办法的，既然阿龙他愿意待在村长家，就让他在那边待着，只要他们对阿龙好，阿龙还叫我一声'妈'，叫你一声'哥'，跟待在自己家里又有什么区别？"

"妈，他们这是欺负人！欺负我们！"

"阿逮，我知道你恨你爸爸，恨村长，这两个老虎叼的你恨也应该，可我希望你和阿龙还能像亲兄弟一样，将来我和你爸还有村长都老了，我们总会死的，我希望你们还是亲兄弟，相互照顾。"

"我才不跟一个叛徒做兄弟！"

"阿逮，你怎么就不理解妈妈的苦。妈妈是为了你和阿龙好。这一次爷爷如果没有村长帮忙，不知要花多少钱。阿龙待在村长家，长大了可以跟他学治病，是一条出路。阿逮……你以后也要懂事一些，你已经不小了，不要给妈妈添事……"

"妈妈，阿龙和爸爸为什么要背叛我们，村长为什么要这样做……妈妈！"

"阿逮！你不要再说了！我求求你……不要学得跟你爸爸一样不正常，好不好？你就可怜可怜妈妈，忘掉这些事吧，妈妈再也经不起折腾了。像你这样闹下去，总有一天会出事的。"

妈妈说到这儿，情不自禁地哭了起来，她那男人一样的身子如同山顶的孤树摇晃着，窒息的哭声时断时续，像溺水的孩子。我紧张而惶恐地在灯的暗影里站着，直到面孔浮肿的一轮月亮，压上屋檐。

从那以后，我仿佛懂事了许多。

哭泣事件

老将军要来我们村过年的消息，是母亲告诉我的。那时候，天气还很炎热，秋天还没有来临，母亲就打来电话，告诉我这个她认为很重要的信息。听得出来，她很高兴。母亲平时很少这样高兴，她打电话来不是怨我兄弟不好好过日子，就是哭诉我父亲打了她，家里总有那么多的不顺心。可是这一次，她很高兴。她说："你爸让我告诉你，今年一定要带女朋友回家过年，到时候，你们就能见到老将军了。"

见了老将军又怎么样？他会给全村人发红包？我一点儿都没有感觉到这是一件值得高兴的事，相反，听了母亲要我带女朋友回家，我感到了压力。我挣钱很少，也不思念家乡。我说："老将军要回我们村过年，年年都这么说，可他一次都没有回来过！这个骗子！"

母亲对我的态度很是吃惊，听得出来，她强忍着怒火："你怎么能这么说老将军呢！他今年一定能回来的，你为什么不相信？是他写信回来说的！"

"他写信给谁啦？你别听风就是雨！"

"……"

在我们村，传闻老将军要来，这样的事发生不止一次了。每次我们都积极地为他的到来做些准备。记得有一年，我们在瑟瑟寒风中站了一天。那时我还是一个孩子。我们佩戴着红领巾，守着鼓和锣，等着他的到来。可是他一次都没有来过。

有时候我会想，这个被我们惦记着的老将军，是否真的存在，是否真的跟我们村有些渊源。或许他早死了，或许是一个传说；但是，村里人都相信他迟早会回来，回到这个曾拯救过他的村庄，嘘寒问暖："当年，我在这里打过仗，是乡亲们救了我的命，把我藏在地窖里，喂给我小米粥喝……"

　　如果老将军真的要来，他一定会满含热泪，回想起他在我们村的经历。在我还没有出生的年月，敌我双方就打起来了。那是一场我没有亲眼所见的战斗。那些在战斗中死去的人，埋在我们村一条水渠附近，石头堆着石头，杂草丛生。每次路过那儿，都有人说起当年发生在这里的战斗……

　　在那场战斗中，只有老将军活了下来，并且现在还活着。前几年，还有人在电视上看见他，那是在一个纪念战争胜利多少周年的纪念日里，他出现在一大群身穿军服、胸佩徽章的老人中间，精神矍铄，谈笑风生。人们奔走相告，仿佛孤苦伶仃的孤儿找到了失散多年的父亲。

　　"老将军还活着！老将军还活着！"

　　只是，他大概早已把我们给忘记了。

　　不过，后来的事实证明，这次的消息并非传闻。半个月后，村长带人走进我家，对我父亲说，老将军当年在吴村养病的时候，吃过我们村的麻糍，终生难忘。因此，这次来，最大的心愿就是能吃到当年吃过的麻糍。

　　"谁都知道，你是我们村打麻糍打得最好的。你这手艺是跟你爹学的，你爹又是跟你爷爷学的。我们都觉得你是打麻糍最合适的人选。"

　　我父亲高兴坏了，因为不是谁都可以得到这样的机会的。能打麻糍给老将军吃，是一种信任，更是一种荣耀。因此，村长他们刚走，父亲就叫上我兄弟，两个人准备起打麻糍必需的木甑、石臼、捣杵等工具来。这些工具沾满了灰尘，需要维修和清洗。

　　想象得出来，老将军要来我们村过年的消息，在方圆百里的山区弥漫，人们都感觉到了这个消息的不同寻常，整个山区都把目光投向了我们村。我们村被一双双眼睛盯着，目光的聚焦使得局部气温迅速升高，本该凉爽的日子炎热得像白炽灯，连眼睛都睁不开。我甚至感到我母亲打来的电话，都滚烫滚烫的。

"阿亮，你还不知道吧，我们村马上就要行动起来了，要修路，要造桥，还要粉刷房子，我们村的泥水匠金刚这次挣了不少钱……他带了好几个徒弟还忙不过来，村里的舞狮队也成立了……好在你爸也不错！能轮到给老将军打麻糍，到时候，他要带你哥一起去。"

"村里有人说，你爸给老将军打过麻糍以后，说不定还会让你爸当村干部呢！你爸这些天用泥巴代替糯米，天天教你哥练习……你哥以前那么懒，因为要见老将军，总算勤快一些了。说不定以后，就会有姑娘愿意嫁给他……"

母亲因为高兴，每次打来电话，都忘记了长途电话费的昂贵，还有几年前的那次谣言。那次谣言也说老将军要来我们村过年，大家开始有几分紧张，生怕接待不好，后来就想入非非了，有人甚至把女儿带在身边，想让老将军看上自己的女儿。

这一次，闹剧似乎又要重演。

"老将军要来我们村过年的消息一传开，大家都在议论，说老将军的到来，一定会给我们这个穷地方带来好的政策、上级的关怀。这一阵子，每天都有人来咱家，眼泪汪汪地希望你爸在打麻糍的时候，能代他们向老将军反映他们的困难。你常年不在家，不知道我们村，有一些人还很困难……"

我实在听不下去了，说："妈，你跟大伙尤其跟我爸说说，不要把这件事看得过于隆重，更别去想那么多，现在离过年还早着呢，来不来还不一定呢！"

"乌鸦嘴！"我母亲显然不愿听我的劝告，气呼呼地说。

不幸的是，我的担心被言中了。那次电话过后一个月，想起母亲很久没有给我打电话了，她是不是还在生我的气？我给家里打过去，才知道老将军有可能不来我们村过年了。

"据说是因为身体不好，突然得了重症。"

幸好得了重症的不是我母亲，而且她已原谅了我。

"但愿他没有大碍，菩萨保佑！他年纪不小了，这次来不了，大概永远来不了了。唉，我们天天盼、年年盼，饿着肚子的时候也盼，'要是老将军来了，就给我们送粮食来了''如果老将军知道，那些恶棍就不敢这样做了'……"

"那时候，老将军还没有老，我们在报纸上看见他的照片，他是众多英雄中最年轻的一位。我们都喜欢他。我们中有个姐妹，只要一提起他在战争中受了多少次伤，在几乎坏死掉的肌肉里还夹杂着弹片，就要哭……"

不知什么时候，电话那头的母亲啜泣起来。我最烦母亲这样做。老将军来或者不来，值得我们为他流泪吗？当我们生病的时候，伤心绝望的时候，在寒风中瑟瑟发抖的时候，他可曾想到过我们？

"妈，老将军……或许只是得了感冒，别担心，他一定会实现他的诺言的。"

"呜呜……呜呜……"我听见母亲在电话那头哭得更伤心了，"你不懂……你不懂……"

我只好岔开了话题："妈，那我还带不带女朋友回家？"

"你们、你们自己商量吧，呜呜……"

要不要带女朋友回家过年？不经意间，天开始冷了，春节一天天地逼近。如果要回去，需及早订火车票；如果不回去，又怕父母伤心。我已经好几年没有回去了。更重要的是，他们总盼着我带女朋友回家——同样盼了好几年。

算起来，我和女朋友认识三年了。可是，你跟我回老家过年吧，这句话我不知道怎么跟她说。我怕她拒绝我。虽然她没有说农村不好，但我知道有些偏见是骨子里的。我承认，因为这个原因我犹豫了很久。

"老将军不是不来我们村过年了吗？我带她回去还有什么意义？"在电话里，我这样解释。

"嗯？谁说老将军不回我们村过年啦？真是胡扯！"这一次，接电话的是我父亲。听得出来，他充满了愤慨。他对着我喊："过几天，老将军就要来我们村过年啦！"

"那上次，我妈不是说他生病了吗？"

"你听她瞎说！那是有人故意造谣！"

"哦……我、我大概要加班……"

"随你的便吧！"

过了几天，我心不甘情不愿地去火车站买车票，售票大厅里排着长长的队伍，想要赶在除夕夜之前回到家乡的车票已经卖光了。我打电话告诉父母这个"不幸"的结果。他们说那就算了，不要回来了。

总算一桩心事落地。我回到公司揽了许多活儿，为的是打发岁末清冷的时间和多得一点薪金。可是，事情在大年三十的前夕起了变化：我父亲被抓起来了！他怎么可能被抓起来？他犯了什么法？电话里，我听不清我那口吃的兄弟说的话，挂了电话，就往火车站跑。

幸好除夕夜之后的火车票并不难买。我于正月初一凌晨坐上了回家的火车。整个车厢里只有稀稀落落的几个人。广播里播放着欢快喜庆的歌曲，我一路上神情忧郁。

我的父亲是一个不爱惹是生非的人。他平时除了敢对我母亲动武，在外面总是低声下气。难道是他不小心，在打麻糍的时候捣杵脱手，砸在了老将军的脑袋上？还是有人陷害他？

在火车上度过焦虑不安的二十六个小时之后，我终于到达县城火车站。因为下了火车，还要改乘回山区的中巴车，等我一身疲惫地赶到家中时，已经是正月初二的下午了。我的家里站满了人。

"啊，是阿亮回来了！阿亮回来了！"乡亲们看见我，脸上露出喜色，给我闪开了一条道。于是，我看见我的母亲，她坐在一张矮矮的凳子上，两眼通红，呆呆地看着我。

"妈，告诉我，到底怎么回事？"

母亲的眼泪唰唰地流下来，嘴唇抖动着，很久才说出一句话："阿亮，你、你……赶快到镇上一趟吧！"

这时候，送我回来的那辆中巴车已经开走，要等到明天早上它才进山。我只能等到第二天早上去镇上了。我的心情很不好。人们七嘴八舌的，说着我父亲被抓时的情况。有的这样说，有的那样说，就像说着一件很让他们开心的事情一样。

后来，我才算弄明白了：

事情的变化始于老将军要来我们村过年的前一天，我父亲天蒙蒙亮就起床了，他心情很好，和我兄弟挑着两担大米，到一户叫"李歪脖"的村民家调换一种叫作"嘚嘚米"的糯米。这种糯米，米粒粗而短，因为产量低，很少有人种了。我父亲之前跟"李歪脖"说好，要用两担普通大米换他一担"嘚嘚米"。可是当我父亲和我兄弟挑着大米去调换时，他突然说："'苦瓜'，你要用这个换我一担'嘚嘚米'。"

我父亲抬头看了一下，只见"李歪脖"伸着四根鸟爪般的手指，他惊呆了。

"你这是什么意思？你要我砍四根手指给你吗？"

"你别装糊涂，这样的好事降临在你身上，你不该多付出一点吗？再说了，你只是帮村委会先垫付。"

"放屁！我打麻糍给老将军吃，是我自己的一份心意！"

"那你跑我这里来干吗？你去打呀！"

"我已经挑来了。"

"你再去挑两担子！"

"你这是跟老将军过不去！"

"呸，你别拿大帽子压我。告诉你，你还没有当上村干部哩！"

我父亲气得发抖。幸好，我兄弟就站在边上，他结结巴巴地与"李歪脖"论起理来。"李歪脖"劝他："你回去把舌头接上，再来跟我说话！"

"我、我把你脖、脖子，拧拧正再说！"我兄弟不甘示弱。

结果，我的结巴兄弟和"李歪脖"你推我搡，扭在了一块。本来"李歪脖"不是我兄弟的对手，这是显而易见的，他已经老得像一块刨出来晒干的树根；可是"李歪脖"家还有一个儿子，他就像一棵郁郁葱葱的大树，他倒下来，把我兄弟压在了下面。我父亲去帮忙，那家伙把我父亲也揍了一顿。

村里人最后评价说："这也要怪你爸没脑子，去跟'李歪脖'一家打交道。难道他就不知道这一家人都疯疯癫癫的？"

的确，我们村的"李歪脖"是远近闻名的吝啬鬼、怪人。他老婆是个吃石灰的人。他儿子呢，是个二愣子。他脑子里缺一根筋，动不动就"抽风"。

只是我父亲有苦难言。因为他想用最好的糯米打出最好的麻糍。只有用最好的麻糍，才配招待最尊贵的客人。虽然他知道"李歪脖"是那种连疯狗见了都要躲避的怪人，可是村里种"嘚嘚米"的人，仅剩"李歪脖"一家了。

在往年，父亲每年也要种一点"嘚嘚米"的，因为用"嘚嘚米"打出来的麻糍，洁白如雪，柔软如绵，不黏碗，不钉牙糊口，最好吃。加上父亲又是打麻糍的高手，他打出来的麻糍极负盛名，以前都是当作糕点，用来走亲戚的。

然而，由于我父亲年岁渐大，加上他的儿子——我——年年不回家过年，家里的大儿子——我兄弟——又娶不上媳妇，他伤透了心。他再也不想劳神费力地打麻糍了，自然也就没有再种祖辈传下来的那种糯米。而"李歪脖"之所以还坚持种，是因为他不舍得花钱买杂交稻的种子。

最后，我父亲和"李歪脖"的这场纠纷，是在村长的调解下才平息了的。村长把"李歪脖"父子训了一顿，并且派人从自己家挑来了一担大米。终于，"李歪脖"妥协了，我父亲换到了那种叫"嘚嘚米"的糯米，他叫我兄弟帮他挑到村长家的院子内，泡在一口能跳进去两个人洗澡的大缸里。

为了使"嘚嘚米"浸出来洁白如玉、颗颗饱满，我父亲每隔一个小时，就要给它换一次水。于是，我兄弟一趟趟地到山上挑泉水。尽管他因为跟"李歪脖"打架，情绪一度低落，可是现在，他已经跟父亲一样，沉浸在一天之后就要给老将军打麻糍的喜悦里。

父亲趁热打铁，一样一样地把打麻糍的要领传授给他的儿子：

"麻糍好不好吃，就看糯米团弹性强不强。嘚嘚米浸泡一天一夜以后，滤干水，放木甑里蒸，蒸到七分熟，倒出来冷却，还要再蒸第二次，而后倒入石臼，"

"这、这个我知道。"

"打的时候，要趁热打，两个人围了石臼，各站一方，要快、要准、要稳、要狠，捣杵要打在同一个地方，轮番舂击，这样糯米才能打得均匀，打得瓷实，"

"我、我都知道。"

"打得差不多成胶状了，然后把打好的糍粑从石臼中取出，捏成一小团一小团，再压成一小块一小块，趁热用印花模具印上图案，再撒上芝麻粉……"

"当、当然要撒上芝麻粉！"

谁都没有想到，当我父亲和我兄弟沉浸在准备迎接老将军到来的喜悦中的时候，一辆黑色轿车开到了村口。那是下午两点多的时候，村口围着许多人看舞狮队排练。突然，传来一阵非常大的汽车喇叭声，然后两个大约四十岁的干部下了车，直奔村长家。

后来，村里的大喇叭就响起来了："紧急通知，紧急通知，全体村民到大会堂开会！到大会堂开会！"

据村里人七嘴八舌的说法，当时的情况也没什么。那两个干部向村民交代了一些老将军到来时要注意的事项，就散会了。这些事项包括，老将军到来时村民要衣着整洁，以饱满的激情和良好的精神面貌在道路两边等候，不要推搡喧哗，更不要提不该提的要求，等等。

"这些礼节还是要遵守的。"一位邻居说道，"要不然，大家没头没脑地起哄，成何体统？就算老将军真给大家发现金，那也要排好队。发你再多钱，也不要拿去喝酒赌博。"

然而，等大家快要走光的时候，村长悄悄地钻进人群，把我父亲在内的几个"后勤人员"叫住了。于是，包括我父亲在内的几个人，缩手缩脚地走到那两个干部面前。那两个干部说："刚才，村长都跟我们说了，老将军来的时候，主要由你们几个负责接待。所以——

"一要注意老将军的位置。一般情况下，陪同领导视察如果是两人同行，应以前者为尊，即领导走在前面；如果并排行进，应以左者为尊，即领导走左边；如果是三人同行，并行时以中间者为尊，即领导走中间。二要注意陪同时的技巧。首先，陪同人员应在前方引导。引领时应稍侧身走在领导侧前方，与领导保持两三步的距离，切忌独自在前，背对着领导。其次，在引领、陪同领导视察时，对行走路线或视察的事物要适时地以手示意，一面交谈，一面配合领导的脚步行进。

"另外，当领导问你们问题时，千万不能吞吞吐吐，要做到吐字清晰，音量适中，尤其——要按我们提前交给你们的答案回答，一定要把它背下来，比如问你们的收入情况，你们要回答，人均年收入万元以上……"

"靠什么致富呢？"

"靠养猪、养牛、养山鸡，还有种植，还有副业……"

我父亲的悲剧，或许就是在那两个干部给他们布置这些具体的接待问题时悄然降临的。这并不是说，我父亲对这些问题产生了反感，想站出来反驳那两个人，他没有那样的勇气。虽然那时候，他或许想起了我的结巴兄弟，想起要不要带他一起打麻糍；他也可能想起了那些天天跑到我们家、想让他给将军捎话的人，心里盘算着要不要帮帮他们。虽然他很想帮帮他们——但是，他还是打定了主意，见到老将军的时候，他宁愿做一个聋子、哑巴。

然而，当那两个干部说到"当老将军和村民代表一起打麻糍的时候，尤其要注意——打麻糍，是我县最具代表性的民俗——因此，打麻糍的人要穿上传统的对襟短衣，扎上头巾打上裹腿，尤其——要做到面带微笑，大声哼唱'嗨哟，嗨哟！好黏（年）头！好黏（年）头喽'"的时候，我父亲最终发起抖来了。

那是因为我父亲害怕了。我父亲害怕见到老将军的时候，尽管能记住怎么跟他握手，自己应该站在什么位置，绝不会像傻瓜似的跑到老将军面前去，以至于被问到那些难以记住的问题，然而他的内心还是产生了某种恐惧。

他害怕老将军和他一起打麻糍的时候，自己不会微笑。他原本就是一个不会微笑的人，所以村里人都喊他"苦瓜"。再加上打麻糍的时候——他害怕老将军顺口问起其他的问题，他害怕自己撒不了谎……虽然，比起一般的农民，我父亲还算见过世面的——因为在他年轻时不知交了什么狗屎运，在生产队做过几年会计，多少接触过上面来的干部——可是，他从来没有接触过老将军这么大的人物，更没有想到给老将军打麻糍会这么复杂。

我父亲这么想着的时候，思绪越来越乱了。这时候，那两个干部已经把事情布置得差不多了，却发现我父亲的神情似乎有些异常（尽管他一直躲在别人身后，还是被发现了）。其中一个干部说："这位同志，你怎么啦？有什么问题吗？"

我父亲已经有好一会儿没有听他们说什么了，当村长捅了他一下的时候，我父亲才反应过来："我？……"他吓得满脸通红。这时，那两个人才发现我父亲的问题很大，又问他："你脸上的伤是怎么回事？"

我父亲完全乱了阵脚。因为他不知道该怎么回答，他与"李歪脖"打架的时候，脸被"李歪脖"的鸡爪子抓破了。现在这些抓痕又肿又痒，就像被刀砍的。"我……"我父亲更像一个逃犯了。

幸好村长见他这副样子，赶紧说："他就是我跟你们说起的'麻糍大王'，他打的麻糍是我们村最好的。脸上的伤是被几只鸡抓了几下。"

"几只鸡？"

"我保证老将军来的时候，把它们杀了。"

"他是党员，还是村里的干部啊？"

"是这样，他在我们村打麻糍打得最好，口碑也好！"

村长还想狡辩，但是对方打断了他："不行！这可不是儿戏！这要涉及……"又说，"出了问题，谁来担当？"

我父亲从大会堂回来，情绪很差。据母亲说，那时天快黑了，母亲在灶台上做饭。春节在即，她在家里忙了一天，现正把一些正月里上不了桌的鸡肠子、鸭肠子倒进锅里，刺啦一声响起之际，她似乎听见传来一声叫骂："他妈的，去他妈的！"

我母亲吓了一跳，以为是那些鸡肠子被油烫伤，对她发出了咒骂。她吓得举着锅铲，想把它砸下去。这时，她又听见了："去他妈的！王八羔子！混账！"

我母亲这才发现她的丈夫就像掉了毛的狗似的，充满敌意又忧伤地看着她。

"你又骂上谁啦？"

"我谁都不骂！"

"那你嚷嚷啥？"

"我乐意！"

我母亲已经习惯她的丈夫从外面回到家，不是骂这个就是骂那个。这些年来，他脾气变得有些坏。所以她把精力重新放在了做菜上。吃晚饭的时候，她才察觉他还是那么忧伤。

"你怎么了？'嘚嘚米'不是换到了吗？应该高兴才对。"

"我心里是很高兴，终于不用去演这样的戏！可是那两个家伙的做派，是把我看成了贼，我也很难过！想起我是满腔热忱地要给老将军打麻糍吃，想起这么多年来，我跟你一样总盼着他的到来……想起他，心里总有些高兴。没想到，却要遭这样的白眼……"

我父亲说到这儿，眼角流下了泪水。

第二天，老将军果然来了，陪同他来的还有我们当地的一些领导。他们是开着十几辆高级小车，一路警车开道，呼啸着来我们村的。据说车队所过之处，沿途村庄无不鞭炮齐鸣，村民跳跃欢呼，那是非常热闹的场面。可是在我们村则不同，车队的到来，似乎让空气变得更加凝重。

全村人一早就在村口的公路两旁站着了，他们就像刚刚经过粉刷、挂着彩旗的房子一样，穿上本该正月初一才穿的新衣裳，站在两根长长的绳子后面，如同站台上等待列车进站的旅客，焦急地向着同一个方向眺望。那新修的公路就像他们越拉越长的目光，只有几只狗在上面跑来跑去，后来那几只狗也被赶跑了。

这是村民们没有想到的：就在这一天，村里突然出现了许多他们不认识的人，这些人穿着农民的衣服，心怀戒备，有的潜伏在人群中，有的蹲守在一些重要的路口，有的在河埠头假装洗衣服，有的赶着牛，在公路边一边放牧，一边滴溜溜地转着眼睛。终于——

"车队来了！车队到马骚盐了！"

"车队来了！到凉亭附近了！"

"车队来了！快到枫树湾了！"

激动人心的消息就像被鞭子抽打着一样，在扭来扭去的公路上狂跑。于是，被拦截在两根绳子后面的村里人，顿时睁大了眼睛，屏住了呼吸，心脏跳动的声音就像打鼓那样，怦怦！怦怦！

"肃静，肃静，站好啦！"

"准备好锣鼓，放爆竹！"

"还有舞狮队，赶紧，赶紧！"

在一阵慌乱、沙哑而严厉的叫喊之后，在隐约可闻的乌拉乌拉的警笛声中，那饱经风雨却又被刚刚粉刷的村庄，就像受到惊吓的母羊，战栗起来。

这时候，全村大概只有我父亲躺在床上。

从头一天晚上开始，他就这样躺着。这一夜，他的胸口一直憋闷，就像压着一块石头。从理智上讲，他并没有为自己失去打麻糍的机会感到惋惜，但他还是失眠了。由于失眠，他眼圈外面黑了一圈。更不争气的是，当听见我母亲和我兄弟走了以后，心里再次难受起来——

他也想去村口等候……

可是，他们不是不让我打麻糍了吗？我还跑去干吗？想到那两个人对他的身份进行粗暴的盘问，想到那敌视的眼神，他心里乱糟糟的——我父亲这辈子最痛恨的就是有人怀疑他不是好人。当年他在生产队做会计，就是因为有一笔账没有算清楚，被人怀疑贪污才被抓的。尽管这件事过去了许多年，每当想起，他心里依然会有一些凄凉。

他坐在床头，心神不宁。不久，村口就传来了放鞭炮和打锣鼓的声音。"咚咚锵！咚咚锵！"他的心更加难受起来。现在很明显，村里的舞狮队已经舞起来了，老将军一定进村了！老将军没有辜负村里人的期望，终于回来看望乡亲们了！

"我该不该去看看呢？"父亲的魂已经从身体里飞走了，当他走到门口，才发现自己还穿着破旧的内衣。回到屋里，再出来，父亲已经换上了一身西装。那西装是我上大学时穿过的，淘汰下来之后就送给了他。他平时很少拿出来穿。

"是的，老将军回来了！应该去看看……那两个人是那两个人，两码事儿……我敢说，以后不会再有这样的大人物到村里来了……前几天我还梦见他呢，和他一起打仗呢。他朝我喊，'苦瓜'！麻糍打得怎么样了？我天天都想吃哪……"

我父亲鬼使神差般地往村口走去，就像做梦似的恍恍惚惚。当他从家里走到桥头，又从桥头往村中唯一一条街道走去的时候，他感到肚子疼了起来。这是怎么回事？或许是过于激动和紧张造成的……我父亲不得不摁住肚子，在村里找起厕所来。几分钟后，当他从厕所急匆匆走回街上的时候，正好看见我们村的两个青年向他这边跑过来。

他想把裤子的皮带扣上。那两个家伙朝他喊："走开，走开！不要在街上脱裤子！""你爹才在街上脱裤子呢！"我父亲不知道他们是村里负责清场的民兵之一，摆了一下手，就要继续往村口走。这时，他们一把抓住了他：

"老将军马上就要过来了，走开！"

"我就是要去见老将军的！"

"我们请你马上回家去！"

"年轻人说话礼貌点儿！我碍着谁啦？"我父亲一肚子委屈，"连你们也要怀疑我的身份吗？"

"住嘴！别出声！"

或许我父亲的声音的确高了些，吓得那两个家伙赶紧用手去捂他的嘴。我父亲将他们的手推开了。两个回合之后，他们已将他的胳膊反扭，并将他往远离街道的那边推。许多天以后，父亲告诉我，那两个"畜生"扭住他胳膊、捂住他嘴巴，时间持续了十多分钟。直到街道那边走过去一群前呼后拥的人，他们才松开了。他又羞又恼又无力，瘫坐在地上，一下子明白过来，刚才那些前呼后拥的人，一定是老将军他们。他们往村长家那边走去了。

他努力地站立起来，想去追赶那些人，跌跌撞撞地往前赶。

他已经忘记了老将军到来之时，村民们必须要遵守的纪律。他再次被拦住了。"走开，老东西！当心揍你！"他们恨得咬牙切齿，但是压低着声音。我父亲呢，已经没有力气顶撞他们，但是他多么想看一眼老将军啊！只好央求道："唉，唉，就让我看一眼吧！"

得到的是斩钉截铁的回答："不行！"

我父亲伤心极了。他怎么也不能接受，当老将军真正到来的这一天，他不但丧失了给老将军打麻糍的机会（尽管他自己动摇过，但内心还是渴望的），还两次被拦住。"这算怎么回事？我到底得罪了谁？老将军，你看看……他们有什么理由把我赶走！"

他真想仰天大哭。只是如果真能哭出来就好了。那种被人强行驱赶的失落感与屈辱感，让他无法平静。他怏怏不快地回到家，摔坏了一样什么东西。

不一会儿，他又来到了街上。这时，他看见大批村民正往村长家的方向走去。他无心了解，这时候为什么又允许大家上街了。或许是刚才的清场行动已经结束了。"我终于能见到老将军了。我终于能见到他了。"我父亲不再去想不愉快的事情。他很高兴没有待在家里继续摔东西。那样子，就要错过这最后的机会。

这时，我母亲也在人群里，看见我父亲，还跟他说了一句话。可他没有心思去听。他跟着村里人来到村长家的院子外。那里已经聚集了许多人。他站在人群背后，听见一些人正议论着刚才老将军在村口跟大家打招呼的情景：老将军眼角湿湿的，动情地说了许多感恩的话，还跟不少人握了手。我父亲听了，心里酸溜溜的，如果早一点儿去村口等候，该有多好啊。

我父亲踮起脚尖，透过一个个脑袋，往院子里眺望。终于看见院子内，大大小小的领导中间，有一个白发苍苍的老者，他瘦小的个子，背有些驼，穿着军装，正一脸慈祥地和一个拿着捣杵、穿着短衣布褂的陌生人说着什么。

啊！这不就是老将军吗？是老将军！我父亲一眼就把他认出来了。这是他与老将军第一次也是最后一次离得这么近。顿时，对这位老英雄的景仰与崇敬，让他的眼圈发红了。

"老将军！老将军！真的是你吗？"父亲喃喃着，情不自禁地往前挤。当他挤到人群最前面时……只见一饭甑蒸熟的'嘚嘚米'已经起锅，倒进之前抬过来的那个石臼里。在一群记者的拍照之下，在热气腾腾的糯米香的浓雾之中，老将军撸起了袖子，接过同样属于我们家的捣杵，和那个穿着短衣布褂、保持微笑模样的假农民打起麻糍来了。

于是乎，院子里掌声雷动，响起了整齐划一的合唱：

腊月二十八（呀），
将军来到咱的家，
嗨哟，嗨哟！
你一棰，我一棰，
嗨哟，嗨哟！
帮咱老百姓（哪），打糍粑，
嗨哟，嗨哟！
……

那一刻，仿佛有什么东西堵在我父亲的胸口。这些东西里面，或许有感动，或许有敬意，或许有嫉妒。与此同时，那隐隐作痛的、为什么不让他打麻糍的愤怒，也回到了胸中。他多么想大声地哭出来！

我才是真正的打麻糍的村民代表啊！

尽管我父亲紧紧咬着牙关，拼命地忍住，很想转身离去……可是就像中了邪一般，他的脸抽搐起来，眼泪簌簌地往下掉，一种从未有过的悲凉，笼罩在心头。他还是哭了起来！

就像一个受了委屈的孩子，张开嘴，呜呜地哭了起来。

于是，我父亲最终被镇派出所的人抓了起来。

当我于正月初二那天赶回家，我父亲已经被派出所抓走三天四夜了。

我母亲哭哭啼啼的，诉说着我父亲被抓走的前前后后：

"我真糊涂呀！早知道事情会变成这样，去村长家的路上看见他，就应该把他叫走！如果把他叫走，他就不会哭，他不哭，就什么事情都不会发生……"

我母亲哭得精疲力竭，抓着枯槁的头发，述说着她的悔恨与悲伤。

我不知道怎么样安慰她才好，忧心忡忡地听她继续哭诉着。

按照她的说法，老将军到来的那一天，她完全可以阻止我父亲"哭"起来的。这都要怪她当时没有想到"他心里不好受"。之所以会这样，是因为当时她本人已经在村口见到了老将军，一直沉浸在隐秘的幸福中。当老将军的手穿越绳子的界线，握了握她的手时，她甚至有一种想跳出去拥抱他的冲动。

所以，当她在街上看见我父亲神不守舍地走着的时候，她没有想到要劝我父亲"你还是回家去吧"，而是告诉他："'苦瓜'，我见到老将军并且和他握手啦！"当她看见我父亲没有心思听她讲话，她也没有想到他的心里笼罩着委屈与悲伤。她甚至把我父亲被取消打麻糍的事情都忘记了。她满脑子都是老将军，因为老将军曾经是她们那一代人的偶像。

所以，当我父亲站在村长家的院子外，心里酸溜溜的时候，我母亲体验着美滋滋的好心情。当我父亲感到胸口拥堵、痛苦万分的时候，我母亲完全沉浸在"打麻糍"的大合唱里。那激烈昂扬的大合唱让她心醉神迷，人也年轻了似的。甚至，当周围人都在猜测为什么没有叫我父亲去打麻糍，持续的议论就像苍蝇在她周围嗡嗡盘旋的时候，她都没有注意到议论的对象与她有关。直到我父亲情绪失控，引起小小的骚乱，假装成农民的警察差一点将她撞倒，这才看见我父亲被人按在地上……

我母亲惊讶得连话都说不上来了："苦瓜，你、你……怎么啦呀！"

在那一刻，仿佛有什么东西卡住了她的心跳，气都喘不上来。

"你们放开他！你们放开他呀！"

但是，灾难终究降临在了我父亲身上。

是的，这是一件让人措手不及的突发事件。

由这个事件引起的恐慌，是可怕的。

至于在这个事件中，我父亲是怎么哭的，为什么要哭？是蓄意已久的阴谋，还是一个无意的过失？在场的人可以作证：我父亲的哭是无可指责的。他没有聚众扰乱社会秩序。至于触犯刑法，更是无从谈起。因为他只是伤心委屈，情绪失控而已。他的哭声中，没有夹杂着什么不好的言论，甚至他的哭声，仅仅站在他身边的几个人才能听到。因为他哭起来的时候，院子内的"嗨哟嗨哟"声正高涨。

有人说："那哭声听不清，就像蚊子嗡嗡叫。"

有人说："那哭声没有内容，就像一匹狼嗥嗥叫。"

有人说："那哭声时间很短，刚哭起来就被制止了。"

但是，我父亲的厄运还是降临了。他被潜伏在人群中的秘密警察当场制服，并以极快的速度转移出了现场。而后，又在老将军他们吃了麻糍、离开我们村之后，大家都以为这件不该发生的事即将成为过去的时候，一辆警车突然返了回来，把我父亲抓走了。

我母亲和我兄弟欲冲上去解救他，他们拿出了警棍，威胁说，谁敢冲上去就是暴力抗法。我母亲质问他们，有什么理由把我父亲抓走？他们不予理会，关上车门。眼看着车轮已经转动，我母亲又怕又急，哭着喊着地追……

这时，我父亲喊道："回去！你回去！叫阿亮回来！快叫阿亮回来——"

我父亲的叫喊，这才提醒了我母亲。她就是在那个时候，叫我兄弟急慌慌地跑回家给我打电话的。

可是，我从北京赶回来，又能做什么呢？

当我于第二天赶到镇派出所的时候，院子里面空空荡荡的。我穿过一个水泥篮球场，走到一座四层大楼前时，一条狼狗不知从什么地方蹿出来，朝我吠叫。我赶紧跑回篮球场。

"谁呢？"终于有一个人从楼底走出来，一副睡眼惺忪的模样。我走上去，告诉他我是来带我父亲回家的。

"什么你父亲你父亲的，你是谁啊？"他极不耐烦，似乎并没有听我讲话。我只好把刚才的话又说了一遍，并且告诉他："我是从北京特意赶回来的。"

大概是我提到了北京，我们的首都，这座我居住多年却一直没有融入的城市，他似乎才对我客气了。他将我带到他的办公室。

"你就是从美国赶回来也没有用！"他装作一副轻蔑的样子打量我，"发生了这么大的事儿，就连市里的领导都知道了，聚众滋事、扰乱社会秩序，而且是在老将军在场的情况下这么干。他也真有胆！这么大岁数还想造反怎么的！"

我真想反问一句，他怎么想造反了？考虑到我父亲还在他手里，只能装作一副没有听明白的样子。

接下来的事情自然是可以想象的，我花了许多周折才把我父亲从派出所里弄了出来。那一天，已是正月十三。我父亲从里面出来的时候，又黑又瘦，见到我，眼眶里满含热泪："阿亮，你告诉我：我究竟犯了什么错！他们有什么权利，有什么理由，这样对待我！"

一路上，我父亲不停地拿这样的问题，一遍遍地向我发问，仿佛他一直在等待着，终于等到了一个可以为他解答疑惑的人。可是，我最初的激愤和对抓他的人的不满，已在找人把他弄出来的过程中消耗殆尽。

过年过节的，我每去找一个人，赔尽笑脸不说，还要花钱买礼物，我从北京带回来的一万来块钱，已经快花光了；而且镇上那些大大小小的干部，他们看我的眼神，一如那个在春节还坚守在工作岗位上的民警，带着傲慢与怀疑，潜意识里认为像我这样的山里人，没有资格待在北京似的。

他们往往把我父亲的问题放在一边，询问起我在北京的工作和生活来。

"你在北京做什么的?"

"结婚了吗?"

"收入多少?"

我对这些问题反感极了。因为我在北京一没有房子，二没有家庭，三没有高额收入，我只是一个在公司上班的小人物而已。可是为了达到解救我父亲的目的，我必须做出一副在北京做大事业的派头来。

"收入还不错。"

"单位很好。"

"马上就要结婚了。"

据说，我把他们唬住了，他们怕我回北京后闹出什么事情来，还专门为我的身份开过一个"鉴定会"。在会上，他们不停地对我的回答提出质疑，又提出种种假设，最后不知怎么的，他们突然通知我："阿亮，让你那个不懂事的父亲写一封保证书，带他走吧!"

我就是带着我帮父亲写的保证书，将他带走的。

再后来，也就是正月十五，我回了北京。

我想当然地以为，关于我父亲被抓这件事，就这样过去了。回到北京以后，我迅速调整自己的精神状态，就像将发条旋至最紧，投入到了新的工作和烦琐的生活之中去。可是，对我而言，对我父亲和我们一家而言，噩梦才刚刚开始。

噩梦最初是以谣言的形式出现的：

不知从何时起，不知从哪儿传来的消息，说这次老将军来我们村过年，正如之前大家猜测的那样，本来是要给每个村民发钱的，钱早准备好了，有好几麻袋呢，都放在车上，有好几个人看见了的。可是，由于我父亲的缘故，老将军很生气，吃了麻糍就走了。这笔钱最终分给另外一个村子了。

这大概是这个谣言最初的样子。它既没有说清老将军为什么生气，到底带了多少钱，也没有说清都有谁看见了，都分给谁了。但是，这不妨碍它的传播。很快的，它就像一棵春天里的果树，生出了枝杈、绿叶，还开出了美丽的花朵。

"钱有二十多万呢。二十多万，对老将军来说，是从牛身上抓一只虱子。可是对我们这些穷人来说，每个人能分到好几百块呢，每户人家能分到好几千块呢……好几千块钱，能买彩电冰箱呢……"

人们越说越觉得惋惜。

终于，有人勇敢地站出来承认，他亲眼看见那两麻袋钱了。最早站出来的人，是我们村的"老三股"。这是一个熟读古书、偶尔会给人占卦的小老头。他宣扬"三纲五常"，却养了三个不孝的儿子。当初听说老将军要来，他是第一个来到我们家的人，向我父亲哭诉他的遭遇，希望能帮他向老将军反映困难。

不仅如此，随着春节的临近，他对老将军的想象也更具体起来。他想象着成捆的钞票、整箱的补品、整只的猪头、大桶的食用油。想象着老将军因为同情他，还给了他一把手枪。"拿去吧！当那三个不孝子又要打你的时候，你就把它掏出来，崩了他们！"他沉浸在这样的胡思乱想中，第一次没有在过年前冒着被挨打的危险去找他的儿子们索要赡养费。所以当老将军离开之后，他只能靠吞咽口水与泪水度过春节。

春节之后，他开始到处向人证明，他曾亲眼看见那两麻袋钱，还看见麻袋上写着"吴村分"三个字，可见老将军的确打算在我们村把这笔钱拿出来分的。可是由于我父亲的缘故，这笔钱最终被带走，分给了另外一个村子。"老三股"振振有词地说："我是亲耳听一个亲戚说的，他说他们村每人分到了一千块钱。他家五口人，分到了五千块钱呢！我这个亲戚是个老实人，从来不会说谎话，你要他说谎话，除非拿烧红的烙铁烫他的舌头！更何况，老将军当年也在那个村打过仗呢！"

刚开始，没有人在意"老三股"说的话，听得多了，姑且听之忘之。最后，当老三股每天都在增加这个谣传的细节和分量时，就默认了。因为他们也在为没有分到钱愤愤然，也理所当然地认为，老将军好不容易来了，就应该给大家发红包的。上次村里来了一个企业家，还给每人发了一箱饼干、一箱方便面、一箱可乐呢！

于是，村里人对我父亲的态度渐渐发生了改变。当我父亲再次一脸悲戚地向村里人诉说他被捕的遭遇时，他们不再像当初那样同情他。他们开始相信，他们没有分到钱都是我父亲造成的。我父亲却不知趣，逢人必说他如何被捕，如何被关在黑漆漆的铁屋里，吃没有吃的，盖没有盖的，又冷，又饿，又怕。

说到伤心处，他不免又要一遍遍地发问："你们告诉我！告诉我啊！我究竟犯了什么错？犯了什么法？难道一个人连哭的权利都没有吗？他们流氓恶霸不如啊！"

被他瞪着眼睛逼问的那个人终于烦了，没好气地回答："又没有人逼你哭，谁叫你哭的！还不是你自己……"

"你、你说什么！"我父亲如同挨了当头一棒。

"你说半天，不就是没有让你打麻糍，你不满嘛！"

"哼！你、你们是忘了……"我父亲气得满脸通红，浑身哆嗦。我父亲想把这个事情说说清楚，可人早走了。

我父亲很恼火，村里人没有分到钱，跟他有什么关系？一连几天，他的情绪很糟糕。他想把这个事情说说清楚。他要从村长主动来找他打麻糍说起，他要讲给村里人听，他错在哪里？

不过，没有一个人愿意听。就算有一个人碍于面子没有走掉，那也是在应付他。等他讲累了，把心窝里的话都掏出来了，那人转身就把这些话捎到另一个地方，当作笑料学给别人听。

的确，村里人都觉得我父亲很可笑，认为他多半是想给老将军"舔屁股"想疯了。这样一来，就连那些原本求他给老将军捎话的人，原本跟他一样窝窝囊囊的人，也加入其中。当我父亲出现在街上，又要讲起"我有什么错"的故事，他们就挤眉弄眼，故意逗他："你是不是以为能和老将军攀上亲戚啊？"

误解和嘲弄使我父亲痛苦不堪。他终于不再为自己辩解了，他打算将这件事整个咽下去，就像几十年前年咽下他被抓起来批斗的冤屈一样。可是村里有几个无聊透顶的人，故意将他和那个同样招人烦的"老三股"撮合到一块，挑起争端。我父亲不知中了圈套，见了"老三股"，用一根手指指着对方，质问他关于两麻袋钱的事情，要他拿出证据，要他把那个亲戚叫到吴村来对证。

"老三股"情急之下，推了我父亲一下，冲他叫骂："滚开！贪污犯！骗子！害人精！"我父亲没料到这一下，差点儿摔倒。他气得说不出话来。"老三股"呢，抓住我父亲的软肋死死不放："怎么，你敢说当年你没有贪污生产队的粮食吗？如果没有，为什么要抓你去批斗！你是正人君子，派出所为什么又要来抓你？你这个惯犯！害人精！害得我整个春节没有吃到一粒米！"

父亲感到胸口被撕裂般的疼痛，他东倒西歪，头晕晕的，虽然回敬了几句，觉得自己在理，却不知道为什么众人都在笑。他去找村干部评理，要他们给自己主持公道。没想到村干部把他训了一顿，说他在老将军来的那天实在不像话，惹出来的事把大家吓得快得精神病了，求他别给村里添乱。

我父亲不服：当初要给老将军打麻糍，还不是村长来求我的！可是，村长也没有错，不让他打麻糍的人是那天来村里布置任务的两个干部，跟村干部无关。于是，我父亲又恨起那两个干部，以及恨起把他的脸抓破的"李歪脖"来。他走着走着，没头没脑地去找"李歪脖"出气。"李歪脖"把一口痰吐在他的脸上："我不是把'嘚嘚米'换给你了吗？你轮不到打麻糍，跟我有个屁关系！神经病！"

我父亲几夜都没有睡好。他想来想去，觉得自己真是太窝囊了。为什么要答应去给老将军打麻糍呢？为什么要盼着他回来呢？为什么大家都阻止他接近老将军呢？他越想越伤心，却又不知道这伤心跟谁去说。他又想起了远在北京的儿子，想给我打电话，想了几次都没有打，因为他也恨自己不争气。为什么要哭？多么丢脸！

最后，电话是叫母亲打的。母亲说："阿亮啊，你爸天天都为打麻糍的事想不开，现在他一走到街上就跟人吵起来！还说要去乡里找乡干部评理，去镇上告派出所关他。你帮帮他吧！这可怎么办啊？"

"妈，我知道……现在正上班呢。我知道……等下班后再打回去吧。"

那一天，我的确很忙。接母亲的电话时，正跟一个客户谈租约。那时候，房屋中介还是一个朝阳产业。我在一家房屋中介做业务员，这是我回北京后新找的工作。因为我从老家回京太晚，原来的公司将我辞退了。

新公司人手很少，看房租房的人又特别多，我要一遍遍地带客户去看，还要在客户与房主之间周旋。终于熬到下班，天已经黑了。当我挤了一个小时的地铁，又坐了半个小时的公交车，回到家时，给父亲回电话的事已经挤碎在路上，忘得干干净净。

吃过晚饭，为了熟悉业务，我又在电脑前看了一些房产交易信息。等我想起还有一件什么事情没有做时，已是夜深人静。这时，女朋友已经洗完了澡，躺在被窝里，等着我去爱抚她，似乎等得有些着急了。

"阿亮，你还没忙完？"

"快了，快了！别急，先酝酿一下情绪嘛。"

说实话，我女朋友长得一般，人瘦瘦高高的，平时也很严肃；但是到了夜深人静时，她的性欲也很强，光溜溜的身体也很诱人。因此，我也去洗了一个澡，然后关了灯，和她恩恩爱爱起来。

这时候，我已经不再去想还有一件什么事情没有做了。这时候，在这个冷冰冰的城市，我也体会到了幸福与温暖。我感到，男欢女爱大概是这个世界上最公平的事情了，这个过程中，不论贵贱富贫，得到的快乐都一样多。

我们在一场恩爱之后呼呼睡去。手机却响了起来，是我父亲打来的。

"阿亮！你怎么没有打电话回来？"

"哦，是爸呀，这么晚了……"

由于过分疲劳，头昏沉沉的，眼睛都睁不开，加上女朋友就睡在旁边，我只好披了衣服躲到卫生间，听他絮絮叨叨地讲他这段时间的遭遇。可是这种事情，我又能怎么劝呢，只能说要想开一点，不要跟村里人一般见识。只是父亲并不听我的安慰，自顾自地说个不停，直到我的手机电量不足，断了通讯。

第二天，我想到公司再给他打电话。问题是，我还能怎么说？村里人的嘴能堵得住吗？他们想怎么说就怎么说吧，忍一忍就过去了。然而，心里隐隐约约的总感觉有什么事情要发生。

下班的时候，果真接到了那个不好的电话。

"阿、阿、阿……"

"怎么啦，哥？"

"爸、爸、爸……"

跟春节前那个不好的电话一样，我兄弟因为着急，结巴得很厉害。只是有一点可以确定，我父亲受伤了，被乡干部打了。我问，伤得严重吗？他说，被汽车撞了一下，站不起来了。我的心又揪了起来。

我一夜未睡，几次给家里打电话都没有人接。是不是父亲已经送到医院去抢救了？要不要赶回去一趟？想起我们家，就我读书读到了大学，就我花家里的钱最多，在这样的伤害面前，如果我不回去，又怎么对得起父亲？

好在第二天中午，电话终于打通了。

据母亲说，昨天我父亲上街的时候，也是凑巧，刚好有几个乡干部来村里办事，我父亲想都没想，就跑过去要他们给自己正名，就像遇到了救星。那几个乡干部一看是我父亲，就是上次老将军来的时候聚众滋事的人，理都没有理他。我父亲只好站一边，自己说自己的话。那几个人烦了，骂道："你滚一边去！我们没有怨你，你竟然怨起我们来了！为了迎接老将军，我们勘踩点、提前布防，花费了多少时间精力！为了装得像个农民，大伙一个月前就不敢洗澡！可你哭那一嗓子，我们被上级点名批评！乡里要在水库边建度假村的项目也批不下来了……"

我父亲却没有从群众的角色理解干部的难处，他依然沉浸在本来让打麻糍、后来又不我打、还被抓起来坐牢，以及被村里人说成"害人精"的种种遭遇里。正因如此，当那几个干部准备开车回去的时候，我那不识相的父亲还想追到车上去理论。他们一脚把他端了下来："你疯了怎么的，老恶棍！你敢妨碍公务，再让你蹲监狱去！"

我父亲受了这份羞辱，也不知哪根神经出了问题，反而要冲上去拦他们的车。这时车已经发动，他被汽车撞了或者蹭了一下，跌倒在地。然后，那辆车开走之后，一些目击此次事件的村里人围了上去。他们不约而同地为我父亲愤愤不平起来。尽管在这件事之前，或许正是这些人的误解和议论，让我父亲痛苦万分；可是此刻，他们都站在了弱者这一边。

他们说，我父亲肯定被汽车撞伤了，要住院就赶紧去，住院费让乡政府出，如果耽误了时间，以后身体出了什么毛病，那些干部就不会承认的。就这样，在大伙的鼓动下，我父亲被人抬上了拖拉机，连夜去了乡卫生院。医生却说，我父亲什么伤都没有，并且因为大半夜的把他从女护士的被窝里叫起来，他喋喋不休地骂了很长时间。

哭泣事件

我母亲、我兄弟，还有那个开拖拉机的乡亲，在卫生院走廊里又冷又饿又委屈，于是问了我父亲的意见，又坐拖拉机回来了。只是经过这一番折腾，我父亲回来就发了高烧。

我父亲终究还是病了一场。病后，他身体虚弱。许多时候会感到身体里一阵莫名的疼痛，就像有旧伤在隐隐发作。这时候，他怀疑自己到底还是被车撞伤了，卫生院的医生骗了他。因为卫生院和乡政府的人都是一伙的。

受到这样的打击，他不明白自己究竟错在哪里？现在又该怎么办？

就是从这个时候起，我父亲打给我的电话越来越多。我经常要听到他的诉苦、他的疼痛、他的愤怒、他的冤屈。这是因为他越来越把希望寄托在我的身上。他希望我能打电话给乡政府，打电话给镇政府，打电话给派出所，希望我能为他伸张正义。

的确，自从我兄弟小时候因为父亲被抓去批斗，把他吓得说不出话，吓成了结巴，读书也读不上去之后，父亲就把振兴家族的希望寄托在了我的身上。我考上大学那年，他给我办了三桌酒席，把我家的亲戚和本家都叫来喝酒。我父亲喝醉了，他说以后等我大学毕业当了官，大家有什么困难什么冤屈只管上北京去找我。我永远记得父亲的那份骄傲。

因此，关于父亲的这个诉求，我得说，我做得很认真。我利用业余时间给相关部门打了十多个电话，希望能帮父亲索要到哪怕一个道歉，这样多少能平息他老人家心中的怒气。然而，乡政府拒不承认撞倒我父亲，而且说我父亲是"无理取闹"。我把这话传给父亲，听见他在电话那头咆哮："还有没有王法！"

我父亲愤意难平，而后就带着我兄弟去乡政府说理。我兄弟不想去，他就骂他没有骨气、软骨头。结果当然不言自明，他们除了遭到带红袖套的保安的阻拦，还遭到乡干部的殴打。我兄弟为了保护父亲，更是被人打得遍体鳞伤，上嘴唇破裂，后来去卫生院缝了十一针。

回到家，我兄弟又气愤又悲伤，对我父亲表达了不满：以后要闹事你一个人闹去，别让我陪着你去受刑！我父亲听了很委屈：一是对我兄弟的是非不分感到伤心。这怎么是去闹事呢？这是去讨说法啊！二是对乡政府的卑劣行径感到寒心。他没有想到，他们竟然会对手无寸铁的老年人动武。

那一次，我父亲在电话那头哭得很伤心。他和我兄弟被三五个后生追着打，逃到院外，他们还拿着棍棒追出来。其中一棍棒朝我父亲头部打来，把他打倒在地。

"要不是你哥挡住他们，我早被打死了……他们把我们打成这样，这么些天了，既没有一个人出来说句话，也没有人来找我们了解情况。我和你哥不能就这样被他们白打了啊！阿亮！"

我久久地沉默着，不知道该不该答应父亲再回家一趟；但这毕竟是我家里的事情，最终我还是答应了。

我知道自己在父亲心中的位置，只要家里发生了什么不好的事情，他首先想到的就是我。只是，我是那么的卑微，让父亲失望。

我没能请到假。经理对我父亲的冤屈毫无兴趣，他说，你要么继续工作，要么辞去工作。我矛盾重重，能做的就是往乡政府打电话。

乡政府照样不承认我父亲和我兄弟被打的事情。关于赔偿更是无从谈起。他们说，我父亲和我兄弟在乡政府"大闹天宫"，拍桌子砸凳子，分明构成了犯罪，没把他们抓起来扭送派出所，是因为看在我的面子上。

我的面子有这么大吗？我兄弟的嘴被打破缝了十一针，这铁一样的事实，难道不是被你们打成这样的吗？他们说，那是他自己抓破的。

对这种无赖式的说法，我太熟悉了。我不得不逼着自己给一个待在县城某部门当什么干部的同学打了一个电话。我的这个同学姓郑，我与他好多年没联系了。当我鼓起勇气与他联系上以后，绕了许多弯，才装作顺便提到我父亲的事情。我想让他给乡政府施加一些压力：一是希望乡政府能赔我父亲一点钱，早日结束这场纠纷；二是让他们知道，我虽然人微言轻，但也认识几个人的。

"你如果方便的话，帮我打个电话吧，问问这个事情到底怎么解决。如果不方便问，我想委托你帮我在县城找一个律师……"

郑同学一直不冷不热地应付着我，好像非要让我明白他现在过得比我好，地位比我高似的。这时却突然"哦哦"两声，笑起来了。

"嗯，就这点事啊，不需要上法院吧。上法院，估计没多大作用。一旦上了法院，他们通常的做法就是跟你拖，一个案子拖三年五年是很正常的……"

"那……能不能麻烦你……"

"这个，当然啦。我知道啦。我跟你们乡的乡长很熟的。他每年都要给我送什么笋干呀茶叶呀，土得要命……"

第二天，这位郑同学给我回话说，事情已经谈妥了。他们答应赔偿八百块钱。在他的争取之下，对方又加了二百。他问我："你看怎么样？"

一千块，这数目不算多，但是也只能这样了。我回答："可以，可以的。很好！"谢过之后，我迫不及待地给父亲打电话。父亲刚开始没有提出异议，还觉得我帮他出了一口气。可是到了交款的日子，他又说这数目太少，村里人都认为太少。

我一听就有点恼火。我说："你都听村里人说的干吗，你想赔多少？"

父亲说："至少一万！"

我说："这不是敲诈勒索，这是谈正经事啊！"

父亲也火了："你老爸被汽车撞成内伤，现在还浑身疼！脑袋也被他们的棍棒打坏了！我天天头疼欲裂！你哥小时候被吓成结巴，现在又被打得破了相，嘴都歪到一边去了，他这一辈子娶不上老婆，村里人说就是赔十万也不多啊！"

我没有办法，不好再麻烦姓郑的同学，只好直接跟乡政府的人提出了父亲的要求。我听见对方朝电话里呸了一口痰，然后没好气地说："你们嫌少，是吗？那好，我告诉你，就连这一千块钱，还是看在你和郑主任的面子上才给的，现在一分钱不想给了！"

事情就这样僵持下来。

这时候，村里的舆论沸沸扬扬。这些舆论毫无例外地都为我父亲的遭遇感到不平。他们认为，当初不让我父亲打麻糍就不对，后来将我父亲抓起来，再把我父亲撞伤就更不对了，现在又把我父亲和我兄弟打成这样，还不想赔钱，太无法无天了！

他们劝我父亲去告状。他们包括与我家关系一直不错的人，也有平时关系不好的人，有说话很有分量的人，也有人云亦云嘲弄过我父亲的人。他们都为我父亲出起了主意。他们说，去告乡政府的诉状，可以让粗通文墨的"老三股"来写。因为"老三股"经常写诉状告他的儿子，知道诉状怎么写。

没想到一打听，"老三股"很乐意来写，并且很快就写好了。

村里人拿到诉状，自然比我父亲还高兴。他们对我父亲说，现在你就带着这份诉状，上县里去告他们。如果县里告不倒他们，就到省里去告。如果到省里还告不倒，那就上北京去告！

说到北京，他们突然想起来了："你家阿亮不就在北京吗？你还怕那帮鸟人干吗？阿亮是大学毕业生，又待在北京这么多年，肯定认识北京的许多干部，怎么着也不该让自己家人被这帮鸟人欺负啊！"

"对，对，你上次被抓起来，不就是你家阿亮帮你弄出来的？你应该直接上北京去告，让你儿子带你去天安门告！去中南海告！"

村里人的义愤填膺，着实让我父亲的思维发生了紊乱。以前，家里每每遇到这种事情，他要么盼着我回去，要么盼着我给相关部门打电话，仅此而已。现在，他好像突然看见了一片光明。他在电话里说："阿亮，你不是说过，你上班时路过天安门吗？这次，爸要麻烦你耽误一点时间，你坐车路过天安门时，你帮我去反映一下……

"我知道，人民大会堂和中南海都在天安门附近。你不要怕……你爸和你哥的遭遇，总会有站岗的人会听你讲述的。你可别小看这些站岗的人，我听村里人说，他们的权力也大着呢，他们会把你反映的事情记录下来……我不相信这样一桩暴行反映上去，上面的领导会不管不问！不过，你要先在肚子里想好，到时该怎么说。我告诉你，事情刚开始就是，老将军来的时候，他们叫我打麻糍……可是等到老将军真正来的时候，又不让我打了……"

我父亲讲到这儿，完全忘记了这冗长的通话势必要花掉很多电话费，打到中途，我不得不打断他，从我这边又打回去。没想到这样的打断一点都没破坏刚才的话题。他接着向我讲述，他是怎么从一个合法的公民被冤枉成一个聚众滋事的罪犯，而后被关押，被殴打，进而连累我兄弟受尽凌辱的。

"这么多年来，爸没有求过你，就这一次，耽误你一点时间，希望你能将咱家的冤屈反映上去……我知道，你工作很忙。可是你不是在北京吗？总比外地人离天安门近……"

我的父亲，就这样在遥远的浙江山区，想象着我在北京，离天安门很近，我完全有条件将我们家的冤屈反映上去。于是，他将他的遭遇、委屈、愿望、希冀，一样一样地告诉我，让我记在心里，还将"老三股"写的诉状，念给我听。

念完诉状，我父亲意犹未尽，又郑重其事地告诉我：他听村里人说，在北京的大街上，其实每天都有假扮成平民的领导，微服私巡；所以他希望我也要学会辨认这些干部的本领，以便认出他们时，就像电影里去拦轿喊冤的人那样，双手高举状子，跪在地上："同志啊，领导啊，青天在上，冤民喊冤！我是帮我爸和我哥来告状的啊！请人民政府明察，严厉惩治打人者，为民做主啊！"

我父亲在电话那头大概进入了某种情境，怒中带哭，喊得很响。喊完之后，又想起了什么，告诉我，这个时候虽然要喊，可是不能喊得太响，必须懂得不得惊驾，惊驾就是吓着领导了。

我父亲的道听途说、胡言乱语，以及不切实际的幻想，现在就是让我复述一遍，我都感到为难。我真不知道这些乱七八糟的告状知识都从哪儿听来的，可我又怕直接的拒绝会让他伤心。

"爸，你说的是哪儿跟哪儿啊，现在都什么年代了……"

"你不懂，不论什么年代，都有包青天……"

不瞒你说，这个时候，我真怀疑他"老糊涂"了；而且他打来的电话太多，已经严重干扰了我的工作。是的，我的工作依然很忙，我没有时间接听父亲的电话；而且经理已经多次批评我，叫我上班时间不要接听私人电话。

我思前想后，不得不又买了一部手机。这样可以在上班时间把旧手机关掉。可是下班之后，又必须将它打开。毕竟，我为父亲担心。这样一来，我父亲只能在我下班之后给我打电话。刚开始，他的电话还比较有规律，后来不论打电话的次数和时间都越来越混乱，半夜被手机铃声吵醒是经常的事。作为儿子，没什么可抱怨的，可我女朋友毕竟是外人，她是无法理解我父亲的痛苦的。正因如此，每次铃声响起，我都会紧张。

一是害怕他又一次问及去天安门告状的事，害怕他的期盼，害怕他把我看作救星，害怕他每次叮嘱我诸如跪在地上、额头上写一个"冤"字之类的做法。二是我与父亲的通话，难免要影响我女朋友休息。我女朋友患有神经衰弱症，睡眠很轻，而且对我们家的这一摊事，越来越反感。

不瞒你说，她在一家广告公司做文案工作，性格有些乖戾，温柔起来的时候很温柔，歇斯底里起来很怕人。她就是这样的女人。

"你爸天天给你打电话，到底说些什么呀？"

"没什么，就是问我工作生活怎么样。"

"用得着每天都问吗？是不是又问我长得怎么样？对你好不好？"

"那不是，你想到哪儿去啦。"

"我可告诉你，我还没有想跟你结婚。别把我的情况告诉你家里人。"

"你说这些什么意思，你家不就是普通的工人阶级吗！"

"哼，我嫌你家是农民了吗！"

"那我为什么要瞒着？"

"反正我一听半夜电话响，就知道你们家的人精神不正常，烦都烦死了！"

可是，回避与推诿终究不是办法。作为儿子，我不能无视父亲的遭遇。我有义务为父亲讨回尊严与公道，就算为父亲赴汤蹈火，那也是应该的。但这也是事实：我不太愿意为这件事再回家一趟。我回去就要失去工作，而且我回去也不能解决什么问题。

我只好硬着头皮，又给家乡的同学打电话。他们认为，这种事情能赔一点钱已经很不错了。首先，没有死人，也没有造成肢体残废，仅仅受了一点外伤而已，就算告到法院或者让媒体曝光，也不会引起重视。其次，我家人还要在村子里长久生活下去，得罪基层干部不是明智之举，以后需要办什么事，他们会故意刁难。

事实上，他们说的也有道理。我突然觉得，这件事从打麻糍开始，已经闹得够久的了。现在乡政府能拿一千块钱出来，已经是给我们一个台阶下了；再纠缠下去，受伤害的可能仍是我们自己。我思来想去，给家里汇去了一个月的工资，就算是由我来补偿我父亲和我兄弟所遭受的伤害吧。

汇完钱，我总算为自己的逃避感到心安理得一些。

过一段时间，我给家里打了一个电话，一是询问汇款是否收到，二是想劝父亲不要再为此事想不开了。所有的伤害就当被驴踢了、被狗咬了、被蝎子蜇了。我甚至想好了，如果父亲答应就此罢休，我将接他来北京散散心。

然而，父亲的回答吓了我一跳。

他说："阿亮，汇款收到了，我已经收拾好行李，正准备带着你哥一起去北京呢。"

我简直有些不相信自己的耳朵。

"爸，你说什么？"

"我和你哥，正准备去北京呢。"

"来北京？干吗？"

"你不是给我们寄了车旅费了吗？"

要我还怎么说呢？我想阻止父亲来。当我得知他要来，我就夜夜失眠。

"我们到了北京，先到信访局去！"

我的脑子里至今回响着父亲那天说的话："我听一个镇上人说的，他说真正接待老百姓告状的地方不是天安门，是信访局！以前是我说错了，幸好你没有按我说的去做……那个人还说，信访局是人民政府接待人民群众来访、化解矛盾和纠纷的地方。信访局对所有人开放，不过来访人员必须是当事人，不能由他人代替。"

我简直不知道怎么说才好。如果这不是瞎胡闹，就是精神错乱了。

"爸，你、你这是……你总听别人的怂恿干什么！这些人真是的……在戏弄你！"我终于鼓起勇气。

"怎么是戏弄呢？是我自己想来的。你在北京都待了这么些年了，又有很好的工作，你总该认识去信访局的路；而且我还听说了，老将军很有可能就住在北京的什么军区。等我和你哥到了北京，你再帮我打听打听，如果信访局不收我们的诉状，我就直接去找老将军反映情况！相信总能找到他的……一旦找到他，你爸这些日子受的冤屈就能说清楚了，因为老将军自己最清楚，那天他……"

"爸，你别听那些别有用心的人教唆……"

"什么？我跟你说，我已经把打麻糍的'嘚嘚米'都换好了，'李歪脖'听说我要打了麻糍上北京去，这次没有向我要两担大米。"

我不知道父亲的脑子是不是真的被乡干部的棍棒打坏了。

我有些不知所措。

"爸，你现在来北京，查得很严，北京就要举办奥运会了……"

"举办奥运会怎么啦？就不让老百姓进北京啦？"父亲的声音突然高了八度，"奥运会还不是办给全国人民看的？我听说，一些人还专门花钱去看呢！到时候，你也顺便带你哥去看看。你哥三十多了，连县城都没怎么去过！"

"爸，我是说，就这情况，有没有这个必要……"

"这你就不懂了，自古以来，下面的官都害怕上面的官。我算是看透了，我们要是不上北京，那帮人就会以为咱家是好欺负的！柿子总挑软的捏……这一回，该让他们知道咱家，还有你在北京……"

"爸，我只是觉得这件事……"

"觉得这事很小？啊？你不觉得你爸、你哥……受了多大的罪吗！"我听见父亲气得喘不过气来，说不下去了。停顿片刻，才说，"阿亮……我记得你从小记性就好，可你怎么就忘了啊！自从我被派出所抓起来，咱们家就没有过上一天太平日子啊！我被人打，被车撞，被人说闲话，你哥还被那帮畜生打得破了相……难道要被他们整死、害死，这才算事情大吗！"

哭泣事件

我多么想收回之前的那句话，然而又该如何收回！

　　"爸，我不是这个意思！我是说……现在这社会，你也知道，像这样被打被冤枉的事，每天都在发生……"

　　"哼！照你这么说，就没有王法了吗！就该被打吗！"

　　我能听到父亲快要哭起来的哽咽。其实在那一刻，我也很难受。我多么想说，爸，不是我不想让你来，而是你来了没有任何作用！你以前被抓起来批斗，不也忍过来啦？可是我不敢说。我听见电话那头，父亲大概真的哭了。过了好一会儿，听见他妥协道：

　　"阿亮……我知道，我知道你现在和你女朋友住在一起，住你那里会不方便，其实，我都想好了，不到万不得已不愿去麻烦你。我和你哥都带了毛毯，到时在你家附近找个桥洞躺一下，只要不会淋着雨就行。反正天也暖和了。"

　　我的喉咙里咸咸的，眼泪不知什么时候已经流下来。

　　"爸，我不是这个意思！真不是这个意思！我怎么会让你们睡在桥洞里呢！我是说这件事，乡政府已经做了让步……几个同学我也都问了，他们都劝你冷静冷静，他们说就算告赢了，也就赔一千两千……反正，我再想想别的办法……"

　　"没什么可想的！车旅费我自己出，如果抓起来，我不会连累你的！你放心！"父亲突然将电话挂掉了。

　　我非常痛苦，不知道怎样才能让父亲明白，他来北京是盲目的，徒劳的，甚至荒谬的。如果他单是带着我兄弟来北京旅游，对我造成多大的压力我也乐意，问题是……

　　我的确在北京，可我在北京不是当官。我既帮不了他什么，也没有时间、精力去帮他。我是一个上班族。这些年，我在这座城市流离失所，做过各种与我的专业毫不匹配的工作。虽然每次父亲问起，我总是说，我的工作很好，领导对我也很好。问起我的住房，我总是说，我住得很好，是单位分配的房。实际上，我赚钱不多，生活窘迫。

　　我在这里仅仅是活着，我并不适应这里的生活。我每天要花三个小时在上下班的路上。每天上下班高峰，大街小巷到处是人，比蚂蚁更多。在北京的地底下，人挤在地铁车厢里，犹如一只只虫子。是的，我只是一只虫子。因为穷，我和女朋友没有自己的住所，租住在一所七八个人合住的套间里。我们住其中的一个房间。厨房和卫生间是公用的。由于嘈杂和肮脏，女朋友天天唠叨着要搬出去。

"就算我们买不起房子，也要租一个独立的空间居住吧！亏你还在房屋中介上班呢。"

我有苦难言，因为独立的空间需要花更多的钱。最近一个月的工资又全部寄回家去了。她对我的这一做法很有意见。

"你们家都是一些什么人呢？没完没了地打电话，折磨人，还向你要钱！真是的！"

我想象不出，如果有一天，当我父亲和我兄弟一人背着一只蛇皮袋，就像在逃犯那样出现在我的生活里，我该怎么办，女朋友会做出什么样的反应。我想，原本一肚子怨气的她，肯定会用很难听的话骂我们一家。我为了一家人的尊严，势必当着父亲的面揍她，然后她哭着跟别人走了。到那时，我们都会很痛苦。

再说，就算跑到北京来上访，又能怎么样呢？说不定他没机会把诉状投进去。因此，我必须阻止父亲来。我一面准备去做我父亲的思想工作，告诉他越级上访将会被有关部门处理，一面又去与乡政府交涉。归根结底，事情的症结在这里。没想到乡政府对我的态度完全敌对了。我刚报上姓名，对方就骂我不识好歹，质问我是不是寄了钱回家，想让我父亲上北京告状？

我想解释寄钱的原因。对方很粗暴地打断我，说这件事他们已经一让再让，我却没完没了地纠缠，是何居心？既然他们对我已经仁至义尽，而我又如此不识抬举，那么……"你到底想怎么样？别以为待在北京就怕你！你在北京做什么的，你心里清楚，别给你脸你不要脸！中国是法制社会，你想告你就告去吧！随便你！"

我被一顿臭骂，骂得半晌回不过神来。挂了电话，冷汗就出来了。说实话，我从未被人这样劈头盖脸地骂过。我心情很郁闷，打电话回家，想说父亲几句，父亲却不接我的电话。大概他对我也很不满，对我失望了。

这时，我的工作越发忙了起来。与此同时，女朋友跟我提了好几次分手。这忙碌、纠结的生活，搞得我身心俱疲。在这样的日子里，关于父亲对我的怨恨，关于父亲的痛苦，他的处境，我也渐渐地淡漠了。直到半个多月后，我才给家里打了一个电话。

从母亲的哭泣中我才知道：这之后，我父亲还去过一次乡政府。这是他对我失望之后，终于不再对村里人说的"数以万计"的赔偿抱有希望了。然而，这时候乡政府说，你不是要上北京去告我们吗？你不是有一个当官的儿子待在北京很了不起吗？你就让他告去吧！我们倒想看看，一只蚂蚱能跳多高！

我父亲没有拿到钱，却受了一番嘲弄，回到家，骂完乡政府，又骂我。骂得街道上的人都能听见。我母亲脸涨得通红，急得团团转："苦瓜，你这是干什么，你以前从来不骂阿亮的！你就不怕被人笑话！"

我父亲恶狠狠地对母亲说："以后，就当没有这个儿子！"

我父亲说完这话，就哭了。

从那以后，他就像被人打断了脊梁骨，一天到晚坐在门槛上叹气。不管是家里的事、地里的活，都没有兴趣。他也很少到街上去，话越来越少，有时候几天都不说一句话。我母亲担心他精神受了刺激，故意找些话问他，看见他的眼睛湿湿的，母亲心里也油煎一般。

"你到底怎么啦？我跟你说不要去闹，你非要去！阿亮不是跟你说了吗？不要听村里人的怂恿！你就是不听！你也不想一想，鸡蛋碰得过石头吗？一家人跟着没有好日子过！"

我父亲依然不说话。只是脸色越来越难看。当母亲接着说道"你就是心眼小，也不想一想阿亮方便不方便"的时候，我父亲突然站起来，把一样什么东西摔在地上，接着又乒乒乓乓砸坏了家里的好几样东西，其中包括挂在堂屋正墙上的那个相框，里面有我大学毕业时拍的"时髦博士"照，还有我在天安门和人民大会堂前的留影。

那是我父亲曾经引以为豪的东西，现在全被砸坏了，摔碎了。

"我没有生过这样的儿子！我生不出这样的儿子！这个忘恩负义的东西！这么多年书白读了啊！"听母亲说，我父亲丧失了理智，痛苦得就像要爆炸一般。他怒不可遏地咆哮着，身体就像怕冷一样发抖。

"你说说，他才出去几年，掰着手指都数得过来的呀！以后我不许你提到他！我不指望他为我做什么，不指望他为亲戚们做什么，不指望他为吴村的百姓做什么！读书不能明理，不愿为民请罪，读它有什么用啊！"

而后，我父亲就像泄了气的球，吃不下饭，睡不好觉，两颊瘦得深深陷了下去，不是这里疼，就是那里难受，仿佛身体里那些隐隐作痛的旧伤重新发作起来……几天内，仿佛老了十岁。

这期间，当我得知父亲的身体一日日差下去，我又给家里寄过一次钱，还托人在县城找过一家医院，叫母亲带他去看看，如果需要住院就住院，钱不够我去借。几天后才知道，父亲没有去看病，还要母亲把我寄的钱寄回北京。

"我没有这样的儿子！我不需要他的可怜！"父亲又开始骂我。

我知道，我拒绝父亲来北京，一定伤透了他的心。只是，我又能怎么办呢？假如我支持他来，他真在奥运会期间跑到信访局去，跑到天安门去，跑到国家机关或其他敏感部位去，就像电影里豁出命去的秦香莲，跪在地上又是哭，又是喊，又是抱住领导的腿，我将无法阻止，无能为力。

可以想象，这些过激的行为必定会对他本人造成更大的伤害。甚至可以说，我这么做，并不单单为了我自己，也是为了我父亲。他却不接我的电话，不给我一个解释的机会。加上这时，奥运会开幕在即，我从郊区进城上班，检查人员要一一核查乘客的身份证和每个人的脸。到了市区，坐地铁也要进行类似的安检，花在路上的时间成倍地增加了，工作显得更加忙碌起来。

与此同时，准备在奥运期间举行集体婚礼的人急剧增多。我女朋友看到她周围的女人都选择这个时候结婚，对我的怨气越发严重了。怨我没有房子，怨我对她不好，或者干脆说，怨她自己还没有找到一个愿意嫁的有钱人，她就和我天天吵。我烦得要命，最终动手打了她，把她打得歇斯底里地哭。最终，我们分手了。

分手头几天，人简直要死过去一样，几天没吃饭。夜里喝醉后哭到累了才睡着。早上起来眼睛肿肿的，也无心工作。那段日子，新的痛苦折磨着我，差不多过了两个礼拜，我才想起很久没与家里人联系了。

我强打精神，给家里打了一个电话。我的母亲照旧是哭，她断断续续地告诉我，我父亲的身体一点都没有转好。他浑身不适，头昏脑涨，腰部等处疼痛难忍，也不知是被乡干部的汽车撞坏了，被他们的棍棒打坏了，还是被我气成这样。他卧病在床，想到什么就骂什么。有时候，骂着骂着又哭起来……

村里人听说我父亲病得不轻，都觉得他可怜，纷纷劝他能忍则忍。说话间，大家谈论起我能待在北京也不容易，别人待在北京都有背景，一个山里娃，说不定自己还被人欺负呢。

但也有人认为，"阿亮"有大学文凭，有很好的工作，不管怎么说，不想让父亲上北京，他们不理解。一些人愤恨地说："花了那么多钱培养他上大学，现在竟然连自己的亲爹也不愿帮，这样的大学生连斗大字不识一升的文盲都不如！依了我，儿子不让上北京，我偏要去！"

大家七嘴八舌的，更是增加了我父亲的痛苦。村里人走后，父亲要求母亲背着他上北京。母亲不听他的，他就要求我兄弟背着他去。我兄弟虽然也是这次事件的受害者，上嘴唇留下歪歪扭扭的伤疤，像个露馅的包子；可临到关键时候，他又不愿背父亲上北京了。父亲气得跳下床，要将他赶出家门；可虚弱的身体让他跌倒在地，他坐在地上，用磕破了皮的手擦拭流下的眼泪。

"老天啊，谁来给我申冤！谁来给我申冤啊？你们的良心在哪里！"一会儿又哭喊，"老将军，老将军，我有什么错？他们为什么要这样对我！现在只有你能帮我申冤！我死不瞑目啊……"

听了母亲的诉说，我心如刀割。我多么想告诉电话那头的母亲，就让我兄弟带着我爸来北京吧！或许他只是希望来一次北京，亲眼看一眼天安门，亲眼看一眼中南海，亲眼看一眼他心向往之的地方，他的心愿就了了。回去后，对自己、对别人都有一个交代。

然而，我最终没有说，因为我仍拿不定主意。我心想，还是等奥运会闭幕后再让他来吧。谁都知道，奥运会期间外地人进京会受一定限制，更何况像我父亲这样有可能参与上访的人。

　　因此，接下来的日子，当倒计时的奥运会终于如期举行的时候，当整个北京城都陷入狂欢的时候，我一点都高兴不起来。一方面我与女朋友分手的痛苦再次复发了，我与她联系，得知她在短短时间内跟一个老外好上了。或许她和我在一起，真的是为了等待另一个男人的出现而已。另一方面，对父亲的歉疚、深深的自责，就像蛇咬着我一样。我每天都在计划父亲来到北京后要去做的事情。我想等奥运会一结束，真的就去接父亲来北京。不管他盲目行事也好，偏执也罢，就算是完成一个任务吧。

　　然而，不该发生的事情，在这个时候发生了。

　　那天，奥运会还如火如荼地举行着，北京的大街上到处是奥林匹克的五环、傻痴痴的福娃和血红的中国印……我下了班，打开电视，几乎所有频道都在转播体育比赛。面对无处不在的奥运信息轰炸，我厌烦至极，早早就睡了。这时谁也没想到，我的父亲已经来到了北京。他给我打电话，叫我去火车站接。我迷迷糊糊地往火车站赶，我找了很长时间才找到他。他躲在一只垃圾桶的背后，在角落里蠕动着。

　　"阿亮，救……救……我……"

　　我听出呼唤我的人正是我父亲，但我看不清他的脸，他的脸血糊糊一片……

　　醒来后，我再也睡不着。

　　我给家里打电话，电话没人接。天亮后，电话依然没人接。等到中午，我查到了村长家的电话。平时我从未给村长家打过电话，村长一听是我，语气中充满了责备。村长告诉我，我父亲失踪了。一天前不知因何事想不开，和我母亲争吵后就失踪了。

　　什么！仿佛有一记重锤砸在脑袋上，我不由得一阵晕眩。我请求村长到我家去看看父亲是否已经回家。村长答应帮我去看看。

　　过一会儿，村长就把电话回过来了。村长说，我家大门紧锁，我母亲和我兄弟到处找我父亲，还都没有回来。

……

如今，离我父亲失踪已经过去了好几年。父亲没有回家，也没有来找我。他去了哪儿？是踏上了上访之路，还是死在了什么地方？这么多年来，每当想起他想来北京，想起他的千叮万嘱，想起他的养育之恩，想起父亲曾经总是以我留在北京工作为荣……我的眼泪再也忍不住，顺着脸颊流下来。

是的，每当想起父亲的点点滴滴，想起他离家出走后不知去了哪里，想起寒冷的冬天他该如何度过，想起漆黑的夜里他在何处栖息，我的心就会渗出血来！

我一天 24 小时开着手机，每时每刻都盼着父亲能给我打来电话。一有时间，我就会去北京火车南站附近寻找。每次走进车站附近那些破破烂烂的小巷，那些挨近铁轨的地方，我都会看见：乱石堆中搭建着塑料棚窝，到处蹲着、坐着、躺着神情呆滞的人。望着他们泪水干涸的眼睛中流露出的绝望和茫然，我就会情不自禁地呼唤我的父亲……

甚至有时候，当我行走在北京的大街上，看见那些瘦弱的、苍老的背影，遇到那些蓬头垢面、迷失方向的老人，我也会想起我的父亲。想起他的遭遇，想起那个血糊糊的梦，想起他不被理解的冤屈、他的希冀……

或许，他曾经来过这里。

或许，他真的来过这里。只是没有来找我。

我多么希望父亲还活着！

杀死它吧

　　养一头猪不容易，杀死它更难。母亲一次次央求"磨刀六"来杀猪，但"磨刀六"说，请他杀猪的人太多，他杀不过来。猪养了一年多了，去求"磨刀六"杀它前，我们都为它长得快而高兴。隔壁的顺娣还嫉妒说，我们两家的猪是差不多时间养的，她家那头一定是猪蒂子，催也催不大。猪蒂子就是一窝猪仔中生得最晚的那头，往往体弱多病，长不大。其实母亲知道，我们家养的才是真正的猪蒂子，但她没有时间与人争辩。母亲太忙了，要说忙不过来的，是她。

　　我们家一共六口人，但真正干重活、挑重担的，只有母亲一人。祖父年纪大了，干不了重活，且他干活慢，一个人蹲在一小块地里除草，一蹲就是一天。父亲倒是青壮年，但父亲常年生病，他患有哮喘病加慢性支气管炎，挑担子、翻地、砍柴、背树，父亲也都去的，但他会咳嗽、喘不过气来，那样子很难受。母亲就会说："得，你还是不要背、不要挑了，由我来！"母亲从稻田里挑回稻谷，从山上挑回红薯，从家里挑去化肥，背去打谷桶……母亲任劳任怨；但母亲也有发火的时候，发火的原因往往是我不跟她好好干活，比如挑担子挑重了就在半路上歇下来，因为肩膀火辣辣地疼而哭泣，母亲从来不会像对待父亲那样让我歇着，而是说："你是长子，你是哥哥，应该听话、吃苦。你知道吗？"

　　我知道母亲盼着我快快长大，好为她分担忧愁。有时候，我真后悔自己是家里的长子；可是我和两个弟弟已经没有办法重新回到母亲的子宫里去重新排序。不仅仅连接母子的三根脐带已经被接生婆剪断，更因为两个弟弟都不愿意。

"如果还能重新回到妈妈肚子里去，我就再也不出来了！"

"对，我也不出来！"

他们并不认为身为老二、老小是一件幸运的事，相反，他们比我更为自己的命运叫屈。

没错，我的大弟比我小两岁，他是一个机灵鬼，虽然他也能帮家里干点活儿，但是只要有机会偷懒就绝不会多干。他最正当的理由是照顾弟弟。我的小弟要比我小八岁，大弟的大部分时间都用来照顾小弟了。只要有小弟在，大弟就带着小弟在我们干活的附近捕鱼虾、摘野果。除非小弟睡着了，母亲让他睡在树荫里，用围裙当席子在地上铺着，大弟才跑来跟我们一起干活。

那是分田到户后的第二个年头。我们家分得的几块畈田在金塘河畔。由于洪水频发，田里的黑土层被冲走了，作为回报，洪水留下的是一堆沙石。但肥力再差的田也只能接受，毕竟这是属于我们自己的田了。田坎被洪水冲得松垮了，我们可以就地取材，用溪滩石加以巩固。田土失去肥力了，我们可以挑去鸡粪、人粪、阴沟里的腐殖土，使它变得肥沃。总之，那时的人们依然心存挨饿的恐惧或者终于拥有土地的狂喜吧，家家户户也都这样举家出动，恨不得在属于家的田里种出"亩产万斤"。以至于很多人说，在生产队里干活也忙，但从来没有忙成这样。因为生产队是可以偷懒的，干多干少都一样，但现在是自己给自己干活，庄稼它知道你有没有偷懒。

尽管我们家只有母亲算得上是体格健壮之人，然而一家人同样参与了这场轰轰烈烈的从饥饿奔向温饱的比拼。早出晚归，一家老少围着田地与庄稼打转。那时候，稻田一年内要种三季作物：第一季是油菜与小麦，第二季是早稻，第三季是晚稻。与此同时，旱地一年内要种土豆、大豆、番薯、毛芋、玉米……我虽然只能顶小半个劳力，干不了什么正经的农活，也得一天到晚跟大人待在一起。尤其盛夏时节，收割完早稻要马上将稻田翻过来，将田土一锄头一锄头捣成糊状，在立秋之前插上晚稻秧。时间的紧迫，体力的透支，对劳动的厌

杀死它吧

恶，使得我经常想逃跑。

只是挨到秋天临近的结果，是我们家的那几块畈田又一次被暴雨后的洪水洗劫。面对已经拔节抽穗的晚稻被拦腰折断，匍匐在暗红的泥沙下，父亲站在豁豁牙牙的田埂上低垂着头，说不出一句话。母亲则泼妇一样骂骂咧咧，怨父亲在一年前的承包大会上没有把阄抓好。父亲被骂得咳嗽起来，说："现在你骂得再凶，又有什么用呢？"

在那场洪灾之后，粮食歉收的日子里，外祖父来到了我家。

外祖父是一个性情温和的老人，一点都不像我的脾气古怪的祖父。他是挑着一头猪来到我家的。也就是担子的一头是猪，另一头是一袋玉米。那时候猪还小，它被外祖父放在一个竹笼子里。外祖父说，他家的母猪一共生了十头仔，卖了九头，就剩这头没人要。"你们就随便给它喂点啥，养大了，三个孩子就有肉吃了。"说着，他把装玉米的袋子解开，特别吩咐说，这些玉米是他给猪带的点心，猪吃苦了猪草，偶尔给它喂几把，并且解释道："坞头村山高田少，山上只能种玉米哩。"似乎怕祖父笑话他。

事实上，我们有一段时间连玉米这样的粗粮都吃不上了。外祖父的到来，迫使母亲去顺娣家借大米为他专门煮饭。外祖父回去后，母亲就把玉米用石磨碾碎了，做成喷香的玉米糊给我们吃。我们不免有些激动，几张嘴沿着碗沿吸溜吸溜地吸着，一边吸一边又怕被烫伤，进食的声音好比几只鸟在鸣叫。玉米糊吸溜完了，我和大弟还把碗倒扣着，用舌头去舔碗底。这时母亲从厨房里提着一桶猪食出来，看到我们那样一副饥不可耐、形同上吊的样子，就把猪食搁在地上，跑回厨房里哭泣起来。

我们愣住了。我们做错什么啦？她是因为我们抢光了玉米糊伤心的吧？直到看见桌上属于她的那碗还在，祖父差大弟去解释一下，说你妈的玉米糊还在呢！这一解释使得母亲哭得更响了。她的哭声从厨房里传出来，内容大意是：我就是因为在坞头村吃厌了玉米糊才嫁到吴村来的；从很小的时候就听说吴村的稻田多，顿顿有白米饭吃，可谁知嫁到你们吴村来，一家人连玉米糊都吃不上……

父亲的脸色很难看，他走到厨房去想说点什么，又没说一句话就回来了。我发现有发亮的东西在他的眼眶里打转。我怯怯地放下碗，走到门槛上坐下，担心有一场争吵要爆发。但是什么都没有发生。母亲哭了一会儿，出来把搁在地上的猪食提走了。屋外的猪圈里，立刻响起那只小猪哼哼哼的叫唤。

流肥油，是我和大弟给猪取的名字。与其说这是它注定的结局，不如说是我们对杀猪吃肉的那一天的期盼。但猪是不知道它的命运的，就像我们同样不知道自己的命运，所以它总在猪圈里叫着、吃着，吃饱了就睡，仿佛不把自己一日日吃胖起来，就不足以证明它过得幸福。于是，一天之中，我和大弟提着竹篮去拔猪草的时间越来越多。有时候我们不愿去，母亲就说："大人有大人的活要干，你们不愿去拔猪草，等到杀猪的那一天，别怪我不准你们伸筷子！"

简直没有比不能吃到肉更严厉的惩罚了。在我的印象中，除了过年过节、家里来了亲戚，平时几乎吃不到肉。那时候，村里最有钱的人一个月最多买三次肉吃。这样的人家加起来不超过十户。他们买了肉，心里往往十二分得意，第一件事就是把肉当旗帜一样拎在手上，于众目睽睽下穿街而过。我和大弟最喜欢看的就是他们手中那白里透红、用笋壳做绳子扎着的肉。有一次，我们甚至神不知鬼不觉地跟着一挂肉来到了一户人家的厨房后头，直到闻到炒肉的香味才淌着口水离开。

现在，我们想吃的肉就在眼皮底下生长着、蹦跳着，我们把吃肉的希望全寄托在"流肥油"的身上了。母亲看出我们的心思，更是鼓动说："只要你们天天去拔猪草，等杀了猪我自然会留很多很多肉在家里，让你们吃个够。"于是像拔猪草、切猪草之类的事儿，就落在了我和大弟的身上。我们天天幻想杀猪的那一天，家里的两只锅里盛满了猪的各个部位：一只锅里煮着猪头、猪肠、猪肘，一只锅里焖着红烧排骨、五花肉、猪蹄……

那是多么让人陶醉的幻想，以至于我们一得空就提着竹篮去拔猪草。溪滩边、田埂旁、山涧下、林中野地，都长着猪爱吃的长毛头、益母草、苦菜、奶浆草，等等，只要有足够的耐心于杂草丛中择取，总能满载而归。问题就在于，耐心的过程总是让人难受。青草疯长的季节，太阳往往很毒，虫子与蛇出没。很多时候，我真想扔了手中的篮子跑去玩耍，就像别人家的孩子。他们要么在河里游泳，要么在树上捉鸟雀，每回看见我和大弟就怪里怪气地喊："拔猪草拔猪草，嫁不出去的囡！"但是我从没有真的扔了篮子，倒是大弟经常这么干。

"哥，咱家到底什么时候才杀猪呀？"大弟一遍遍地问，从猪二三十斤开始问起，问到猪四五十斤，再问到猪拥有了"流肥油"这个名字。期间我不得不一遍遍地回答："快了，快了。过不了一个月，妈妈就请'磨刀六'来杀了。"我总拿这样的话安慰他，然后在下个月异常失落，因为说得多了，连我自己都信了。

如果下个月还请不来"磨刀六"杀猪，我们要养"流肥油"到什么时候呢？我们还要拔多少猪草给它吃呢？如果辛苦的劳动换不回一顿猪肉，付出的代价未免太大了。特别是当我每天嚼着难以下咽的酸豆角的时候，当我看见别人家的大人又一次提着一挂猪肉从街上大摇大摆地走过的时候，我真想吃肉。我真想拿刀从"流肥油"的身上割下一块肉来，和大弟偷偷煮了，躲在灶台后面吃了，然后把嘴抹干净。

但母亲说："猪正是长身体的时候呢，怎么着也得养到十月龄再杀。"

我和大弟计算着日子，一天，两天，三天……一个月……

期间，我们不断地纠缠母亲，央求她去请"磨刀六"来杀猪，她烦了："你们就知道吃肉吃肉，要不，唉……我去'磨刀六'那里赊一斤肉给你们吃吧！"大概是我们家也养有一头猪的缘故吧，从不赊账给我们家的"磨刀六"，竟然一下子砍给母亲三斤肉。母亲吓得直呼："太多了！太多了！""磨刀六"说："多什么，你多喂几勺米糠就长出来了！"那一天，我们家像过节一样。"今天就都不出去做工了。"母亲似乎也受到三斤肉的感染，破天荒地说。但是，肉也并没有立刻端上桌。母亲一会儿让我们去菜地摘辣椒，一会儿让我们去代销店打酱油，我和大弟没命地奔跑着。奔跑是因为唯恐回到家中，肉已经被家里人吃光。

当一阵里里外外的忙乎之后，母亲终于将我们日盼夜盼的肉端上桌了，屋子里突然静得可怕。那是多么金光灿灿、色香味俱全的一盘肉啊，精肉、青椒、肥肉、酱油、葱段的颜色刚好形成鲜明的反差。我们拿着筷子，盯着它，简直没有比这更美、更诱惑人的食物了，仿佛筷子一碰，精肉、肥肉、青椒、葱段就会像五彩的蝴蝶一样飞舞起来。

"还愣着干啥，吃吧吃吧，这是用'流肥油'赊的肉，没花一分钱呢。"母亲坐下来，一脸压抑的欢喜，夹了一片肉给小弟，小弟的嘴突然张开，就像一条吞吃虫子的蜥蜴的嘴，然后他叫了一声："真辣！"于是剩余五双筷子再也按捺不住激动的心情，同时伸了出去，于是剩余的五张嘴在小弟"斯哈斯哈"嫌炒肉太辣的撒娇声里急迫而夸张地咀嚼起来。三斤肉，我们一顿就吃掉了。然而，那顿美味之后，没想到我们反而更想吃肉了。我们面临着吃不到肉的煎熬。因为吃过那次肉以后，人就像中了毒，舌头总想体会肉的香味与油的滑腻。而等"磨刀六"来杀猪的时间，依然遥遥无期。

尽管"流肥油"早已养过十月龄，"磨刀六"却没有如期而来。母亲每次去，他总说："你割几斤肉吧，我赊给你。"母亲说："你这几天就来杀吧，猪头猪脚内脏什么的，我都留给自家吃。""磨刀六"说："你知道村里养了多少头猪吗？就差赶上人口了，有家的猪养了快两年了，我还没去杀呢。你急什么急！"母亲说："你就不能帮我们家先杀吗？别人家养过很多年猪了，你都杀了好几茬了，我家还是头一次养呢！""磨刀六"说："现在天太热了，猪当天杀了卖不掉肉就变臭了，我得隔三天才杀一头猪。"

三天后，母亲再去的时候，"磨刀六"说："我不是说了嘛，轮到你家还早呢，要不你今天先赊一点肉吃吧，我正愁卖不掉呢！"母亲犹犹豫豫，总觉得赊肉吃不是什么正经事儿；但是在"磨刀六"的强行推销下，她勉强买了一副猪肺，因为父亲的病跟肺有关，而且猪肺吃起来一股怪味，我和大弟都不爱吃，所以都让给父亲一个人吃了。

转眼（其实也算不上转眼）又过了两个月，天渐渐凉起来，我家的猪还没有卖掉，但是父亲开始彻夜咳嗽了。父亲的病总是在这个

129

杀死它吧

季节变得严重。母亲说："你光吃自己煎的草药怎么行？还是到井下村卫生站去打针吧！你能斗得过病吗？"父亲说："卫生站的针都打过了，早打疲了。"母亲说："你是因为在那儿欠了不少债吧？"父亲不吱声，母亲说："你不要怕欠债，等杀了猪多少能得一笔钱，你明天就去打针吧！"

问题是，父亲走了后，母亲再去催"磨刀六"，他依然说："你们呀，就知道养猪，盼着别人买你家的肉，自己家却从不买别人家的。都像你们这样，我杀了，卖给谁呀！"

母亲无计可施，只得将猪继续养着。不管怎么说，猪多养一天它还会再大一天，猪越大，将来"磨刀六"来杀了，一头猪杀出两头猪的价钱，岂不是更省事吗。母亲没有读过书，但她会简单的算术：按"流肥油"毛重一百五十斤算，减去流掉的血、刮掉的毛、掏出的内脏、砍下的猪头、猪尾，剩下的猪身板有一百斤，按照行业规矩，以批发价卖给磨刀六（他再按市场价卖出，工钱就是两者间的差价），我们家至少能得百来块钱。这些钱足够给父亲治病，也足够给我和二弟交学费了（尽管我早已过了上学的年龄）。

母亲想到这些，也常常跟我们说。她甚至想到了：猪头、猪耳煮熟了，扒下猪头肉，用梅干菜炒一炒，密封在坛内，猪头肉不会烂并且会变得半透明，能吃大半年呢。并且说：猪脚、猪肝和猪肚要挑到坞头村去给外祖父吃；猪肺、猪腰给父亲吃；我们再将猪肠、猪心、猪血什么的煮上一大锅，肠子捞出来切碎，再和上汤水给邻居们各端去一碗，剩余的就让我们兄弟仨吃个够。我和大弟虽然觉得养一头猪辛辛苦苦，到最后只能吃剩下的猪下水之类，有些不划算，但也只能顺从。否则，我们能怎么办呢？我们能做的，就是尽量多吃一点儿。

"等到杀猪的前两天，我一定要饿肚子，什么都不吃。"那一天，我和大弟去自留地里拔萝卜，拔了一会儿，大弟一脸天真地看着我，"我要把肚子里的油都饿干净，那样子才能吃肥肠吃得更多。"

我有些哭笑不得："你要饿就饿好了，谁也管不着。只要你不要把我的一份也吃了。"

大弟说："你才把我的一份也吃了呢！你上次吃得比我多得多！

简直跟饿狼一样！”

大弟这么气愤的时候，我再一次想起上次、上上次母亲买肉回来的情景。那些情景是多么值得回味。我们家又有一个多月没有吃肉了。尽管母亲每次去催"磨刀六"来杀猪，"磨刀六"都要强行推销猪肉，但是母亲也只在冬至节买过一次。那是为了祭奠死人才买的，尽管祭奠之后的肉被我们抢着吃了，但是总归满足不了一千只蛔虫一般的欲望。于是坐在树下休息的时候，我又想吃肉了。一想起吃肉，整个人就有一种漂浮起来的无力感，嘴里盛满口水，我臆想着满嘴的肉，不由自主地咀嚼起来，干瘪的腮帮子就被咬破了，我甚至都不知道嘴里泛起的一股子咸味，是腮帮子内壁流出的血，直到弟弟看到我的嘴角流出血，大喊大叫起来。

"你这是怎么啦？是不是吐血了？"

"你才吐血呢！"

"那你是咬腮帮子了吗？哈哈！"

"这个不用你管。"

"我要去告诉妈妈！"

我们这里有一种说法，说的是，有一天你的牙齿咬破了腮帮子，那是你想吃肉了。因此有些人家的父母听说孩子咬破了腮帮子就会给孩子买肉吃，有些孩子为了吃肉就故意将腮帮子咬破——而我是真的在想吃肉的时候咬破的——但是我知道，就算我把这个事实告诉母亲，她也不会买肉的。因此我有些讨厌弟弟跟着我，没好气地说："你跟着我干吗？快去拔萝卜吧！"弟弟说："拔萝卜拔萝卜，总是拔萝卜！现在我们拔光了萝卜也喂不饱'流肥油'了！"

没想到事情竟有这么巧，那一天我们扛着成捆的萝卜回家。远远的，就看见"磨刀六"在我家的猪圈前探头探脑，往猪圈里瞧呢！这说明，一个人咬破腮帮子就会有肉吃是有道理的。

"磨刀六"一副凶巴巴的样子，问："山子，你爸你妈呢？"

我说："他们一早就去山上砍毛竹了。"

"磨刀六"问："砍毛竹做什么？"

我说："他们说想卖点钱，治病。"

"磨刀六"就命令我："快去把他们叫回来，就说有人要买你们家的猪了，卖了猪就有钱花啦!"

我连奔带跑，想起父亲带病上山，就跑得更快了。等我跑到了毛竹林，父母正将毛竹一根一根从山上往下滑。精光赤溜的毛竹在陡峭的滑道上越滑越快，跟飞一样，我左闪右躲，大声地呼唤……然后，父母高兴得跟我一样……

那是"磨刀六"的一个亲戚要结婚，委托他买一头猪做婚宴。那个亲戚其实不是别人，正是他的小舅子。可能是姐夫替小舅子省钱吧，或者这头猪原本就是做姐夫的准备送给小舅子的，总之磨刀六说出的价格让我父母难以接受，最后他丢下一句"那我去别处看看"就走了。

那个晚上，我父母一直在议论这件事，觉得"磨刀六"做人太不地道了，既然是买猪去杀，就得按统一的价，他这是欺负人。再联想到之前央求他杀猪遭到推诿的种种，父母很是气愤，说这个家伙早就在打"流肥油"的主意了。但是夜深了，见"磨刀六"再没有回来问买猪的事，他们又开始嘀咕，怕得罪了"磨刀六"以后更难请他来杀猪。

第二天，我父母早早起床了，心里既盼望着"磨刀六"回心转意，又盼望着听到有人跟他们一样痛骂"磨刀六""乘人之危"。然而刚出门，就听说"磨刀六"昨晚去了顺娣家，买走了她家的猪，猪的价格比报给我们家的还要低呢。他们一前一后苦着脸回来。其后较长时间，他们既恨"磨刀六"也不搭理顺娣，对"流肥油"也没有好声气。

此时，"流肥油"已经长到一百七十来斤，正是一头猪最适合宰杀的时候。猪再大一些，肉长得慢不说，杀起来也吃力。可是村里只有"磨刀六"一个杀猪的，而且附近几个村有不成文的规矩，就是自己村的屠夫杀自己村的猪，卖肉也在自己村卖。一旦闯入他人领地杀猪卖肉，轻者警告，重者"白刀子进红刀子出"。猪是注定没有人来杀了。

当"流肥油"还是一头猪仔的时候，我和弟弟们天天盼着吃肉，以至于口水滴答；现在"流肥油"身上肉很多，我们却再也没有心情提吃肉了。因为我们知道父母的难处。我们能做的，就是每天去拔萝卜，割苜蓿草，弄很多很多猪草。除此，还要帮母亲干其他的活。

到了来年春天，全村人都忙于春耕、播种，我家自然也是。但由于父亲对花粉过敏，尽管他照旧去地里帮忙，却免不了拱起身子，大张着嘴，痛苦喘息。春天，这个美好的季节，对父亲而言却是有人扼住他脖子的季节、令他窒息的季节。同时，春天于我祖父也不是什么好季节，因为祖父患有类风湿的毛病。尽管这种病冬季最容易复发，但由于冬季农活少，并不觉得这是一种病。只有到了春天，阴雨连绵或者双脚在水田里泡了一天，关节疼痛，痛得在阁楼上叫唤，我们才发现祖父也病倒了。

这样的情况下，母亲不得不日夜操劳。母亲是忧愁的。如果说，"流肥油"也是我们这个家庭一员的话，这时候大概只有它和我不谙世事的小弟是无忧无虑的；但是很显然，我小弟至少是不会给家庭惹是生非的，"流肥油"却是吃饱了就用猪嘴拱猪圈的栅栏，拱穿后就逃到外面来闹事。一次，它跑到别人家的地里去，把整畦乌冬青拱出来吃了。那户人家的女主人跑到我家来骂骂咧咧，要求赔偿。

直到这时，父亲才下定决心把它杀掉。这一次，是父亲亲自去的"磨刀六"家。父亲信心十足，一边走还一边吹嘘："总该轮到我们家了吧。他提什么条件我都答应他还不行吗，总比永远养着它好。我之前不愿去找'磨刀六'，是因为男人之间碍面子。你们知道吗？小时候'磨刀六'跟我打架，他还输给我呢！那时候，我身体比他好……"

但是，让人吃惊的是，他走后没多久，就垂头丧气地回来了。母亲问他是不是忘了拿什么东西？他说没有，是他碰巧在桥那头碰到"磨刀六"了，那家伙正蹲在茅厕里出恭呢！

"那你问他了吗？"母亲问。

"问了。我说，'磨刀六'，你给我一个牢靠话，猪你到底杀还是不杀？什么时候杀？他还是一副支支吾吾的样子，没说杀还是不杀。我听着听着就火了。我说，你不想杀我家的猪是不是？我这一吼吓他一跳，差一点就掉到粪池里去，以至他屁股都忘了擦，提着裤子瞪着我说，你养猪是给我养的吗？我想杀就杀，不想杀就不杀！我说，你有本事就不杀！他说，我就是不杀，我还要明确地告诉你：以后只要养猪不买肉的，跟我讨价还价的，我都不杀！你能把我怎么着？"

母亲问："那你怎么说？"

父亲说："我说，你不杀拉倒。"

母亲说："你看看你，还不如不去说呢！"

父亲不吭声，过了一会儿说："养头猪还要受他欺负？我偏不信这个邪，没有他，猪就杀不成卖不掉了？呸——"

这件事之后，父亲就开始准备了，只是我和大弟不知道。

那几天，母亲带小弟去坞头村了，祖父也被姑姑接去住了，家里只剩下我们仨。父亲在门口放了一盆水、一块磨刀石，然后他把家里所有的刀具——菜刀、砍刀、柴刀、尖刀、斧头、剪刀，都拿来摆在地上。他蹲着，将它们磨得刃如秋霜、寒光闪闪，就像要去打一场仗。然而吃过简单的晚饭，父亲就睡了。我和大弟见他睡了，也只好上了床。

我们家房子很小，楼下除了堂屋，只有一间卧房。卧房里摆两张床，大的那张属于父母和小弟，我和大弟睡在另一张床上。黑暗中，楼上的老鼠因为祖父没在阁楼上睡，疯狂地跑来跑去，好像在过"老鼠娶媳妇"节。半夜里，或者更晚的时间，我被一阵窸窸窣窣声惊醒，还以为是楼上的老鼠闯进了卧房，支棱着耳朵听了一会儿，却听出是对床的父亲正蹑手蹑脚地朝卧房外走去。这个时候父亲要去干什么呢？我不禁坐起来，然后偷偷摸摸地跟了去。

屋外月朗星稀，清冷的月光照得我家屋外的场地好像镀上了一层银，但是对岸高耸的群山暗得像一堵近在咫尺的墙。月光下，父亲在梳理一根不知从哪儿弄来的绳子，然后他拿着绳子朝猪圈走过去。我想，此时猪跟人一样也睡着了，里面安静得出奇。我看见父亲走进猪圈，几分钟后出来时手中的绳子不见了，他拿起地上一箩筐预先磨好的刀具，再次朝猪圈走去。我想，他刚才一定是趁猪睡得香甜之际把它的四肢绑起来了，这会儿他进去是要把它杀了吧。我猜得一点没错，当我也跟着进去的时候，就看见父亲正要拿起尖刀捅向猪的喉咙。因为发现了我，父亲不得不停下了手中的动作，他把我拉到堂屋不容争辩地命令我："山子，你怎么起来了？快给我睡觉去！"

我说要帮他杀猪。父亲说："能不能杀死还不知道呢！你给我老老实实地躺到床上去。"我不依，父亲就上前一步，晃了晃手中的刀子，吓得我后退一步，明知父亲不会将刀子捅向我，心中仍然掠过一股寒意。我不得不回到卧房。父亲说："听话，猪杀不死会咬人的。你在里面把房门拴上，无论如何都不要出来！听见了吗？"

我不应声。父亲说："我要趁猪未醒来前杀了它。你在房里好好待着。如果你真愿意帮我，等我杀了它之后，我再叫你起来帮我烧开水。我们在天亮之前把猪毛褪干净了，明天一早，你就跟着我去卖猪肉。你嗓门细，又不气喘，到时帮我吆喝。我们先在自己村卖，卖不掉再挑到井下村、和尚村去卖。怎么样？"

父亲一直等我答应了，才真的去杀猪了。我在屋里待着，内心很是紧张，毕竟父亲没有杀过猪，连羊都没有杀过，他只杀过鸡和鸭。而且，我们家的"流肥油"养得太大了，它已经不是普普通通的猪，前阵子我和大弟喂猪食，发现它长有一对奇怪的牙齿，都长到嘴唇外面来了。大弟说，那是野猪的獠牙。如果那一对獠牙一口咬中父亲，我不知道父亲会不会断掉一条胳膊。我随时准备去救父亲，但是屋外迟迟没有响起猪的尖嚎。这是父亲在犹豫吗？还是他也害怕了？等待的过程越长，心里越不安。

然后，事情就爆发了。那是我期待已久的叫声。猪临死的叫声，就像一把出鞘的尖刀。是的，父亲终于动手了。我握着拳头，也不知道是因为激动还是害怕，双膝都有些发抖。我想打开房门出去看看，但是大弟醒来了，他吓得从床上跳下来，死死拽住我，问我发生什么事了？我说是爸爸一个人去杀猪了。我说了两遍，大弟才明白过来。

"你是说，'流肥油'要被爸爸杀掉了？"

"是，嗯呐。"

"太好了，太好啦！我们终于不用再去拔猪草，还能吃上肉啦！"大弟要打开房门跑出去，我拉住了他。因为父亲说过，猪在未杀死之前，会像疯狗一样见人就咬。直到屋外的猪叫声渐渐小了，我才打开房门和大弟走出去。

屋外月光依然皎洁，群山却显得不再暗淡，因为月亮已经升上天空。我看见月光下有一个活物正朝田野的方向奔跑，它跑得那么仓皇，就像一只球边滚动边弹跳。但我没有闲情去看那个逃脱之物，因为我看见地上躺着一个人，就战战兢兢地跑过去看。当看清楚这个人是我父亲，我禁不住哭了起来。父亲在我和大弟的哭声中，痛苦地喘着气。我们把他扶了起来，他才说："你、你们，快去……去去，把猪追、追回来……"我一摸父亲的身下，衣服和土都湿了，血是从他的腿上流出来的。他的腿上有一大块肉没有了，裤子撕开了一角。

我哭着说："爸，爸，你怎么啦？你在流血呢！"

父亲艰难地说："'流肥油'逃走了，快、快去找，不要让它跑远了，跑到山上就成野猪啦！"

我给父亲找来一个枕头，让他躺得舒服了些，再用布条捆扎在父亲汩汩流血的地方，让大弟陪着父亲，自己拿了手电筒跑到街上，去找大人来救他。

第二天，母亲就带着小弟赶回来了。父亲杀猪未遂的事，也不知怎么就传到了坞头村。母亲见到躺在堂屋竹椅上的父亲，看到他的两条腿上都绑着暗色的结痂的纱带，眼泪就涌了出来："你都干了什么？你要是被猪咬死了，你说我怎么办？"父亲的伤势和母亲的怒吼，把刚刚到家还没有适应过来的小弟吓哭了。我趁机带小弟来到门外，陪他玩。小弟玩着玩着就忘了刚才的事，可我仍然竖着耳朵，听见屋里在争吵。

"我以为你被猪咬死了……你知不知道……"

父亲的腿伤至少养了有两个月。这期间，最大的一个伤口烂成一个洞，里面甚至生出蛆虫。很多人说必须到镇卫生院去把烂肉挖掉。母亲也几次提出来，她要再去请"磨刀六"来杀猪，用杀猪得来的钱去治父亲的腿伤，但父亲坚决不同意。父亲说："你不要管我的腿伤，我不会为它花一分钱，就算我将来瘸一条腿，我也不会认输的。"母亲说："谁要让你认输了？你昏头了吧！"父亲说："我让你不要去你听着就是！你现在再去求他，你知道他会把我看成什么吗？你还要让全村人再看一次我的笑话吗？"

母亲拿父亲没有办法，只能继续养着猪。而"流肥油"在经历被杀的恐怖事件之后，在我们把它当作敌人的同时，也把我们当作了它的敌人。它比之前更难养了。它在猪圈里显得不安，当有人靠近就会显得狂躁。母亲说："你到底怎么想的？你要把猪一直养下去，养成你的祖宗吗？"父亲气咻咻地说："我没有想把它一直养下去，我只是不想求他来杀！"母亲说："你又不是不知道，我去井下村找过别的杀猪的，他们不愿来！"父亲冷冷道："那我就用农药毒死它，也罢！"母亲又有些想哭了："毒死它？你不卖钱啦？你说得轻巧，你知不知道为了这头猪，我们一家付出了多少劳动，毒死的猪肉谁会要？"

为杀猪的事，父母吵了好几次，但每次都没有找到解决的方法。后来，母亲就偷偷去找"磨刀六"，但"磨刀六"还是没有答应。他说不是不想杀，而是来了肯定被我父亲骂，岂不是自讨没趣吗？话虽如此，第二天"磨刀六"还是背着一背篓杀猪工具上门了。可能是背篓里的一些刀具带有一股杀气吧，他刚走近，"流肥油"就"哄"的一声叫起来。它的叫声把"磨刀六"吓了一跳，同时也引来了父亲的注意。他瘸着一条腿从卧房走到门外，看到"磨刀六"也不说话，只是死死地盯住他。"磨刀六"就像做了亏心事，跟母亲嘀咕几句，就灰溜溜地走了。

"磨刀六"走后，父亲才说："你以后不要再叫他来啦！"

母亲说："那猪由你来养吧！"

父亲说："这个不用担心，它饿不着，也活不成！"

事情继续僵持着，母亲就真的不管猪的死活了，一早上山去干活，中午饭用饭盒装着，傍晚回来也不往猪圈里去瞧瞧，仿佛她与父亲的矛盾变成了她与猪的矛盾。而这个矛盾的后果，也就是猪由谁负责养的问题，全部转嫁到了我和大弟身上——或者说，主要转嫁到了我的身上——因为大弟还得腾出精力去带小弟。于是，我既要拔猪草，回来还要把猪草切碎、掺进米糠等东西放进锅里去煮，再用锅铲把它捞到猪食桶，提到猪圈里去喂猪。

猪因为饥渴难耐，往往听到我的脚步声、闻到猪食的气味，就在猪圈里咆哮、腾跃，不容我一勺勺地舀进猪食槽，它就扑上来咬勺子，那样子非常可怕。如果抽手速度慢了，非得被它咬伤。一桶猪食，往往是一边舀一边被它抢，当我舀完最后一勺，猪食槽里已经没剩下多少。这时我得赶紧在它吃完最后一口之前，从猪圈里逃出来，把门锁好。如果逃得慢了，那长出獠牙的东西，说不定会扑上来把我吃掉。至少这种恐惧是那样迫切……

我不知道这样的日子还要持续多久，谁有精力来养它？那日子是一天一天就像囚犯戴着镣铐那般痛苦地往前挨的。有时候，我真想丢盔卸甲故意让猪跑掉，可是当"流肥油"从猪圈里逃出来，我还要用棍子把它赶回去，继续承担。因为我们好不容易才将它养这么大，它已经成为我们家很大一笔财产。我们需要这笔财产。只是现实如此出乎意料，我们再没有机会把它卖掉。

偏偏这时候，坞头村的姑姑捎来口信，说祖父在她家门口台阶上摔了一跤，把腰椎摔折了，说是要抬祖父去镇上治疗，大概需要上百块钱等等。可能是父母从姑姑的口信里听出了平摊医药费的意思吧，心情很不好。母亲跟父亲抱怨："你爹是在你妹家摔的，你妹要送他去镇上治疗又没谁拦着她，捎口信来干吗？"父亲垂着头，满脸通红地说："这事。不去不好吧……"母亲说："咱家现在没钱！你一定要尽孝心我也不拦着，你给你爹借钱去！"

父亲默默地走开了，一边走一边咳嗽，那声音很夸张，仿佛他要用剧烈咳嗽来反抗。母亲看着他的背影，一语不发地干活去了。我和大弟不想出去拔猪草，就切了一些储备在家的番薯叶准备喂猪。这时父亲匆匆地回来了，他大概在村里转了一圈没有借到钱，但是带回来的消息说，这几天有线广播里一直在播报，有一个猪贩子要来我们乡收购毛猪。这消息让他有些兴奋，一回家就把坏了多年的有线广播从板壁上拆下来修，修得满头大汗。中午母亲回家时，我家的有线广播已经变得清晰响亮了。母亲见父亲仰着头翻着两眼在听广播，把肩上挑着的簸箕"哐当"一声扔在地上。

"你——借到多少了？"

"什么？"父亲显然吓着了。

"给你爹治腰椎的钱呀！你聋了吗？"

"没、没有呢。"

"没有？你倒有闲心听戏！"

于是免不了一阵嘴仗，直到母亲也不想失去这样一次卖猪的机会。毕竟卖掉猪能解决太多现实生活中的窘迫，于是我们免不了把重新焕发生机的有线广播当作了救星。在早中晚三次"农村广播"之际，在黑乎乎的板壁下面必定站着一个人，他要么是父亲，要么是我，要么是大弟——无论如何，我们必须留一个人在家里听。有一次，我也不知道吃了什么脏东西，肚子突然疼起来，跑到茅厕去解决问题回来，见父亲举着一把扫帚要冲我打过来，我被吓蒙了，心想他这是疯了吗？直到父亲质问我有没有漏了收购毛猪的插播广告，我才明白他为什么生气。还有一次，我大弟把收购毛竹听成了收购毛猪，屁颠屁颠地跑到田里去喊父亲回家，害得一家人白高兴一场。

父亲说："没什么可指望，以后再不听了，就算乡里有人来收购毛猪我也想了，这钱也赶不上治你爷爷的腰椎了。就让你姑姑骂吧。"可是我发现他并不死心，还是天天关心收购毛猪的事，只是不像以前那么刻意。

事情的转折无疑发生在那一个清冷的早上。

那个早上，我们正哧溜哧溜地喝稀饭，稀饭浅下去有番薯块露出了底，广播里突然传来乡播音员的声音，正是我们翘首以盼的收购毛猪的消息。这样的消息其实之前播过两次，只是均与住在水库以里的居民无关。因为我们乡是一个被水库分隔成两半的乡，水库外面的半个乡有公路直达汤溪镇，平时收购毛猪的消息只针对那半个乡。而这一次，父亲分明听到毛猪收购点分成了两个：一个在水库外面的祝村，一个在水库里边的学岭村……

按理说，就算在学岭村也设了毛猪收购点，它与吴村相隔十五里地，我们家的猪也很难运过去。猪不像木材，可以背负，或者捆在独轮车上运走，也不像茶籽或者桐油，可以平均在两个容器里用扁担挑走。猪是一个活物，只能由两个壮劳力一齐抬着走，抬的过程中它会挣扎，况且山路崎岖，猪又重达两百多斤，这过程千难万险，没谁可以胜任。但父亲还是下了决心，要把猪弄到学岭村去卖掉。可能父亲也害怕：这是最后一次卖掉猪的机会了。

问题就在于："流肥油"这么大，怎么去卖掉？找谁来抬？面对母亲的质问，父亲表情严肃并不言语母亲就心情烦躁起来。因为她也不想失去这一次卖猪的机会，但是她实在想不出找村里的谁来抬。与我们家关系好的人中，不是年纪大了就是力气不行，与我们家关系不好的人中，哪怕力气再好她也不想去求人家。这些年，遭人拒绝的事还少吗？最后，她不得不想到了我的舅舅，他是一个吊儿郎当的木工，可以去把他叫来帮忙。

父亲开口了："抬猪又不是弹墨线做家具，他跟教书先生一样白白净净的，抬得动？"

母亲说："总比你力气好！"

父亲就冷笑了："你不要狗眼看人低，我除了有咳嗽哮喘病，别的没有比别人差！明天你不要去叫任何人，你只要让山子跟着我就行。"

母亲问："你让山子跟你干吗去？"

父亲说："头发长见识短了吧，卖猪也未必非要抬着去呀。"

母亲骂父亲是神经病。

第二天黎明时分，天还暗着，卧房就像一个地洞，父亲就把我叫起来了。母亲问："一大早都起来去干吗？"

父亲说："不是讲好今天去卖猪的吗？"

母亲说："我看你去把自己卖了吧，你个棺材！"父亲就再不吭声了，去厨房炒了两碗米饭摆在桌上，催我快吃。我们吃完后，他不顾母亲反对，从楼上拿下来一个竹扁、两根竹枝，还有一副驯牛时用过的绳套，又准备了一壶水，就往猪圈那边走去。母亲就在屋里骂起来了。

"你赶着猪去？猪又不是牛，猪能听话？你给我老老实实地去找人来抬，我们出工钱就是！"

"你瞎嚷嚷啥呀！你没见过公鸡下蛋，总见过赶公猪去配种嘛！赶猪人手里拿着竹扁挡住公猪的退路，它就只知道往前走。你就放一百个心吧！"

父亲说的竹扁，是我们山区人用来翻晒大豆、玉米、蚕豆等容易滚到地上去的粮食的器具，像一个放大数倍的平底锅。当然，说它像平底锅，仅仅是平放着晒东西时有点像罢了，一旦将它竖起来，就立刻变成一只特大号的"盾牌"。

我真没有想到父亲如此聪明，朦朦胧胧中，"流肥油"真的用他说的办法被赶出了猪圈，而且乖乖地往前走了。父亲一边赶着它，一边说："猪不像狼呀狗呀有夜光眼，猪在这个时候什么都看不见。"所以他把手电筒打开了。"流肥油"见到一束光亮想往后退，父亲就用那个竹扁一挡再用竹枝一抽，它就跌跌撞撞地继续往前走。就这样，我们轻松地将"流肥油"赶过了村口，然后又赶过了枫树湾。再往下，就是通往井下村的路了。

此时天依然黑魆魆的，就像天上拉着厚厚的幕帘，但是眼前的路已经依稀可辨。路一会儿筑在溪边，一会儿爬上田塍，一会儿斜在山腰。父亲告诉我，趁天还没有大亮，我们快马加鞭，最好在早上七点半以前赶到学岭村。迟了，不但猪有可能往路边蹿，路上的行人和牲畜也都出现了，猪害怕陌生的环境、陌生的人，我们呢，也不想赶猪经过某村时被人指指点点。所以，尽管父亲的小腿肚伤愈后还有点瘸的感觉，但是我们一刻不曾停歇。

父亲说："照这个速度，半小时以后我们就能到和尚村了，一个半小时以后就能到达学岭村。"父亲还说："到时候，我们卖了猪，拿了钱，我带你去看山乡水库。如果有船刚好要开走，我们就上船，我带你去见识见识水库大坝去……那是几百米高的大坝，层层叠叠，很是壮观……"

那年月我虽常听大人说起山乡水库，却从未曾到达。不过关于它，我知道以前是没有的，直到父亲二十来岁的时候，它才动工兴建。那时候，每个村子都要派劳力去兴建，我父亲就在其中……但是这一天，当父亲再次说起山乡水库的事情，却没有说这些，而是兴致勃勃地跟我讲起水库建成之前，我们村的人是如何生活的。用父亲的话说，我祖父一辈都是放木筏的高手，他们在深山砍伐木材、将木材做成木筏，然后等到雨季来临洪水暴涨之际，放木筏漂流而下，直到繁华的大市镇比如游埠、罗埠、兰溪、建德，甚至杭州，赚取大笔钱财。

"是的，吴村人的祖先，人生最辉煌的时刻，就活在木筏之上、洪水之中。你爷爷他们战险滩、斗恶浪，都是水性好、胆子大、不怕死的人。所以他们到达码头举着撑筏的竹竿上岸之后，不论在最昂贵的旅店，还是最大的赌场，都是尊贵的客人。因为他们腰间束着的是用命换来的钱，那是在大风大浪之中得来的，因此也就有理由大口地喝酒划拳，大把地下注。然后，在返回的路上，还要惹是生非，动不动就与平原人打架，几乎没有输的时候。因为他们撑木筏的手能把对方的脖子拧断，能把对方的腰杆'咯嘣'一声掰成两段。"

父亲回忆起祖父他们放木筏时的壮阔景象，不免感慨万端："哪像现在，水库把我们封锁在大山里了！山里人大多数没有出过远门，偶尔去一趟镇上，带回来的至多是几个瘪馊的包子，几根软塌塌的油条，几则发生在平原上的旧闻，还有几块被人揍青的瘀肿。他们只有回到自己村的代销店里，才敢喝个烂醉，发发酒疯……唉，如果今天我们卖了猪，走到码头还能够赶上船，我一定要带你到水库大坝那边的大立元村去看看，那里有公路，公路上有汽车，它延伸到很远很远……"

我被父亲描述的景象蛊惑着，真不知道今天怎么啦，他为什么要说这些。他是为了让我对前面的路充满憧憬，不让我觉得跟着他一路赶猪辛苦吗？以至于母亲追上我们时，我沉浸在对水库以及公路的联想中，对她的到来毫无察觉。直到母亲喊起来："真没想到，你们走得挺快啊，这办法还真能行哩！"我这才发现母亲肩上背着一根我们这里用来抬东西用的硬木杆子，杆子的一头绑着一捆粗麻绳。她气喘吁吁的。

此时，父亲正横着竹扁巧妙地挡着"流肥油"的退路，看见母亲背着硬木杆子匆匆赶来，不屑地说："扔掉，你扔掉！"

母亲问："扔掉什么？"

父亲说："肩上的硬木杆子呀！"

母亲问："我都背来了，为什么要扔掉？"

父亲说："猪已经赶顺了，你没看见吗？再说了，你我真要抬着它走，也抬不动呀！"

母亲可能觉得父亲说得在理，就真的把那根硬木杆子放在路边的隐蔽处，想着返回时再将它背回去。于是，父亲又开始滔滔不绝地向母亲讲述起这一路上的惊险与奇遇，比如猪差一点跑进稻田里，跳进小溪，逃回家去，其中不乏夸大的成分，我很想偷笑起来；但是想到平时父亲从没有让母亲这么佩服过，干脆就跟着他添油加醋。

父亲说："狗娘养的'磨刀六'，他还真以为没有他，猪就死在圈子里了呢，地球就不转了呢。咱家以后再养猪，再也不用去求他了。"

母亲说："嗯。养了两年的猪，这回终于卖掉了。广播里说毛猪的价格了吗？"

父亲说："嗤！管它什么价格呢，别人多少咱也多少，总不会专给咱压价。"

母亲说："等卖了猪，咱把大头存起来，零头就买上肉带回家。两个孩子养猪也辛苦呢！"

父亲说："肉肯定要买的，咱回来的时候在井下村那个杀猪人那里买。"

母亲说："顺带买半个猪头吧，我用梅干菜把猪肉头埋起来，你知道吗，猪头肉被梅干菜吸走了油会变得半透明，咬起来很脆……"

父亲说："既然要买，那干脆就买一整个猪头吧……"

听到这里，我的喉头一热，眼眶一酸，心里漾过一阵暖流，或者说，是一阵难受。我和大弟，这两年的猪草，算是没有白拔……我真想哭起来。与此同时，我又忍不住想象起前几次吃肉的情形来，吃的时候，肉嚼在牙齿之间的滋味，那么鲜美，喷香油腻。但我想象不出变成半透明的猪头肉，它的滋味……

这么想的时候，我感到饿了，恨不得把所能看见的东西都和着想象中的肉吞进肚去，以至于一边走，一边因咀嚼太过用力，再一次咬破了干瘪的腮帮子，疼得我眼泪一下子涌出来。我想下午就有肉吃了。我的嘴里泛起一股子咸咸的腥味。我"呸"的一声，朝暗处吐出一口血水，没想到从暗处蹿出来一条狗，它"汪汪"地吠叫着，吓了所有人一跳，"流肥油"更是没命地往前跑。

其实从家里出发开始，一路上最担心的就是遇到狗了。狗这种动物，与猪似乎有着天生的仇恨。在"流肥油"未出村之前，就有村里的狗见到我们一行想扑上来，但迫于我们是自己村里人，狗认得，所以没有一条敢近前。到了井下村就不同了，我们和"流肥油"都算是入侵者。加上"流肥油"身上的气味，还有呼哧呼哧的喘息，更是刺激着狗从狗洞里蹿出来。

父亲怕"流肥油"逃窜或者退缩，会引来更多狗群起而攻之，因而他大声地呵斥着狗，然后打开手电筒突然照住狗眼睛，使得那狗犹如遭人一棍，眼晃得哑了声。我们就用这样的办法穿过了井下村，来到了他们村的村口。在那里，我们还遇到一个疯子坐在一棵红豆杉下，这个家伙看见路上突然出现一头庞然大物，也不知道是害怕还是兴奋，叽里呱啦地吼叫着，跟在我们身后又是扔石头又是蹦跳，吓得"流肥油"几次逃窜，样子极其狼狈。

好在天快蒙蒙亮时，我们一行已经走在去往和尚村的半路上。这里的路况同样一侧是田，一侧是溪，只是随着天色渐亮，"流肥油"就跟有点明白过来似的，左顾右盼东跑西颠起来。恰巧前面走来一群小学生，他们无疑是结伴去井下村小学上学的。他们叽叽喳喳地走过来，完全不知道有一头呼哧呼哧的猪正迎着他们而去，所以当他们看见路上突然蹿出一头喘粗气的动物，吓得尖叫奔跑起来。他们的惊恐举动反过来又吓着了惊恐中的猪，它一下子跳进路边的一条水渠里，我们仨人跟着它围追堵截，费了很大周折才把它赶回大道。

这一番急追猛跑，让父亲紧张且累，让他的胸腔就像他病重时那样，变成了一台快要熄火又没有熄火的发动机。我看父亲几次想停下来歇息，而我们已经无法停下来，因为和尚村已经在前面迎接我们的到来。这个村有许多人家的屋门打开了，或者屋门原本就是打开的，现在从里面走出了人，他们朝我们好奇地张望。好在他们只是朝我们张望一番，并没有上前问这问那，同时还喝住了要扑上来咬猪的狗。我们趁着"流肥油"没有再度受惊吓，匆匆赶路。

只是过了这个村，小溪两侧的山体突然变得陡峭了。那是由岩石组成的大山，山上长着扭曲的杂木，张牙舞爪，时不时还有泉水从岩石上掉下来，声音很响。和尚村通往学岭村的路大部分开凿在山体的岩壁上，狭窄的道路左侧是门板一样的岩壁，右侧路基下就是小溪。可能正是对前方道路隐隐的担心吧，当我们赶猪到一处稍微开阔的地方，不由得停了下来。父亲说："都稍微休息一下吧，这一路我的腰和腿很酸、胸口有些闷……"但是母亲说："趁天还没有大亮，猪也没有累得趴下来，我们赶紧走吧！"我们又走了一会儿，天就大亮了。而接下来的旅程，一直处于惊险与危难之中。

倒不是人更疲乏或者路更难走了，而是从我们身后突然出现许多同样要把猪弄到学岭村去卖的人。这些人大部分来自和尚村，小部分来自井下村，总之他们正是我们当初设想的壮劳力，两个人一组，用母亲背来又扔掉的那种硬木杆子，抬着五花大绑的猪。其中有的人家的猪，是用一副竹子做成的东西把猪整个裹住再捆绑的，夹在竹片间的猪就像一个穿在筷子上的肉粽子。而有的人家没有这个耐心，直接将猪的四蹄扎紧了，硬木杆子从四蹄间穿过去，这种抬法使得猪的四肢承载着身体所有的重量，疼痛致使它一路尖叫。

不得不说，这个情况谁也不曾想到，包括父亲。可能想到过赶猪的路上会遇到狗、遇到窄坡，甚至遇到同样去卖猪的人，但绝没有想到"赶着猪去卖"和"抬着猪去卖"两者之间速度的差距。抬过重物的人都知道，当两个人抬东西走路时，步伐往往又快又急，这样做不仅仅为了赶时间，而是肩膀上压着重量走得越慢越吃力，所以他们是抬着猪从后面"追"上来的，要是我们躲避不及就会被撞倒或者将"流肥油"磕碰到路基下面去。

这无疑是父亲做出赶猪这个决定时的重大失误。在这条开凿在岩壁的山路上，就算我与父母能躲开后面不断"追"来的抬猪人，但"流肥油"怎么可能懂得避让？于是，我们只能用竹枝狠狠地抽打，迫使它奔跑，而一旦它真的奔跑起来，走在前面的抬猪人又成了它前进的障碍。如此三番五次，猪累坏了，那些被它搅绊的抬猪人也累得气喘吁吁。有人终于骂起来："一个大男人抬不动一头猪就别来卖猪嘛，你这是赶着一头阉猪去交配还要干扰我们呢！"虽然说我们赶着一头猪去卖，堂堂正正，途经此地并不丢人，但是在如此境况下，父亲气得脸都青了，他回骂："路是你们家的吗?"但是回骂解决不了问题，它只会增加彼此嗓音的分贝，从而使得"流肥油"更加惊恐与狂躁。

显然，这一路上目睹一头头五花大绑的同类，听到同类一声声的叫唤，它们所传达的信息，迫使"流肥油"明白今天到底发生了什么事情。它开始造起反来，一会儿试图蹿到岩壁上去，一会儿试图跳到路基下面去。父亲不得不做出紧急决策，那就是让我和母亲堵住它的去路，他迅速丢掉竹扁，然后把家里带来的那副驯牛工具套进了猪的脖颈，这样一来，它再想逃跑至少可以拽住它。然而，觉醒之后的"流肥油"无论如何都不愿老老实实地走路了，它一会往前冲去像一匹烈马，一会儿又往地上一躺赖着不走了。而在山路上，还有抬猪人从后面咚咚咚地赶上来。为了不挡道，我们狠狠地用竹枝抽它用绳套拽它，它就张开长獠牙的嘴，开始咬人了。

"他娘的畜生，我看还治不了你啦！"那时路边刚好有一捆木柴，我和父亲各抽出一根，照着"流肥油"一顿毒打。那是训诫它的，也是仇恨的发泄。打的时候，我们就像井下村的那个疯子一样叽里呱啦吼叫着，追赶着它。我把"流肥油"的獠牙打落了，同时把自己的喉咙吼哑了。父亲把猪的一条腿打出了血，同时父亲哮喘病发作了。猪终于趴倒在地的时候，父亲也蹲在了地上，仿佛要把一长串内脏都咳出来才肯罢休。

最终，我们只能将"流肥油"拽到稍微开阔的地方，等着身后的抬猪人先走。等到抬猪人都走光了，太阳已经像一颗流血的猪头出现在小溪右侧的山尖上。母亲说，如果没有搞错的话，此时我们与学岭村的距离也就两三里地的样子了。可是如此近的距离，就是那样难以到达。因为"流肥油"突然吐起白沫，也不知道是刚才下手太重造成的，还是一路走来把它累的。

母亲说："你们打吧打吧，'流肥油'走不动了，这可怎么办呀？"

父亲说："该死的畜生，死了才好呢！我刚才就是要往死里打它！"

母亲说："就你逞能，你是气消了，可它现在不是赖着不走，而是连站都站不起来啦！我背来的硬木杆子，硬是被你扔在路上了。现在你我想抬也没有东西抬了。你个棺材！"

父亲喘着气，凶神恶煞道："你以为——我还有力气跟你抬猪吗？我被它折磨得连气都喘不上来了！"

母亲有些悲哀，瞪着父亲说："你现在才知道你没有力气抬吗，你当初为什么就没有想办法叫别人来抬？我早知道路太远猪没法赶过来，你就是不听！你这是跟谁倔呀……"

父亲蓬头垢面，面如死灰，就像他的世界缺氧，令他窒息。母亲继续唠叨，可父亲已经没有力气与她争辩，干脆在我们身后坐下来，就跟口吐白沫的猪一样。然后他歇够了，站起来径直往学岭村走。

母亲大喊一声："你个棺材，你要干什么去？"

父亲说："你不是叫我央人来抬猪吗？这会儿肯定有人把猪卖掉往回走了……我走快一点，央他们来帮忙……"

母亲说："你走你的吧！待会我们就在前面那个宽一点的地方等着你们来！"

父亲"咳咳咳"地走远了，此刻他的胸腔就像一架摆在学校里的破风琴，发出低沉之声，拐过一个弯后还随峡谷之风隐隐传来。后来那声音就听不到了，只剩下小溪潺潺的流动声。世界好像睡着了，世界也疲倦了。我们等了五分钟，十分钟，十五分钟……身上的汗水渐渐凉下来，变成了盐。可是，父亲和抬猪人还没有来。母亲又骂骂咧咧，一边骂，一边拽起猪，准备继续上路。

经过一段时间的休息，"流肥油"似乎也缓过劲来了。母亲一拽它，它就呼噜一声从地上站起来。我和母亲有些高兴，以为接下来的路程再也不用像刚才那样拽着它走了。不料母亲正要催赶，它突然转

147

杀死它吧

身朝来时的路奔跑起来。母亲完全没有想到这一出，绳子都没有拽住。我们慌里慌张去追，起码追了五分钟，我才一下子跃到了它前头。不料这畜生见势纵身一跃，跳下了路基，然后在溪滩上往上游跑。可能是由于猪蹄缝里容易塞进鹅卵石的缘故吧，它跑起来并不快。我和母亲很快追上了它。

问题是猪从路面上跳下来容易，拽上去就难了，因为路面与溪滩之间存在着两米的高度，以至于它再次逃脱，并且闯进了溪滩边上开垦的庄稼地。随即我们就听到有干活的老头破口大骂，骂猪糟蹋了庄稼。我因为害怕不敢去把猪追回来，母亲则因为再也撵不上它急得哭了。幸好这时候，气喘吁吁的父亲赶回来了，见"流肥油"在溪滩上跑，他就跳下来帮助我们拦住它，并且将它死死地拽住了。他叫道："快往下游拽……先往下游拽！水库码头收猪的柴油机船，到12点就要开走啦！"

我们三个人和一头猪，就这样在你拉我扯、互不示弱中，用最笨拙的办法，用绳套拉拽着"流肥油"，往下游一步一步而去。母亲带着哭腔道："我真想杀了它，我真想杀了它啊！我真想剁死它，生吞活剥了它啊……"

父亲大口大口地喘气，一边跟母亲解释："我不是不想找刚才抬猪的人帮忙……可他们自己的猪都没有卖掉……不是他们不想卖掉，而是学岭村，不是真正的收购点……那个收猪的小伙子是老板派来的，他要大伙把猪抬到码头上……抬到码头上还不行，还要抬到船上去，跟着船，把猪抬上水库大坝……那些人，现在正往船上去……"

母亲说："够了！"

这时候，离学岭村大概也就半里地了。我们终于找到了从溪滩上到路面去的斜坡。学岭村的泥瓦房历历在目。也正是在这个村，我们碰到了两个愿意帮忙的人。那是两个穿着草鞋、腰间挂着砍刀的青年，他们本来是要去山上干活的，看见我们一家的困难，他们说："这不算什么，我们抬过石头门槛，三百斤不止呢！"

然而，我们最终没有赶上那条贩卖猪的船。尽管那俩青年说干就干，脚步匆匆，累得满头大汗，但是这两百多斤的猪实在太沉了，或者说它毕竟不是石头做的门槛，好几次它于绑住它的杉木下四蹄乱蹬，致使那两个青年因抬不稳差一点跌到路基下去。好在学岭村与水库码头相距不远，咚咚咚地过了一条石拱桥又拐过两个弯，远处出现了深蓝色的水面……

但是，我们没有看见停泊在那里等着我们的柴油机船。发现这一情况后，仿佛时间突然出现一个断裂，所有人的心头咯噔一下，连喘息都停了下来。"操他娘的！他们怎么能提前开走了呢！"那个个子稍高的青年，气得将肩上的杉木扔了下来，幸好与他抬猪的另一人眼疾手快，也把肩上的杉木杆子扔下了，否则他的腰必闪无疑。几乎同时，猪发出一声很响的惨叫，摔在地上挣扎，但由于绳子的捆绑，它只能像蛆虫一般蠕动，哼哼地叫。

最终，"流肥油"被扔在了离水库码头大约两百米的地方。所谓水库码头，就是随水位升降而不断变化位置的柴油机船临时停泊之处。父亲和那两个青年气冲冲地跑去码头上问情况，回来时一个说："他们是等了的，老头说，他们等了我们半个小时，现在……都快一点了呢。"另一个说："反正船走了，你们要不要上我家先吃点东西再说？"母亲嘴唇颤动，连声说"不"。那个人说："那这样吧，我俩等到下午再来一趟。下午还有一班船，到时再来把猪抬上船……"

四周静得出奇。

虽然是秋天了，阳光还是毒辣，我们瘫坐在靠近溪流入库口的一大片龟裂的淤泥上，也不管干不干净，脱下鞋，坐在鞋上。显然，这里不是争吵的好地方，但母亲照例骂了父亲一个狗血喷头。母亲说："你说怎么办吧？你准备把猪运出去卖给谁吧？在码头上不等你的人，你以为会在大坝上等着你吗？"父亲不吱声，母亲又说："你现在就给我把猪赶回去！你不是很有本事吗？你把猪赶回去，我求'磨刀六'来杀！"父亲低声说："船开走了，能怪我吗？而且，收猪人也不见得天黑前就开拖拉机走了。"

父亲说这话时，脸色苍白，呼吸很重，每呼一下都像一声叹息。母亲则铁青着脸，一副咄咄逼人的样子。但后来，母亲还是妥协了。想到摆渡的柴油机船过一会儿会回来，她和父亲把流肥油像拖麻袋一样，一寸一寸艰难地挪移到了离码头更近的地方，然后母亲决定去学岭村代销店看看有没有电话机。如果有，她就打一个电话到水库大坝，让收购毛猪的拖拉机等着我们乘下一班柴油机船到达；顺便也买一点饼干之类的东西给我们充饥。

母亲走后，我和父亲内心焦急，表面却装作平静。我不知道该说点什么或者做点什么。在我的眼前，水面与绿色植被交接处有一圈裸露的黄土，它像一条捆住水库的腰带，腰带之内水深得可怕。我惶惶不安，真希望奇迹的发生。哪怕从野草丛中跑出来一条狗，对着我们吠叫，哪怕走过一个人，问一问我们这是怎么回事儿，我们何去何从，也比这沉闷地绝望地坐着好。

这时，我真想找一个话题，再问问父亲关于修水库的事情。据说，那场面非常壮观，干活的人就像黑黑点点的蚂蚁。我还听说，父亲在水库工地上差不多干了一年，他的任务要么是帮爆破手扶铁钎砸孔，要么自个儿抡铁锤开石方。父亲干活认真，表现积极。父亲白天与石头打交道，晚上躺在现已淹在水库底的破庙里过夜。天冷了，破庙里的地砖又冷又硬，他得了重感冒，却不去治，或者没有时间去治，还要继续干活。后来，他的肺部发炎了，吸进肺部的大量粉尘加剧了他的咳嗽与哮喘……

说真的，我一直想知道这些。除了想弄清父亲的疾病的来源，还想知道水库的来源。要不是日夜奔流的溪流被水库大坝拦截，这里绝不会是今天这个样子。我很想知道深蓝色的水面下淹没了几个村庄，那些村庄里的人都去了哪里，是谁、为什么要切断日夜奔流的溪流。要不是这样，我们也会像祖先那样威风凛凛地出现在沿岸的码头上，大口大口地吃肉……只是在太阳的暴晒下，我感到又饿又渴又困，不知什么时候睡着了。

我不知道究竟睡了多少时间，我是被哭声吵醒的。我没有立刻睁开眼睛，而是迷迷糊糊地听了一会儿，当听清是母亲的哭声，就立刻坐了起来。于是在我的眼前，又出现了风景如画的湖面……只是这一刻，我的目光被母亲的哭声遮住了，我只看见了悲伤："……老天啊，老天爷啊！你就来收走它吧！我们没有别的办法……他们说，他们不需要那么多猪，不会等我们了……那些抬去的猪，他们说，都已经装不下……"

据母亲哭诉，水库大坝上负责接电话的人还真把贩猪的老板叫来接电话了，但是贩猪老板说他急着要走，因为他还要把猪运到城里的屠宰场去宰杀，这么多猪不能挤在拖拉机的车斗里太久，叫母亲再把猪抬回家去。母亲因为这句话哭得肝肠寸断，说猪老板的心是铁做的、喝冷血的，以至于她反复说着："可我偏偏要送过去，我们等着下一班船！下一班船！"

母亲的哭声引来了几个等船的人，他们站在一旁议论。母亲在嗡嗡的议论声与安慰声中，越哭越响，直至哭声变成了听不清的呜咽。这个过程，有人注意到我们家的猪，突然大呼小叫道："这猪怎么啦，怎么有气无力的，浑身通红啊？""好像不行了吧！好像被勒坏了吧？"听到这些，我们才想起从黎明到现在，"流肥油"跟我们一样历经重重磨难才来到了这里，它跟我们一样一整天没有喝一口水吃一口饭。更致命的是，这一路上它还遭到毒打和惊吓，当我们将它扔在这黏黏糊糊的码头上时也忘了为它松绑。

此时被五花大绑的"流肥油"，也是一副奄奄一息的模样。它躺在一片狼藉的泥泞上。狼藉是因为它曾经挣扎了一番，把四蹄间的泥沙蹬出了坑。但是现在它一动不动了，只能从肚子的轻微的一鼓一鼓上判断它还活着，苟延残喘。我不知道它现在是不是同样感到痛苦与绝望。有人自作主张，上去把勒住它身子与脖子的绳子解开了，它照样躺着；有人拿水壶盛了水想喂它喝点，它的嘴里流出的是白沫。

难道它就这样倒下，再也站不起来了？一直躲在人群后头抬不起头来的父亲，不得不出面了。他上去踢了踢"流肥油"，它依然一动不动。"'流肥油''流肥油'呀！你怎么啦？"父亲叫唤了一声，就像在呼唤即将去世的亲人，人随即跪下了。他用手拍了拍"流肥油"的脸，还探了探它的鼻息，脸上顿时老泪纵横："'流肥油'！你可要活下去呀，为了我，你也要活下去呀！尽管我养你是为杀你，可是你也不能这样……"看到这个情况，人们站得远了一些，仿佛为的是能更冷静地看我父亲如同一摊软泥，慢慢铺展在地……

杀死它吧

后来，是我们村里一个人也来等船，发现我们一家在码头上被一群陌生人围观。他把我父亲背在背上，去了学岭村他的一个亲戚家，而且他从学岭村请来了一个杀猪人。那个杀猪人跟"磨刀六"一样浑身油腻，但比"磨刀六"胖多了，一双眼睛小而精。他看一眼生不如死的"流肥油"，说他杀猪二十年了，还没有给一头瘟猪褪过毛开过膛呢，杀瘟猪是屠夫最忌讳的。但是他又说："我看你们一家挺可怜，这样吧，猪毛我不刮了，这里也没人烧热水。肠子啥的我也不翻了吧。我就帮你们把它的命先结了，再把内脏啥的从肚里抱出来，你们自己弄到水里洗。我呢，再把猪身卸成几大块，你们就背着回家吧！瘟猪肉，反正也没人要！"

　　于是，在学岭村的杀猪人、我们村的那个人，以及止住悲痛的母亲，还有一两个等船人的协助下，"流肥油"被拖到一处靠近溪流的茅草丛里，杀死并且肢解了。杀"流肥油"的时候，我没有听到它叫，只是看到一处萧瑟的茅草晃动了几下，茅草上的绒絮飞起来，然后听到几声有些短促的哼哼，茅草丛上有一股热气升腾起来。我想一定是"流肥油"的肚子被杀猪人剖开了，或者那是汩汩流出来的鲜血流得到处都是，还在冒着热气。总之，升腾的热气弥散着血腥难闻的气味，引来三五只从山顶飞下来的老鹰，还有两条不知从哪儿冒出来的狗，时不时地叼走一小块血淋淋的东西……

　　我给自己定的任务是：用溪滩上捡来的小石子，用近乎哀告的呼号，还有来回的奔跑，驱赶走盘旋的老鹰和龇牙咧嘴的野狗。等到太阳西斜，它们终因捞不到什么好处，失望地离开了。此时我已累得两腿发软，一点力气也没有。然而就在这时候，我听到水库的深处响起了刺耳的声音，"突突突，突突突"，我一抬头，就看见了传说中的柴油机船——它就像天外来客，在很远很远的水面上，朝我徐徐而来。在船的两侧，船身激起一层层波浪，波浪在船的身后呈三角形铺展，像一片云一样白茫茫……

　　我明知这艘船不是来接我们去水库大坝卖猪的，我们也不需要它来接我们去卖猪了，但是在我的心里仍有一丝激动掠过。因为我有一个埋藏在心底的愿望，那就是如父亲之前所说，我们卖了猪拿了钱，如果还有时间，就坐上柴油机船，到水库外面去看一看。我是多么想看一看水库大坝、大坝下的公路、拖拉机、汽车，看一看繁华的大市镇，比如游埠、罗埠、兰溪，甚至杭州；想看一看大街上熙熙攘攘的人群，街道两旁花花绿绿的遮阳篷……

然而，就像眼前这条被水库吞没的溪流，"流肥油"死了，水库就成了我当时所能到达的最远的地方。我的眼泪就是在那时候遏制不住地流淌的。我无声地哭泣着，没有人来劝我。船靠岸，又走了，码头上重又变得宁静，就像什么都不曾发生。天渐渐地变暗了，我呆呆地，看着水面上那个渐行渐远的点，一点一点地消失，情绪渐渐平复下来。然而，我终因心有不甘而安慰自己说：尽管"流肥油"死了，家里损失惨重，然而我们终于能吃到肉了……

是的，在此刻，大弟和小弟一定坐在门槛上，也一定盼着我们早点儿出现，就像刚才我们盼着柴油机船的出现。而我们，在天黑以后月亮出来之前，一定会像凯旋而归的战士回到他们身边。他们肯定想象不到我们会背回家那么多肉，那是多得吃也吃不完的肉啊！我们一家很快就会吃胖起来……

想到这些，我就很想笑出来。

杀死它吧

被证明死亡的人

一

　　事情发生在秋天的一个黄昏，九岁的小男孩蚂蚁放牛回来，有人告诉他：你的爸爸，死去多年的毛宗文，回来了。蚂蚁半信半疑，心里很是激动，他用竹枝抽打牛的屁股，牛跑起来时，牛腱子就像驼峰一样颤动着。牛穿越溪边的小路跑到了桥上，蚂蚁把它拦了回来。

　　"从小溪里走！骚牯！我还没有洗脸呢！我这么脏怎么去见爸爸呀！"

　　蚂蚁和牛冲到溪水中，秋天的水已经凉了。蚂蚁弯下腰，用手捧起水往脸上泼，他的脑子里跳荡着父亲留在他记忆中的形象：高额头、大脑门、高鼻梁，两条眉毛距离很宽，眼睛很亮，对了，爸爸的喉结很大，就像铁钩一样，硬硬的……蚂蚁洗完脸，又把裤腿上的泥巴洗净，才赶着牛往家里走去。蚂蚁的家离小溪不远，不一会儿就看见家门口围满了人。看来爸爸真的回来了！蚂蚁有些局促不安，他要是不认得我了，我该怎么办？蚂蚁这么想着，牛已经走到了家门口，站在那里的人看见牛，闪到了一边。

　　"蚂蚁，我问你，你那该死的爹回家了，是不是？"问他的人是光棍汉陈大海。

自从爸爸失踪，连春节都不回来，一些村里人就经常这样问他。假如蚂蚁说爸爸还活着，这些人就要问爸爸的地址。假如蚂蚁说爸爸早死了，这些人就会抓着他不放，问他："死了怎么没见你伤心？你骗谁？"他们抓住他，就像要将他处以极刑似的："你们想串通起来骗人是不是？这么小的孩子就学得这么坏，真是坏到了根！"蚂蚁再不理他们……

"我问你呢？怎么不说话！"陈大海瞪着一双吓人的眼睛，又想抓住他。蚂蚁举起了手中的竹枝："我要关牛栏！"蚂蚁走过人群将牛栏关好，当他回头的时候，腿突然有些发软。"这些人为什么老站在门口？爸爸到底怎么啦？难道没有回来吗？"他有些害怕，不敢走过去。这时，妈妈从屋里出来了，头发乱乱的，声音嘶哑地哭道："我说宗文没有回来，就是没有回来，你们为什么不相信！要是回来了，我为什么要瞒着你们？我想他……想得夜夜哭……"

这是真的，蚂蚁的妈妈天天盼着丈夫归来，打听丈夫的消息，比起那些站在门口要债的人，她更需要毛宗文。"要是宗文回来了，他会还给你们钱的。他不是那种说话不算数的人，他没有回来，是他还没有要到债……"

"别废话，明明有人看见他回来了，要不然，我们不会无缘无故找上门来的，让我们进屋，我们要进屋去搜查！"站在门口的人不依不饶，要冲到屋里去，蚂蚁的妈妈阻拦着他们："站住，你们要抢劫还是要把我拉走抵债呀！照这样下去，这日子叫我怎么过呀！老天爷啊，宗文是死是活，都给我一个消息呀，我好安排以后的生活……"

蚂蚁的妈妈玫红，毕竟是一个女人，人倒在地上一滚，那些要冲到屋里去的人就犹豫了。"你这个泼妇，真不要脸，你欠我们债，你还有理！告诉你，如果等到过年，宗文还躲在外面，别怪我们不客气！都拖了几年了，总得有个说法，到底给，还是不给……"

那些人虽然退了出来，但是骂骂咧咧的，越骂越气愤，仿佛要把生活的贫困、命运的不公，全推诿到欠他们钱的毛宗文身上。有的说，家里因为没有钱买种子、农药、化肥，耽误农时欠了收。有的说，孩子没有钱上学，学校天天催。有的细算了一下账，跟毛宗文白干了一年不算，搭上路费竟然赔了几百块钱。其中骂得最凶的是村里的"老三股"，他有三个儿子，那一年毛宗文回家叫人帮他做工，三个儿子都去了，到头来二儿子从脚手架上摔下来，瘸了一条腿，毛宗文欠了他家工资加医药费三万七千多元。去年，他的老伴肚子疼，查出了癌症，三个儿子拿不出钱，老伴活活疼死了。

"如果宗文把工钱发了，我儿子手头就会有点钱，她怎么会这样死掉……我会把她送到金华去治的，没有钱，只好到卫生站拿点药，只好给她煎山上挖的草药，可怜她喝草药喝得整个人都发黑了，连牙齿都黑了……她死的时候对我说，等到宗文还了这笔债，就给二儿子到贵州去买老婆……就当是她不治病，剩下来的钱……"老三股说着说着，哭了，他回忆起了老伴的痛苦、老伴对他的好，几乎要倒在地上……

最后，这些村里人骂了一通，相互诉了苦，总算走掉了。

他们走后，玫红才从地上爬起来，她在短短的时间内老了许多，仿佛一只瘪掉的球，整个人松弛下来。到这时，她才看见放牛回来的儿子，像做错了事似的站在牛栏门口。她的眼泪又涌了出来。"蚂蚁，妈妈没有吓着你吧？妈妈如果让他们进屋，以后他们就会把值钱的东西都搬走。你爸爸不在了，我们还要生活……"

"妈妈，爸爸真的没有回来吗？"蚂蚁忍住眼泪，不让它掉下来。他多么希望爸爸回来了，就藏在家里。爸爸永远不会离开吴村了。

"没有。"玫红有气无力地坐在门槛上，她感觉头有些昏沉，"一定又是哪个缺德鬼在村里造谣，煽动债主来逼我们。蚂蚁，以后再有人来逼债，你就先躲到爷爷家里去！"

"妈妈，爸爸什么时候回来呢？"

"你爸爸是死是活，我也不知道，"玫红一边擦眼泪，一边觉得刚刚发生的事情就像做了一个噩梦，现在，她被人从噩梦中摇醒了，"你爸爸已经有四年没有音讯了，没有人知道他在哪儿。蚂蚁，我真担心，他永远不会回来了。如果他还活着，总会写一封信回来……"

"妈妈，爸爸不会在外面和别人结婚了吧？"蚂蚁这样说，完全是不想让妈妈怀疑爸爸"死了"。

"你这是听谁说的?"

"我……听村里人说的。"

"蚂蚁,你以后不要相信村里人的话,他们全没安好心。"

蚂蚁一声不吭。他想起村里人总在说爸爸的坏话,有的说他被人打死了;有的说他在外面讨饭;有的说他杀了人,坐牢了;有的说他从大包工头那里领了村里人的血汗钱,在外面花天酒地,包养不检点的女人……

蚂蚁想到这些事情,感到爸爸的形象变得模糊了。

二

由于爸爸常年在外讨债、躲债,蚂蚁的童年是孤独的。村里的小孩都不愿和他玩,有的还欺负他。他们爱骂他:

"你爸爸是世界上最坏的坏蛋!打死你这个坏蛋的儿子!"

"你爸爸欠我们家很多钱,你还我家钱!"

"你爸爸是个骗子,我爸爸说,他敢回来就打断他的腿!"

每次吵架,蚂蚁都要被村里的小孩揍得鼻青脸肿。从某种程度讲,蚂蚁对爸爸的渴望,多半出于爸爸的归来将证明他不是一个坏蛋、不是一个骗子,他是一个正直的人。在蚂蚁的心目中,爸爸的形象神圣不可侵犯。蚂蚁宁愿被人揍得流鼻血,也不愿听到别人说他爸爸的坏话。

蚂蚁放牛,也总是一个人。他和牛整天待在一起,牛是他最好的朋友。

蚂蚁放牛,主要集中在三个地方:最远的地方,是与井下村毗邻的七园山。那山上的狼尾草非常茂盛,但两个村都没人去那里放牛。那山很陡,路很不好走。其次就是自己家的毛竹林,与村子遥遥相望。放牛的时候,蚂蚁时刻注意着自家的房门是否被人打开了,爸爸是否回来了。还有,蚂蚁常去的地方是金塘河畔。金塘河在发洪水时是一条愤怒的河,平时却是一条温顺的小溪。平时牛在河滩上吃草,蚂蚁在河里面摸鱼摸虾。但是，他在河边放牛最主要的目的，还是暗地里等着爸爸回家。

蚂蚁很少有忘记爸爸的时候，就算睡着了，他也要梦见爸爸。梦见爸爸在一间黑黑的房间里和他说话，爸爸的脸上都是血，爸爸好像就要死了……蚂蚁从梦中惊醒，他总想哭。他害怕做这样的梦，但是又渴望在梦中见到爸爸，他想在梦中告诉爸爸，他不在家的日子，妈妈和他被人欺负，村里人隔几天就来要债……但是，他又很矛盾，不想告诉爸爸这些伤心事，因为爸爸在外面受苦，告诉他这些伤心事，他会更加难过的。

"那我，那我告诉他什么呢？"蚂蚁整天胡思乱想，"我可以告诉他，我长大了，我会放牛了，以前爸爸在家的时候，我连摸一下牛的肚子都怕，可是现在牛可听我的话了。要是牛不听话，我就抓住牛的牛鼻绳，牛鼻绳穿在牛的鼻子上，它不敢扯断鼻子，所以就听我的了。不过，牛一般很听话，除非遇见了母牛，它喜欢追在母牛屁股后面疯跑。'骚牯'这个名字就是这么来的。每年农忙的时候，'骚牯'会被人雇去耕田，一天能挣上百块钱呢。可是妈妈说，她从来没有拿到过'骚牯'帮人耕田的钱，因为一些村里人早把钱拿走了。妈妈说，她养猪养牛本来是要供我读书的，可是村里人不听妈妈的，他们从杀猪人那里拿走了妈妈卖猪的钱，从耕田人那里拿走了'骚牯'耕田的钱……"

蚂蚁忽然沉默了。因为他发现自己又跟爸爸说了不该说的话，好在这不是真的。

"唉，爸爸什么时候能回来呢？"蚂蚁在小溪边放牛，他会不停地抬头眺望通往山外的道路，那道路弯弯曲曲一直绕到了山的另一边。如果他站在七园山的山顶往下看，又会觉得通往山外的道路就像一根断了数截的肠子被人扔在群山之间，他希望能看到爸爸走在上面。总之，这孩子每天生活的内容，都与思念父亲、盼着他归来有关。思念仿佛一棵被大雪压弯的树，在大雪融化之前每分钟都在承受着雪的重压。当然，这个比喻不够准确，因为蚂蚁也有快乐，只是快乐比别的孩子少许多。

要说蚂蚁最大的快乐，无疑是放牛回来，到爷爷奶奶家去玩了。爷爷奶奶住在村中央一条"弓"字形的胡同里。爷爷奶奶年纪已经很大了，奶奶常年生病，大部分时间躺在床上，爷爷精神尚好，爷爷非常疼爱他的孙子。爷爷说，他以前是做裁缝的，从十六岁一直做到六十一岁。他跟师傅学裁缝，学了五年，二十二岁来吴村揽活做，刚好吴村在那一年解放了，他就留了下来。爷爷说，老一辈的吴村人在过去的年月里都穿他做的衣服。

爷爷总爱回忆他年轻时候的事情。

可是，有时候蚂蚁会忍不住打断他。那是蚂蚁最感兴趣最想知道的："爷爷，你还是给我讲讲我爸爸小时候的事情吧！"

"哎呀，你原来不想听我讲做裁缝的故事呀，你怎么不早说？小鬼头！"爷爷爱叫蚂蚁"小鬼头"。爷爷讲起了他的儿子毛宗文的事情。

"你爸爸，唉，小时候很调皮，简直比你调皮多了。我也管不住。他鬼点子多，爱出风头。可是，村里的孩子都听他的，爱找他玩。说穿了，他是'孩子王'，他带着一大帮同龄的孩子，要么跟自己村里另一帮孩子打架，要么跟井下村的一帮孩子打架，要么晚上去生产队的地里偷玉米、番薯，烤着吃。他们在村口的古树上还搭有一间树屋，用梯子才能爬上去，一帮人在那上面睡觉、吃东西，小便从树上撒下来……别人赶到家里来告状，我照着火把，要把他们烧死在树上，你爸爸害怕了……"

"后来呢？"

"后来你爸爸死活不愿跟我学做裁缝，说那是女人做的事情。我被他气得生病，要跟他断绝父子关系，他才答应了我。他要比我聪明，我学了五年才出师，他学了两年就会了。他做的衣服又合体，又考究。他给我挑了一年担子做了一年衣服，后来就跑了，一个人在镇上揽活做。他在外面受了许多苦，有五六年没有回家，回来的时候，带着你妈。你妈的肚子已经大了。我说：'你不是有本事吗？怎么不跑到月球上去，你回来干什么？'你爸说：'爹，我错了，我从今往后一定要安安心心过日子，你要相信我，因为我现在不是一个人生活了'。"

爷爷讲到这儿，总要顿一顿。他对儿子毛宗文既爱又恨。

"后来呢，爷爷？"

"后来，你妈生了你姐。你姐五岁时得了肺炎，夭折了。怪就怪你爸的心太大了，家里刚刚有了一点钱，他就要跑到外面做生意，没时间照顾家里。三年后，你妈才又生下了你。"

当然，爷爷心情好的时候，会讲得比这多许多，讲得更详细。他讲得很投入，有时候心酸地笑着，有时候老泪纵横。在蚂蚁看来，爷爷似乎拥有一个看不见的宝藏，随时能从那过去了的时间里找到蚂蚁感兴趣的话题。蚂蚁爱听爷爷讲爸爸的事情。

三

然后，冬天来临了。

这一天，蚂蚁在离自家责任田不远的河畔放牛。牛吃着半黄的杂草和攀附在路基上的藤蔓，吃着吃着，牛突然停止了吃草，一双耳朵竖着，好像被什么声音吸引了。蚂蚁抬起头，看见高出金塘河一人多高的路上有一个人，他骑在自行车上，一跳一跳的。自行车发出叮叮当当的声音。由于距离较远，蚂蚁看不清这个人的面容。

"那人会不会是爸爸回来了？"这几乎是一种思维上的定势，只要看见路上有人走来，蚂蚁就会忍不住这么想。

"不，如果是爸爸，不会骑自行车回来的……难道，爸爸从很远很远的地方，骑自行车回来了？好像不像爸爸……一定是那个送信的凶男人，他总不耐烦我问他有没有爸爸的信……"蚂蚁全神贯注地看着那个骑着自行车的人，在坑坑洼洼的道路上跳荡着，直至离自己越来越近，将自行车停在一棵柳树的下面，蚂蚁这才发现事情有些不妙。

只见那人停好自行车，朝他家的责任田走去了。"啊，大概真的是爸爸写信回来了。"蚂蚁朝前走了几步，心怦怦地跳了起来。他赶着牛，朝那棵停放自行车的柳树走去。他发现停在柳树下的自行车是黑色的，后面没有挂着绿色的邮包。蚂蚁失落地朝自家责任田的方向眺望。那人在和妈妈说话。

一早，妈妈就来田里干活了。她要把"骚牯"耕好的地铲平，将泥块捣碎，准备在这里种油菜。蚂蚁知道，村里人都要在冬季的稻田里种油菜、播小麦，等到来年油菜花开的时候，艳黄的油菜花与绿油油的小麦苗交相辉映，吴村的田野就像一个很大很大的花篮。不过，现在的田野就像一个癞痢头一样难看，有的田已经耕好了，有的田还留着稻茬，一个个稻草垛歪在田埂上，有气无力的。

蚂蚁解开捆在"骚牯"犄角上的牛鼻绳，把它拴在柳树上。

"那个人怎么还不走呢？他到底要干什么？"他决定走到责任田里去看个究竟。那人长得白白净净的，穿一件夹克衫，一双皮鞋上沾满了黑黑的土。他想夺下妈妈手中的锄头，说："农活我以前也干过的，玫红，让我帮你干。你在田埂上歇着。"

妈妈说："不用你帮忙，我自己能把活干完的。"妈妈要把那人推到田埂上去，妈妈说："别弄脏了你的衣服和鞋，你们公家人不比我们农民，整天在泥里打滚。"

那人说："玫红，我不许你这样说，什么公家人、农民的。在我看来，人，只分男的女的、好的坏的、老的少的。"

对话进行到这儿，蚂蚁看见妈妈松开了手中的锄头，脸红扑扑的。然后，那人撸起了袖子，往手心吐了一口唾沫，干起活来。那人干活的样子有些虚张声势，仿佛演员在表演节目。蚂蚁看见妈妈目不转睛地看着那个人，一只手反复梳理着头发。蚂蚁从来没有看见妈妈这样漂亮过，比任何时候都要漂亮。与此同时，也有一种让人不安的恐怖的东西在蚂蚁的心头滋生了——蚂蚁觉得身后有许许多多双眼睛正盯着妈妈看似的。

"要是村里人看见妈妈和一个陌生男人在一起，又会说闲话的。"他的脑海闪过这样的念头，人就像被猛击一棒，仿佛已经听见村里人在说妈妈的闲话，甚至当面嘲笑他："你妈妈偷男人了！你妈妈偷男人了！真不要脸！真不要脸！"蚂蚁陷入了一场臆想的灾难，感觉脸发烧，头发胀，人僵直了一般。

也不知过了多少时间，坐在田埂上休息的玫红才察觉到背后有一双眼睛盯着她，她站起来回头一看，吃了一惊，原来是蚂蚁一动不动地站在一个稻草垛旁。他的脸色很难看。

"蚂蚁，你、你放牛怎么放到这儿来了？牛呢？"

蚂蚁扭过头，躲到了稻草垛后面，等到妈妈走过去，他又突然从后面冲出来，凶巴巴地问："妈妈，那个人是谁？"

玫红看见儿子逼视的目光，感到背脊一阵发凉。"他是你的一个叔叔，专门来关心你学习的。他是一个老师。"

"我不要你和他待在一起！妈妈！我不要他待在我们家的稻田里！"蚂蚁斩钉截铁地说，语气近乎吼了。

这时，那个人也朝稻草垛走来了。

"哎哟，这就是蚂蚁同学吗？怎么，不欢迎我吗？"那个人半蹲在地上，笑嘻嘻地说。

玫红很尴尬："蚂蚁，你真不懂礼貌，这是张老师，明年……张老师将带你到他的学校去读书……唉，这野孩子。"

那个人赶紧附和着："是啊，等过了年，你就可以到我的学校去，和别的小朋友坐在一起上课了……老师问你，上次叫你妈带给你的课本，你学了吗？"

"我才不要到你的学校去读书！"蚂蚁吼了一声，突然跑了起来，"我不去，我不去读书！"

妈妈急了，抓住了他："蚂蚁，你这么没礼貌，我可要打你了，你这是怎么啦？这么不听话！"蚂蚁在妈妈的控制下拼命扭着身子。那个男人说："蚂蚁，你跟叔叔说，为什么不想读书？不读书，怎么学文化？你到叔叔的学校去，学费，叔叔可以帮你交上。以后，你妈妈也可以住在学校里。你说，这样好不好？"

谁不想读书呢？

当蚂蚁看见同龄人背着书包到井下村上学，他还偷偷地抹过眼泪呢。蚂蚁显然被那个人说的话打动了。他低着头，当那个人又问他为什么不想去读书，他终于轻声地说，他只想在井下村上学。因为，在井下村上学，他还可以天天等爸爸回家……

孩子的话，让两个大人沉默了。他们不知道跟这个倔强的孩子说什么好。

"你真是一个懂事的孩子，"那个人盯着蚂蚁，摸了摸蚂蚁的头，"你爸爸有你这样的儿子，真是很幸运。不过，在读书这件事上，你还要听妈妈的。你想啊，你在井下村上学，要交学费，还要起早摸黑走山路，多苦呀。在叔叔的学校，有宿舍，有食堂，有图书馆……那里的条件要比山里的学校好十倍。"

但是蚂蚁一声不吭。那个人站起来，看了玫红一眼，发现玫红的眼睛湿湿的，他怅然若失地转过脸去，看着远处的山。三个人的表情看上去都那么严肃，谁都不再说话。空气凝固了一般……

这时候，蚂蚁拴在柳树下的牛跑掉了。有一个村民站在金塘河的对岸，很难听地骂了起来："谁家的牛啊！偷吃菜苗了！这放牛的怎么的，死了吗？什么事这么重要，连牛都不管啦！"

那个村民的叫骂搅动了凝固的世界。骂声响起的片刻，蚂蚁受惊一般，沿着田埂往小溪跑去。他瘦弱的晃动的身子，就像一只小小的想飞起来的麻雀。

四

后来，那个人还来吴村找过玫红数次。至于他什么时候来的，又是什么时候走的，村里人虽然没有看见，但是他们说得有鼻子有眼的。他们说，那个男的是与玫红青梅竹马长大的，当年那男的死命地追求玫红，玫红的父母亲也是同意的，结果斜刺里"杀出一个程咬金"——毛宗文在玫红的生活中出现了。玫红迷上了毛宗文，被毛宗文带回了家。现在呢？毛宗文离家逃债，生死未卜，那个男的又来追求玫红了。

村里人说："听说那男的很痴情，还为玫红打着光棍呢！他怕村里人看见，都是在晚上来的。深更半夜的，谁会骑自行车呀，肯定是他，一直骑到桥头去了。然后天还没有亮，他又骑着自行车走了。那自行车的链条哒哒哒的，响起来很刺耳，他们还以为谁都不知道呢！"

"天呀，可真看不出来。你说玫红平日里装得多正经呀！好像我们天天欺负她似的，暗地里她却吃得好，穿得好，风流着呢！毛宗文如果还活着，回来后可有好戏看了。如果他死了，嘿嘿，倒是便宜了那个痴情郎。不过那样子，毛宗文欠我们的债，可要叫他来还……"

村里人的议论没完没了，传到了蚂蚁的耳中。蚂蚁既不懂得法律上的一夫一妻制，也不懂得传统道德为什么不能容忍婚外情，只是凭着人类天性中共有的羞耻感，觉得妈妈必须要忠诚于爸爸。为此，原本孤独内向的他，更加孤独内向了。可是，他并没有听见或者看见那个男的在深更半夜来过他家。为了阻止那个人走进他家，他几乎每天晚上都不睡觉。

儿子的反常举止引起了妈妈的注意。因为自从有了课本，她每天坚持给儿子补课。她发现儿子整天无精打采的，学习时注意力很不集中，就问："蚂蚁，你怎么回事？每天就跟丢了魂一样。"

蚂蚁咬着嘴唇，眼泪吧嗒吧嗒往下掉。

"你说呀，谁欺负你了？"

蚂蚁摇摇头。

"到底怎么回事？嗯？你说不说？"

蚂蚁终于说："妈妈……你，你……"

"嗯？"

"是不是不要我爸爸啦？"

"啊？你这孩子，我怎么会不要他呢？"

"妈妈！我什么都知道了！"

"你知道了什么？"

"我知道……你和那个姓张的商量起来，不要爸爸了！"

儿子的话，仿佛打了玫红一个耳光。她离开蚂蚁，在黑黑的房间里放声大哭："老天爷，为什么要我来到这个世界上，我的命好苦呀！我起早摸黑，忍气吞声，到底是为了什么呀？"

这时候，蚂蚁也很难受。他在妈妈的哭声中浑身颤抖。他既害怕又委屈，战战兢兢地走过去，同样哭了起来："妈妈，对不起……妈妈，等我长大了，我会把爸爸欠下的债，全部还清的……妈妈，爸爸一定会回来的，为了我，他也要回来的！"

玫红紧紧地抱着蚂蚁，两个人抽抽搭搭地哭着，过了很久才平静下来。蚂蚁只记住了妈妈在那天说过的一句话：妈妈不会抛弃爸爸的，妈妈再也不跟那个姓张的来往了。蚂蚁从此不在黑夜里睁着眼睛。

可是，在第二年春天，妈妈违背了自己的诺言。

不过，造成这样的结果，是不曾预料到的。

一天，蚂蚁家的"骚牯"被人牵走耕地了。无事可做的蚂蚁坐在灶台后面，帮妈妈烧柴火。这时候，门外有一个声音响了起来。

"玫红，玫红！"

蚂蚁从灶台后面走出来，看见上次见过的那个男人带着两个穿制服的人出现在家门口。那个人有些兴奋地跟妈妈说："玫红，汤溪法庭的人今天来核实一下情况。喏，这是李庭长，这是郑干事。"

那两个人朝蚂蚁的妈妈点点头，在八仙桌旁坐下来。其中一个问："你就是失踪多年的毛宗文的配偶吗？"

"嗯。"

"你丈夫具体是哪一年失踪的，最后又是什么时候失去联系的？"

"是 1995 年。他离开家以后，没有任何音讯，已经快要五年了。"

"你们可曾去找过他？或者听说他在外面的情况？"

"找过他的，问遍了亲戚朋友，也问遍了村里在外打工的人。他们都没有见过他。"

"他有没有给家里写过信？"

"只有一封信，是在他离家以后一个月收到的，他在信中说，如果他在三年之内要不到债，给不了村里人工钱，就叫我带着孩子去改嫁，不要等他。"

"信中还说了什么？信从哪儿寄出来的？"

"信我一直保存着。怕村里人逼债逼得紧，信的内容没有对任何人说。"

"你去找出来。"

妈妈丢下蚂蚁，走进了房间，蚂蚁害怕那两个穿制服的人，也跟了进去。他以为那两个人是来抓妈妈的，因为爸爸欠村里人钱，他们抓不到爸爸，就来抓妈妈代替。当妈妈翻箱倒柜，终于找到信从房间里走出来的时候，蚂蚁发现家门口已经围了一些看热闹的人。

蚂蚁不知道，这些人其实是跟着那两个穿制服的人一起来的，只是到现在他们才靠近蚂蚁家，才弄明白这两个穿制服的人来找玫红的目的——这个目的当然与蚂蚁想象的"他们要抓走妈妈"不同。

他们叽叽喳喳地说：

"撒谎，撒谎！毛宗文没有死，还活着！"

"毛宗文中间还回来过的！不要相信这个女人！"

"毛宗文是在外躲债，不是失踪！他们在说谎！"

村里人的情绪很激动，叽叽喳喳的声音完全盖过了那几个穿制服的人询问玫红的声音。那个姓张的男人看到这种情况，走到门口，咳嗽几声说："乡亲们，安静一点好不好，里面正在办公。"

结果，他的出现引起了更大的激愤：

"你算老几？不要脸的东西！"

"狗男女，串通起来耍阴谋！"

"你还有脸在大白天出现！你不配！"

"如果毛宗文死了，那就是这对狗男女谋杀了他！"

那两个穿制服的人终于坐不住了，不得不站起来对破口大骂的群众解释说：目前，他们只是接到了一纸证明毛宗文死亡的申请书，前来做调查的。法律有规定，宣告一个公民死亡，还要走许多程序。他们将对下落不明的毛宗文发出公告，公告为期一年。公告期内，只要有人证明他还活着或者有活着的迹象，就不能证明他已死亡……

两个穿制服的人的解释，并没有让村民安静下来。他们本能地认为，一旦法庭宣告毛宗文死亡，那么，这个该死的家伙拖欠他们的工钱就成了死账，再也无处索要了。所以，他们叫嚣得更厉害，几次冲进来争吵。这时候，最害怕的无疑是蚂蚁和他妈妈了。玫红几次哭起来，又几次压抑哭声，在吵吵闹闹中向两个穿制服的人诉说这几年她带着孩子孤苦无依的生活。

这样的场面一直持续到那两个穿制服的人，在一阵嗯嗯啊啊的应付之后，把公文包夹在腋窝下，离开了蚂蚁家。

五

这时候，悲愤的人们并没有散去。屋里屋外，人非但没有减少，反而越来越多。他们还在破口大骂着。要是在以往，妈妈是不怕这些村里人的，尽管蚂蚁知道，她的"不怕"是装出来的；但是这一回，妈妈显得很脆弱，比任何一次都脆弱，她一直呜呜地哭着，偶尔与谁吵上两句，也显得那么心虚。

在蚂蚁的经历中，眼前正在发生的事情是可怕的。自从那些人冲进屋，他就躲到了灶台后面。他在灶台后面拿着一根木棍，心里斗争着，随时准备跑出去帮妈妈。可是他心里恨自己太弱小，没有能力保护妈妈。同时，那些关于"死亡证明"的词汇，一直在他的脑海中翻腾着。刚开始，他的确以为那两个穿制服的人是来抓妈妈的，后来听见他们说什么"死亡证明"，他懵懵懂懂地以为，他们是来吴村告诉妈妈"爸爸的死讯"的。他一时悲痛，咬破了嘴唇才没有哭出声来。

可是，他又发现以上的猜想都不对。爸爸死了，他们为什么不把尸体运回来呢？他就这样独自伤心、猜测，等着村里人早点离开，好去问妈妈实情。终于，蚂蚁听到妈妈哭泣的声音沙哑了，而且那几个吼得很响的人也不再扯着嗓子吼了。蚂蚁这才鼓起勇气，从灶台后面走了出来。屋子里又热又闷，他闻见污浊的屋子里散发着眼泪、鼻涕以及火药燃烧后的气味。

他悄悄地来到妈妈身后，听见一个人在说：

"人要讲良心，我们流血流汗，辛辛苦苦跟着他就指望挣点工钱养家糊口，为了赶工期，我们不睡觉……我们这是为什么？还不是看在毛宗文的面子上……不论毛宗文逃掉了，还是说他在外面要债也好，我们从来没有对你怎么样。可现在你因为要改嫁，叫法院来证明毛宗文死了，你这一招真叫人寒心……"那个人讲着讲着，声音有些哽咽了。

蚂蚁这才注意到，那个人原来是摔断了腿的"老三股"的儿子。他拄着一双拐杖，依靠在门栏上，他的样子就像一个饥饿却有尊严的乞丐。难怪他一来，屋里的人都不说话了。

"我们也知道，如果宗文不回来，凭你一辈子也还不清这笔债。可是，我们逼过你吗？我都成这样了，都没有亲自上门问你要过赔偿。因为我也想，你一个女人不容易，只要你有还债的心，能还多少就算多少，但你不能学毛宗文。如果你们两个都不愿还，那么告诉你，我什么事都干得出来……谁也不能抹掉这笔债！"

那个人又讲了一会儿，然后擦了擦眼泪。他擦眼泪的时候，屋里静得可怕。"总之，你跟那个姓张的说，不要在毛宗文死亡的问题上做文章。赶快把死亡申请书撤回来。否则，我变成了鬼，也要到阎王爷那里伸冤的！"

首先应该知道，蚂蚁是不太懂得一些大人的事情的。比如，爸爸到底在什么地方承包了什么工程，到底是谁不付给爸爸工程款，爸爸又欠了村里人多少工资？工程款要不回来，爸爸为什么不去找公安局？公安局为什么不管这样的事情？其次，爸爸到底回来过没有？是不是偷偷地回来过，还是真的死了？妈妈为什么要证明爸爸死亡？这是谁出的主意？蚂蚁不太懂这些事情。

只是，在经过这一天的吵吵闹闹之后，他好像一点一点地明白了：一个人失踪四年，家人就可以证明他死了……原来，是妈妈和那个姓张的想联合起来，证明爸爸已经死了……但是，蚂蚁还是不明白妈妈为什么要这样做。"她答应过我的，说过不会抛弃爸爸，再不跟那个姓张的人来往的。"蚂蚁像木头一样站在妈妈身后，突然感到身上很冷。他感觉妈妈的哭声也是假的。

在此后的时间里，蚂蚁如同站在一座荒凉的山上，陷在风雪的包围里，他想跑开，但是两脚不听使唤。他哆嗦着，心在抽搐。他简直不相信亲耳听见的内容是真的，他无法接受这个事实和欺骗。不知道怎样来反对，怎样把爸爸从死亡的边缘拯救出来。他不知道，也没有勇气，手里的棍子掉到地上，他慢慢地走了开去。他什么都不去看，什么都不想听……

从此，蚂蚁就像变了一个人似的。他本来说话就少，现在，更是一句话都不说了。他每天只和他的牛待在一起，每天放牛的时间大大延长了。玫红每天等他回家，等到很晚。玫红和他说话，他只看她一眼。玫红的内心充满了自责，又不知如何跟儿子去说。她不敢面对儿子那双仇视的眼睛。

玫红很痛苦。

其实，那个证明毛宗文死亡的申请，是那个姓张的男人瞒着玫红送上去的。尽管那个男人曾经跟她说过这方面的知识，说毛宗文欠下的债你可以不还，办法就是去法庭证明毛宗文已经死亡。可是，玫红思前想后却没有这样做。

她相信丈夫早已死了，不死也不会回来了，但是为了儿子，她宁愿相信他还活着。哪怕活在她和儿子的心里。可是，面对那个男人的追求，她又很矛盾。她能怎么办呢？毛宗文一天不归，债就全部压在她的肩上。她尽着自己最大的努力偿还债务，可是还掉的债务还不够一个零头的零头。而那个追求她的男人，是吃公家饭的，有固定的收入。玫红觉得女人到了这个年纪，再谈爱情是奢侈的。为了活下去，她愿意与那个人保持秘密的交往。她甚至幻想，有一天她真的会带着蚂蚁住到那个人的学校去。她知道，她到了镇上，怎么也比待在吴村强……

然而，在她还犹豫不决时，她和那个人吵了起来。

"玫红，我不想永远这样偷偷摸摸的，我要名正言顺地娶你。玫红，我要和你结婚……"

"我是有丈夫的女人，这你是知道的。"

"我是知道，但是你可以离婚……"

"怎么离？他人在外地，再说……"

"我会帮你想办法，证明他已死……"

"不行，我做不到……"

以上的争吵大概就是这样。那还是春节前后发生的事情。玫红和那个男人吵了一架，回到家，人瘦了一圈。她拿不定主意，到底是答应那个男人抛弃宗文，带着蚂蚁去镇上生活，还是继续留在吴村，过着噩梦一般的生活。也就是从那个时候起，她陷入了更大的痛苦之中。

如今，这样的痛苦还在继续。她没想到，姓张的男人真会帮她提出证明毛宗文死亡的申请……她现在完全被逼到了孤立无援的境地，不知道怎样处理与村民、与儿子的敌对关系。

六

终于有一天出事了。

事情发生在那场"证明死亡"风波过后不久，玫红正在洗衣服，蚂蚁放牛回来了，蚂蚁的脸上、身上血迹斑斑。玫红当时心紧缩了一下，以为儿子又跟村里的孩子打架了。她丢开正在洗的衣服，想问个究竟。再一看，儿子的手上提着一只野兽的尸体。那是一只兔子。

"蚂蚁，这兔子哪儿来的?!"

蚂蚁低着头，把兔子扔在地上。那兔子最后抽搐了一下，死了。

"是山上有一个人，当我路过一棵树时，从树上扔下来的。"蚂蚁说。

"为什么树上有一个人？……"玫红有些反应不过来。

"我也不知道，那个人跟踪我好几天了，"蚂蚁害臊一样地说，"那个人很像爸爸。"

玫红的脑子一阵缺氧。

"怎么会呢？"

"我也怀疑……他住在山上，就像野人……"

"他长得怎么样？"

"他高额头、大脑门，眉毛很宽……他住在高山上……"

玫红心里感到很恐惧，虽然在恐惧之中也夹杂着惊喜，但是她有些不敢再问下去。如果宗文这些年真的躲在山上变成了野人，她不知道怎样重新接受他。她会更加的委屈。不，她不能原谅他。但是，她又那么迫切地想见到他，心里泛起了怜悯之情……

玫红当夜就病倒了。

她脸色萎黄，浑身乏力，不知道是由于阴郁的天气，还是由于心事。不过，她坚持给山上的那个人做了一些吃的东西，用饭盒装了，叫蚂蚁带到山上去。

蚂蚁每次回来，都说他见到的那个人就是爸爸，在山林里，爸爸还活着，住在树屋里。爸爸在那上面睡觉、吃东西……蚂蚁还隔三岔五地从山上带回来那个人从树上扔下来的东西，有野果、蛇、死去的野兽。有一次，蚂蚁还从怀里掏出一只尺码很大的破鞋子，说是那个人不小心掉的。

看到这只鞋子，玫红才哭了起来，仿佛有一只狼爪在抓她的心。几天之后，等到身上刚刚有了一些力气，玫红决定跟蚂蚁到山上去看看。他们走到半路上，蚂蚁说肚子疼。不想去。

玫红突然发火了，说："蚂蚁，你说真话，你是不是一直在骗妈妈?!"

蚂蚁说："是真的，那个野人就是爸爸。"

玫红说："那你为什么不敢带我去?"

蚂蚁支支吾吾，说他怕爸爸。

玫红突然感到很愤怒，情绪完全失控。她打了蚂蚁："你这是故意在气我! 你在报复我! 是不是?! 那只鞋，是你从家里拿的，是不是?! ……"

蚂蚁从没见过妈妈这样凶狠，她就像疯了一样打他，然后又跪下了，就像一只垂死的野兽头碰着地面，没命地抓着蓬乱的头发，发出可怕的撕心裂肺的声音："你让我去死吧，去死吧……我何必这样活着……我受的是什么罪呀?"

蚂蚁吓傻了，他想把妈妈扶起来，妈妈用力地推开了他。他跌在

171
被证明死亡的人

灌木丛里，眼泪哗哗地流下来——妈妈从来没有这样打过他，骂过他——他站起来，在灌木丛里没有目的地奔跑，也不知道跑了多少时间，跑到了一片很茂密的树林，他躲在树林里，哭了很长时间。

他这样做，并不是气妈妈，更不是报复。他只是想用自己的方法证明爸爸还活着，爸爸没有死！他想让妈妈相信，爸爸在山上。可是，妈妈打了他，妈妈不爱爸爸，也不爱他了。他想，他永远都不要回家了。他恨妈妈！

这一天就在这样的念头里过去了。

太阳还在山上，蚂蚁哭累了，他在树林里发现了一个秘密：一只小鸟在孵卵，它一动不动地趴在鸟巢上。过了一会儿，又飞来一只小鸟，嘴里叼着虫子，飞到了巢边，喂巢里的鸟。巢里的鸟吃了虫子，飞了出去，那只刚刚回来的鸟轻轻地趴在鸟巢上……这两只鸟飞进飞出，轮流着找食、孵卵。蚂蚁还看见两只蚂蚁在一块岩石上爬着，蚂蚁用一根小木棍戳死了走在后面的一只蚂蚁，走在前面的那只蚂蚁突然站住了，回头寻找那只死去的蚂蚁，然后，它叼着同伴的尸体，继续在岩石上爬着……

蚂蚁看着这一切，又有几次想哭的感觉。

蚂蚁还看见了一只麂。

"喂，你是谁家的孩子呀？"山林里罕见的麂在他眼前跳来跳去，他分不清是幻觉还是真的。

"我是山下毛宗文的儿子……"

"你为什么这样伤心呀？"

蚂蚁说："我爸爸……被妈妈和另外一个男人证明死了……"

蚂蚁与麂说了实话。

麂说："你爸爸没有死，让我带你去见他吧！"

蚂蚁骑在麂的背上，麂带他进入了另外一个世界。那个世界在山的外面，许多汽车、火车、飞机、轮船，开来开去。还有挖土机、起重机、推土机，还有高楼大厦、立交桥……蚂蚁终于看见爸爸站在一座大楼的楼顶上，爸爸好像在向他招手，蚂蚁听见了，他在喊："蚂蚁——我在这儿，爸爸还活着！爸爸很快就会要到债，很快就会回来了!"

蚂蚁不知道天是什么时候黑下来的,等他从梦里醒来,发现四周黑黑的,连星光都没有,树木、山、岩石都很可怕,仿佛在巨大的黑暗里潜伏着可怕的东西……蚂蚁很恐惧,他很快就迷路了。他走不出去,永远在黑黑的树林里、灌木丛里,走啊走啊,走不到头。

他虽然上山放过牛,但是完全分不清自己所处的位置。黑暗显得无边无际。到处都是岩石,阴森森的影子和窸窸窣窣的声音。爷爷说,漆黑的夜晚,如果走不熟悉的小路或踏荒回家,总在原地打转,这是遭遇了"鬼打墙"……蚂蚁想到了鬼,满脸是血的样子,完全慌了神。

最后,他从一个悬崖上一脚踩空,跌了下去……

七

玫红是在天黑之际才想起儿子的。她在伤心欲绝之后回到家中,就一直躺在床上。她以为蚂蚁早回家了,所以一直躺在床上,生着气。这样,直到她起床,勉勉强强做了晚饭,才突然想起了蚂蚁。

她先到蚂蚁喜欢一个人待着的石拱桥下的桥洞,没有找到蚂蚁。她又想起到牛栏去看看,但蚂蚁也没有在牛栏。她有一种预感:一定是出了什么很不好的事情。她紧张起来,绞着双手,四处寻找蚂蚁。

公公婆婆那里,没有。

街上,没有。

代销店、经销店,都没有。

"蚂蚁,蚂蚁!你跑到哪里去啦?!"玫红压抑不住自己,哭了起来。

很快的,她的公公婆婆,几个坐在小店里打呵欠的人,还有几个被哭声吸引的人,都帮玫红寻找起来。

"蚂蚁,蚂蚁!"

"蚂蚁,蚂蚁!"

大家朝着漆黑的大山和沉默的河流呼喊。那是午夜时分。当寂静的山林里响起村里人呼唤蚂蚁的声音，蚂蚁醒了。

"我在这里，妈妈!"蚂蚁听见了，但是没有力气回答。他昏昏沉沉的，疼痛就像钉子砸进骨头。疼痛让人回忆起一切，那时似乎有许多树枝抽打在身上、脸上，随后仅仅几秒钟时间，他的身体"嘭"的一声，再动弹不得。

"蚂蚁，蚂蚁!"

他再次听见大人们呼唤他的声音，越来越清晰。渐渐地，那些声音远去了、一切恢复了平静。

此时，玫红已经快要崩溃了。她呼唤着儿子，在山上跌倒，爬行，谁也劝不住她，拦不住她。她沿着蚂蚁白天要带她去的方向，哭着喊着，不知道身上的衣服被荆棘勾破了，手上脚上流了血，嗓子也流了血，她也不知道手中的火把已经熄灭，仿佛她的眼睛什么都看得见，虽然其实是黑的。

玫红掉进了山涧里，那山涧很深，就像一口深井，大伙用藤蔓编了绳子，费了好大的劲才把她拽了上来。大伙看见她的身上脸上全是绿色的青苔，只有额头上是红的，一张皮被揭开了，一摊血沾在上面。有人担心发炎，想用一块布给她包扎一下，发现她整个人都在发抖。

"玫红，没事的，就算他在山上待一夜也不会有危险的!"

"今天我打了他!是我不好，不该打他……"玫红哭着，她要爬到一座很高的、一堵黑墙一样的山上去，谁的话都不听。

"我要找到蚂蚁，他一定听见了!蚂蚁，妈妈知道错了!你如果听见了，就说话吧。妈妈不能没有你。没有你，叫我一个人怎么办?妈妈知道，这个世界上只有你疼我，只有你懂妈妈的苦。蚂蚁，你如果听见了，请你说话吧!妈妈答应你，妈妈不改嫁，妈妈和你一起等爸爸回家……"

是的，在蚂蚁出事之前，村里人从来没有关心过玫红和她儿子的生活，仿佛他们的存在就是一个与债务有关的符号。然而这一天，在漆黑的山上，在一种特定的环境下，看着玫红丢了魂儿一样就够让人难受的了，可她还要说出这样的话来，他们忽然觉得，玫红是一个女人，而不是一座铁塔；于是，又想起平时他们对待这对母子的态度，不由得感到内疚。

好在第二天凌晨，天蒙蒙亮，大伙在大雾中找到了昏迷不醒的蚂蚁。他们用担架将他抬到了井下村卫生站。大伙身上头上都湿了，分不清是露水还是汗水。大伙的心被蚂蚁的性命揪着，他们轮流抬担架，几乎是跑着赶到井下村卫生站的。卫生站还关着门，井下村还笼罩在大雾中，他们就使劲地敲门。

"盛医生，盛医生！救救孩子的命吧……"

"孩子已经发凉了……"

门里面有动静了，大伙激动得把眼睛凑在门缝上。"嘣"的一声，门从里面往外推开，几个人歪倒一边，捂住鼻子。有一个流了鼻血。他是陈大海，毛驴一样叫着："哎哟，鼻子砸扁了，鼻梁断了！我的妈呀……"

盛医生的手中拿着一件变黄的白大褂，破口大骂："吵什么吵！八点钟上班！"

几个人就像被人扼住脖子的鹅一样站着，只有伏着身子的玫红在哭。盛医生又说："抬进来吧！真是要命，昨夜我一点钟才睡，输得我光屁股回来……"

井下村卫生站只有盛医生一个人，他是个糊里糊涂的酒鬼、一个常拿酒精兑水喝的人。也算是运气，那几天上面刚好派了卫校的几个毕业生来实习，住在卫生站里，盛医生就把他们叫醒了。他叫那几个年轻人给蚂蚁做人工呼吸，用酒精搓身子。经过抢救，蚂蚁醒了。

他呆呆地望着大家。"我获救了。"他想。但他不知道自己是什么时候躺在床上的，也不知道村里那些人为什么站在他的身旁，直到看见妈妈，看见她激动地笑着，满脸泪水。他才"哇"的一声，哭了起来。

听到他哭得那么响，大伙都很高兴，尤其是那几个村里人，他们从昨夜直到现在都未曾合眼。这时候，他们才舒了一口气，突然想起要回去了。玫红流着泪出来送，他们说："让盛医生给蚂蚁挂几瓶盐水吧，钱不够，我们帮你送来。"

玫红的嘴巴抖动着，说："钱不用送，盛医生这里我先欠着，就是我公公昨晚摔了一跤，你们帮我去看看，顺便告诉他，蚂蚁没事了。"

村里人说："好的。"

村里人走了，随即就取笑起在鼻子里塞了一团纸的陈大海，嘻嘻哈哈地离开了。玫红回到卫生站，看见那几个年轻人正在给蚂蚁穿衣服，一个吊瓶已经挂在他的脑袋上方。玫红走了几步，一屁股瘫在地上，感到屁股下的水泥地很柔软，她闭上眼睛就睡着了。

八

这件事，可以看作是这个没有讲完的故事的转折：从那以后，摔下悬崖的蚂蚁似乎懂事多了，村里人也没有再来催债，玫红的生活似乎又回到了过去。可是这样的状态很快就被一个噩耗打破，故事回到了原来的结局。

那是两个月后的一天，山里又到了收获油菜、收割小麦的季节，突然传来了毛宗文死亡的消息。那个消息是一个在外打工的人带回来的，他叫陈厚良。早在半年前，他就在上海火车站附近遇到了毛宗文。毛宗文提着一只编织袋，已成了街头捡破烂的。相认之后，毛宗文哀求陈厚良为他保密，一是他欠村里人钱，不想让村里人知道他的下落；二是他要不到工程款，已没有脸面与家里人联系了。

陈厚良是村里有名的老实人，他跑到上海去打工，是被金华一家职业中介公司骗去的。他当时去上海三个多月了，老板没发一分钱，来的时候带的钱也花光了。陈厚良说："三个月，工地上一分钱不给，晚上也要干活，只拿了几百块钱饭票。身上没有活钱，连路费都出不起。从金华一共骗过去六七十人，很多人走了，剩下的二十七八个，都是打电话回家，家里寄点钱过来做路费。"干活儿不给钱，走又没法走，他就陷进了这样的陷阱。

陈厚良不想给家里打电话，是因为他知道家里没钱可寄。当他终于从工地上逃走，在火车站附近遇到毛宗文时，已经三天没有吃东西。再后来，陈厚良就跟着毛宗文一起捡破烂。

有一次，毛宗文说起他在上海讨债的事儿。由于拿不到工程款，这些年他一直在上海流浪。虽然他手上赢得了一纸法院判决书，可是几次都执行不下来。这样的结果叫人绝望。现在，他把这份价值近五十万元的判决书转让给一家要债公司。他说："如果真讨到了钱，我只要对方把我欠村里人的二十多万元工资还上，然后我就回家种地。"

那段时间，毛宗文每天都盼着要债公司的消息。而他自己，已经再也不想去、也不敢去要了。有一天，他终于等来了要债公司的电话，他以为有眉目了，高兴得叫上陈厚良陪他一起去。到了要债公司才知道，为这笔债他们已经尽了力，现在要把那纸法院判决书退还给他。回来的路上，毛宗文的情绪很不好。路过某大街时，毛宗文说他肚子疼，要到大楼里找厕所解个手。过了一会儿，陈厚良才发现毛宗文站在十多层高的楼顶上……

毛宗文的死讯，于吴村人而言，已经不是第一次了。当村里人听说又传出毛宗文的死讯，都持半信半疑的态度。于良心而言，毛宗文在外面过得这样苦，死得这样惨，他们感到良心上的不安。因为他们曾经诅咒过毛宗文"不得好死"。可是，想到毛宗文欠他们的钱可以买多少猪肉，喝多少酒，办多少家具，交子女多少年学费，又觉得毛宗文死了也不能原谅他。他们意识到，毛宗文欠他们的债，真的永远拿不到了。因为在吴村，还没有这样的规矩：丈夫死了，死者欠下的债让守寡的妻子来还……

他们的心里有一种说不出的滋味。

不过，话又说回来："这些年都没有盼到钱，日子不照样过来了吗？""如果他当年就发了工资，说不定早就花光了，一分钱都存不下。""再说毛宗文也尽力了，这事本来就不该怪他。"人的心理就是这样，如果肯换一个角度去看同一个问题，就会得出截然不同的想法，村里人就不再想毛宗文欠自己多少钱了。因为想了也没有用。

被证明死亡的人

村里人说："钱没了可以再赚，鸡瘟了可以再养，比起宗文、玫红这些年所受的苦，钱算得了什么？以后，玫红和蚂蚁的日子，唉，该怎么过啊。等了这么多年，最终也没有等到宗文回来。"

"谁说不是呢，我昨天看见玫红寻死觅活地将头往墙上撞，几个人都拉不住。一个女人活到这个份上，该有多可怜！幸好昨天蚂蚁在山上放牛，不知道他爹已经死了。要是知道了，不知道他会多么难过。"

"迟早都会知道的，真担心这孩子怎么接受得了？昨天回家看见玫红的眼睛红红的，就问是不是村里人又来要债了。玫红一味地哭，一句话都说不出来……"

恰恰这时候，那个姓张的男人又骑着自行车来到吴村了。

九

必须指出的是，他是从派出所的熟人那里知道毛宗文的死讯的。他听了同样半信半疑。当然，如果毛宗文真的死了，他深爱着的女人就不再是一个有夫之妇，他可以名正言顺地将她接到学校去住了。

他把内心活动掩藏在眼镜背后，一见到玫红就低下了头："玫红，人死不可复生，你要保重身体，好好地活着，这才是对宗文最大的安慰。"

玫红被伤感的阴霾笼罩着，心一直揪着而无法舒展，尽管她在伤心绝望的日子里曾经想象毛宗文已死，可是真的传来毛宗文的死讯，生命中至亲至爱的人永远离开了，她又一次深深体验到了生命的脆弱和绝望……

自蚂蚁赶着牛离开家，她就一直目光痴呆地坐在床沿上。有许多村里人来劝她，她们走了，她就流下眼泪来，当又有人来劝她，她就擦干眼泪，跟对方诉说毛宗文曾经对她的好。毛宗文死了，可是直到现在，玫红才感觉到丈夫在她生活中真实地存在着。仿佛，有千百个毛宗文站在她的面前，不同时期的他，不同样子的他，不同处境的他，包围着她。

"他对我总是那么耐心，从来没有骂过我，更没有对我动过粗。以前，他没有钱，在镇上做裁缝的时候，为了给我买手表，他卖过一次血。他说，只有用血换来的钱，才能显出他对我的真心。后来，他在村里贩树卖，用拖拉机运树到平原上，挣了钱，自己不舍得花一分，却给我买最贵的布料……"

"刚生蚂蚁的时候，他去遂昌贩树，去龙游贩毛竹。他回来问我，承包建筑工程很挣钱，问我要不要做。我看到他贩树这样辛苦，要常年守在山里，住在帐篷里，就说：'你可以去试试看。'宗文是一个讲信用的人，他不是一个坏人啊！没想到惹了这么大的祸！当他发现被人骗了，头发大把大把地掉。他躲在牛栏里哭。他说过，这是一笔良心债，无论如何，他迟早要偿还的……"

玫红哭得哽住了，人就像要死过去。其实，屋里已经没人在听，人都回去了，她却没有察觉到。等她回到现实里，脸朝下在地上躺了很久，仿佛刚刚死了一回，和毛宗文相见了，现在，屋里却是空空的……这时，门口又响起了脚步声，玫红颤颤巍巍地站起来，以为是蚂蚁放牛回来了，看见的却是那个姓张的男人，低着头走进来。那个人的手里提着一篮水果，还有一只塑料袋里装满了香与冥钱。

"玫红！"那个人叫了她一声，她很想哭，那个人就开始劝她，劝她好好地活下去。玫红的眼泪已经干了，只有喉咙里有一个难听的声音，就跟干呕似的令人窒息。那个人说："人到百岁，终归要往那条道儿去的。宗文去了，对他，对你，都是一种解脱。不要太过悲伤了，等过了'七七'，我就来接你和蚂蚁，以后的日子还长着呢！"

那个男人大概就是这样劝玫红的。玫红沉浸在她的悲痛里，并不在意他说什么，重要的是，她需要别人看见她的痛苦，有些痛苦是无法憋在心里的。她哭得头昏昏的，像死人一样瞪着深陷的眼睛，听见他还在说着"未来的生活"。

"我的工资还要涨上去；而且在镇上，还可以利用假期，开各种辅导班……我会尽力挣钱……"

玫红不明白他为什么要说这些话。他这样说，使她感到他早就盼着毛宗文死了。玫红的两颊慢慢地涨红了："求你别说这些话了！宗文还没有火化，我也没有这样的打算，以后你还是不要往这方面想！"

"我说错什么啦？"那个男人很尴尬，"人是活在现实之中的，难道我们还需要像中学生那样恋爱吗？"

"我是不能答应你的。请你以后不要再来找我了！"

"为什么？"那个男人一听这话，显出一副可怜、丧气的样子。

两个人都很不自在。

那个男人在屋里踱步，终于说："我要回去了。"

玫红站了起来。可是她发现他并没有走。

"玫红，我们今后……"

"不，求你不要说了！"

玫红垂着头，又有一些想哭了。

"你永远不会懂的，从小到大，我是把你当成哥哥。只有我自己清楚，我爱的是宗文……我要对得起他！我要对得起村里人！"玫红死死地咬住嘴唇，心里仿佛有样东西断裂了，痛得喘不过气来，"我不想让他在下面也背着债啊……"

"哼，你太幼稚了，你这样想，不但要毁了你自己，也要毁了蚂蚁！别自讨苦吃了，玫红……不过，等过些天你就会想通了……"那个人嘟囔着，走了。

他很后悔，他早就应该看穿这个女人的心思；而且他特别看不惯她今天的表现，在他看来，她一直在演戏。"这算什么？还想让我来背毛宗文的债吗？哪有这样的事！……把我当哥哥，哼，我等着你能撑多久……"

那个人在心里这么抱怨着，已经骑车到了桥头。他在桥上遇到了蚂蚁。蚂蚁正赶着牛，突然看见那人出现在对面，正想躲开，那人已经跳下了车，叫道："蚂蚁！"

蚂蚁狠狠地在牛的屁股上抽了一鞭子，牛受到刺激，昂头往前冲去，差一点把那人撞倒在地。那人说："蚂蚁，叔叔问你，还想不想去镇上读书呀？你爸爸死了，这回你不用在家里等他回来了！"

蚂蚁跟在牛的屁股后面，没命地往家里跑。

<h1 style="text-align:center">十</h1>

蚂蚁最后一个知道了爸爸的死讯。蚂蚁以为这又是那个男人与妈妈联合起来骗人的。可是，妈妈为什么要这样伤心呢？蚂蚁的心里很不平静，惴惴不安地帮妈妈做饭，饭做好了，他又从腌菜缸里抓了一碗酸菜，这就是晚饭了。他叫玫红吃饭。玫红说："你先吃吧，吃饱了，我们到爷爷奶奶家去。"

到了爷爷奶奶家，不知为何门口围着许多跟爷爷奶奶年纪相仿的人，他们默默地站着，似乎在等待谁的到来。看见玫红，他们就像活了过来似的，告诉玫红"你婆婆哭死过去了。"走进屋，蚂蚁看见爷爷奶奶都躺在床上。爷爷自从那次在山上摔了一跤，就一直躺在床上。现在奶奶的病也复发了。见到儿媳和孙子，两个老人像孩子那样呜咽起来，什么话都说不出。

玫红也哭了："爸，妈，等把家里的事安排好，我就去把宗文运回来。如果无法运，就只能在上海火化了……"

屋里的哭声骤然加剧了……而后，哭声变成了啜泣。

爷爷说："我的腰还没有好，如果有人陪你去，就好多了……上海那么大，你一个人去，我们怎么能放心？不管运回来，还是火化……都需要钱。"

妈妈说："厚良答应了，他会带我去的……至于钱，我想把牛卖掉，钱就够了，我已经托人叫杀牛的人来看……"

蚂蚁终于真真切切地知道爸爸死了。

可是，他多么不相信，多么希望这一次又是那个姓张的男人与妈妈联合起来骗人的啊！蚂蚁打着哆嗦，整个人就像被一根绳子勒住了，他窒息得呼不出气，也哭不出来，跌跌撞撞地离开了。

"爸爸，爸爸！你不会死的！你答应过我的！爸爸……"蚂蚁的双眼被泪水糊住了，他顺着胡同往外跑，眼前的景象模模糊糊，几次撞到了墙上。当他擦干眼泪，发现自己已经来到桥上。

他一口气跑进牛栏，抱着牛，伤心地痛哭起来："骚牯！告诉我，告诉我吧，他们在骗人……都在骗人……"蚂蚁趴在牛的肚子上，哭了很久。他多么希望爸爸还活着！可是，牛什么都没有听懂，它站在脏兮兮的牛栏里，把头抬得高高的，反刍着胃里的食物。它今天吃得有点多，必须要这样反刍才能消化。

蚂蚁握着无力的拳头，打在牛的肚子上，牛的肚子很大，打在上面咚咚作响。蚂蚁打累了。蚂蚁说："骚牯，你就跟我去寻找爸爸吧，骚牯！我们走吧！你说好不好呀?!"

这样的一个念头，也不知道是怎么冒出来的。蚂蚁被这个突然冒出来的念头吸引了。"骚牯，你真的跟我去寻找爸爸吧！骚牯，他们就要把你卖掉了……他们商量好了，呜呜……"

蚂蚁一想到"骚牯"即将被卖掉，被杀，被剥皮，被人吃掉，他打了一个寒战……他哭着，找到了一根竹枝。他把牛赶出了牛栏。

此时，天已经完全黑下来了。

牛走过石拱桥，横穿吴村的街道，村里静悄悄的，只有几户人家亮着灯。牛走在街上，蹄子踢踢踏踏地响。"谁放牛这么晚才回家呀?"不知道是谁坐在黑暗的门槛上，问了一句。蚂蚁一声不吭，从他身边走了过去。

"这是谁家的孩子呀？牛跑到山上刚找回来了吗?"又有几个人这么说了几句，但是没有人想站起来看看究竟。于是，牛在蚂蚁的催赶之下，很快穿过村街，来到村口。一股夹带着青草气息的新鲜空气，从村外的田野猛然吹来，牛打了两个喷嚏，走得更快了。

当牛从那棵古老的橡子树下走过，蚂蚁又一次想起了那个爸爸的故事。"爸爸小时候曾在上面搭建过木屋呢……"牛很快走到了枫树湾，那里是蚂蚁常常等爸爸回家的地方，那里有一块巨石，上面刻着他等爸爸时用刀刻的图案。那个图案很像爸爸。

不一会儿，牛又路过自己家的责任田了，蚂蚁踮起脚尖，朝那边看了看。随后，道路拐了弯，再也看不见身后的灯光了。四周只有黑沉沉的山。还有小溪的声音。月亮在一道狭窄的夜空中间移动着。

在路过一片坟场时，蚂蚁有些害怕，不敢往坟场那边看。"走呀，骚牯！我们离爸爸的城市还远着呢……"为了给自己壮胆，蚂蚁跟牛说起话来了，"骚牯！我们要走上七七四十九天才能走到爸爸的城市呢！嗨，骚牯，等到了爸爸的城市，你就能帮助我爸爸讨债了。你有尖尖的犄角，可以捅死那些欠我爸爸钱的坏蛋！

"'不许动，快把欠我爸爸的工程款还给我爸爸，要不然，就叫我家的骚牯用牛犄角捅死你们！'

'饶命，饶命，不要让牛犄角捅我，我害怕，饶了我吧。'

"哈哈，我们就这样和爸爸一起回家了。回到家，妈妈还在爷爷家里商量事情呢。所以，我们要快……快一点……"

这一回，牛好像领会了人意，不时地在蚂蚁的喃喃自语声中打着响鼻。它走得更快了。看来，它已习惯了行走在黑暗中隐隐约约向前延伸着的道路上。蚂蚁又想："我一定能找到爸爸……等爸爸见到我，那才高兴呢，他一定会问：'蚂蚁，你怎么来啦？'我会说：

'爸爸，我就知道你没有死……你永远不会死……'"

这孩子乱糟糟地想着，再次加快了步伐。

逃　跑

在地铁上，人好比运往屠宰场的猪，身子挨着身子，表情木然。在公交车上，猪被杀死了，车厢内充斥着屠夫翻卷猪肠子的气味。

马松住郊区，在城里上班，每天往返途中都要闻猪肠子的气味。他有时觉得习惯了，有时还会感到恶心。马松的梦想，就是将来还清房贷，带着帐篷、睡袋，离开嘈杂的都市，到祖国各地旅游。他对"驴友"的生活心仪已久。无奈妻子江嫣是个悍妇，他的生活全由她操控着，什么事都要管。

江嫣说："背包旅游？你疯了？你有本事，先把房贷还掉吧!"马松说："你为什么老跟我抬杠？我是说，等以后还清了房贷……"江嫣说："等还清了房贷，你就不能为孩子想一想？孩子要吃要穿，还要受教育，每一样都需要钱，你以为现在没有孩子，将来也没有吗？"

马松想起妻子的话，觉得妻子比公交车上的女售票员凶悍多了。他后悔当初找江嫣谈恋爱，自从跟她谈了恋爱，就失去了自由。现在，他已经跟江嫣结婚三年了。三年来，江嫣只有在床上的时候听他的。在床上，江嫣会变成温顺的小羔羊。今天是周末，是江嫣做小羔羊的日子。

马松早就盼着这一天了。当他从拥挤的公交车上下来，心里想，今晚要发生一点浪漫的事情呢! 马松为此拐到超市，买了饮料、零食，还在超市门口买了一朵玫瑰花。马松就像热恋中的人儿似的，恨不得一进屋就与妻子拥抱……可是他开门进去，看见的是妻子一张怒气冲冲的脸。

"马松，你怎么才回来？我给你打电话，没听见吗！"

马松怯怯地说："手机没电了。再说，时间还早嘛。你看，这是我送给你的周末礼物，一朵玫瑰代表一颗赤诚的心。"

江嫣说："马松！你别嬉皮笑脸的！"

马松低着头，说："江嫣，今晚，我们该过节了吧！"

江嫣说："我没心思跟你开玩笑！我爸妈打电话，他们要来北京了！"

"什么！"马松惊愕得变了声，"他们来，住哪儿？"

"我怎么知道？"江嫣严厉又无助地看着他，说："都是你出的馊主意，现在小卧房和书房都租出去了，你给我想办法去！"

马松有什么办法，因为交不起月供，他于一年前怂恿妻子把三间房中的两间租出去了。房子空着也是空着，还不如租出去，缓解一下还贷的压力。马松从没想过，有一天他的岳父岳母要来北京住。

"你爸妈什么时候来？"

"就这几天。"

"他们来北京干什么？"

"看病的。"

马松的心"咯噔"一下……在美妙的、唯一可以征服妻子的夜晚，马松没有了征服的欲望。

可以说，马松和江嫣的矛盾，全是从买房开始的。你也知道，马松出身农村，为改变这个身份，他奋斗了许多年。后来，他虽然大学毕业了，但照样没有什么前途可言。有一段时间，他到处找工作，处处碰壁，最后总算在一家科普出版社找到了一份文字编辑的工作。这个工作是枯燥乏味的，而且工资也低得可怜。

江嫣认识马松的时候，马松二十九岁了，仍然是个穷光蛋。他住在一间半明半暗的地下室里。由于性格内向，从事的工作呆板，加上住的地方不见阳光，江嫣经朋友介绍第一次与他见面的时候，以为眼前这个面色苍白的小伙子是一个诗人。

江嫣年轻的时候是写过诗的,尤其崇拜汪国真,她把汪国真的诗抄在洁白的纸上,贴满卧室。后来,那些洁白的纸发黄了,脏了,上面叮满了苍蝇屎,江嫣也长大成人离开了家乡。从此,她变得世俗甚至粗俗了。可是,见到马松的那个瞬间,江嫣还是被马松身上那种貌似诗人的气质迷住了,仿佛有一种久违的情愫从心底泛了上来。

他们就这样恋爱了。

他们在地下室内做爱,就像两只吱吱叫的鼹鼠。

而后,有一天,他们谈到了结婚,好像不结婚就活不下去似的。可是,江嫣突然哭了。江嫣说:"我嫁给你可以,但你想过没有,我们连一间新房都没有……我怎么嫁给你啊……"

马松的脸红了,嗫嚅半天,说:"江嫣,你要是嫌这里暗,我们就搬到地上去住,虽然房租贵一些……其实,我早想过,我们可以在好一点儿的小区租一室一厅的房子住。"

江嫣说:"我问你马松,你就真没想过自己买房住吗?"

"买房?"马松后退两步,大声叫唤起来:"买房哪来的钱?"

"我们可以贷款买嘛,每个月付按揭就行了,相当于每个月自己给自己交房租。等贷款还清了,房子就永远属于我们自己了。"

差一点忘了说,江嫣在某个文化公司做出纳。江嫣给马松算了一笔账,结果表明,贷款买房的确比花钱租房划算。江嫣说:"我去好多地方看过了,我们这种情况在城里买房是不现实的,只能买在郊区……首付十二万就够了。你拿六万,我也拿六万,你认为怎么样?"

马松不敢看江嫣的脸,因为那上面有一双盯着他的眼睛。马松想,我该怎么跟她说呢,我没有那么多存款,我把每个月的工资三分之一用来生活,三分之一寄给年迈的父母,还有三分之一用来恋爱了。这些年,我只存了一万多块钱。

马松最终没有跟江嫣说出实话。他偷偷地向同事、朋友去借,一共借到了两万。马松想再借一些,却再也借不到了。这时候,江嫣的钱已经准备好了,房子也看好了,就等着马松掏出钱来。见马松躲躲闪闪的,江嫣说话了。

"房子你买还是不买啊？马松？"

"再等几天，我只、只有三万……"

"我问你，你家里给钱了吗？"

"家里……没有。"

"我妈说，我们买房，你家里必须拿出十万块钱来。"

"为什么？"

"我妈说了，要是你想娶我，你家必须拿出十万块钱。"

马松越听越不是滋味，说："你又不是不知道，我没钱，家里也穷，不可能拿出那么多钱来，你为什么要说这些话？要我去抢银行啊？"

江嫣说："我嫁给你，难道你父母不需要给儿子儿媳准备一套新房吗？再说了，我只让他们准备十万块钱，不像有些女人，让男的买别墅。"

马松说："你给我闭嘴！这是你妈的意思还是你的意思？如果是你的意思，我警告你，我一分钱都没有！"

江嫣说："马松，没想到你是这样一个人！你还有没有责任心？我还没有嫁给你，你就这样子……"

那次争吵后，江嫣一个星期不理睬马松。她对他再没有以前那么温柔了。马松呢，被江嫣看中的那套房子追赶着，感到肩上的担子越来越重。

马松除了做好本职工作，还接下了出版社许多文稿编纂、书稿校对之类的活，这些活是额外计酬的。马松在办公桌前一坐就是一天，眼睛肿起来了，腰也站不直，满脑子都是文稿中的错别字。有一次，马松在地铁上看见一个姑娘的 T 恤衫上印着一行奇奇怪怪的英文字，一读，读不通，他就盯着这行字母琢磨开了。直到那姑娘骂了他一声"流氓"，他才回过神来：原来他盯着的地方，是人家的乳房。

可是，就算马松不吃不喝不睡，累死，凭他的收入想攒够剩余的三万块钱，也得攒上一年甚至两年的时间。马松因此失眠焦虑，人瘦了一圈。这时候，是马松的父母帮了他的忙——也不知道马松要买房的消息，是怎么传到他们耳中去的（马松一直不敢跟父母提这件事）。母亲打电话来，告诉他，她挨家挨户向村里人借了两万块钱，再加上马松平时寄回去的钱她都存着，有一万多，这样，刚好凑够了马松急需的三万块钱。

总而言之，三年前，马松也成了在京城拥有一套房子的人。然后，他和江嫣很快就住进新房了。速度之快绝无仅有，上午拿到钥匙，下午就住进去了，中间只差回地下室提取行李的时间。

江嫣说："你听着，马松，我们没有钱，能省一分是一分，特别是装修，都得自己买材料，计算好用量；而且我们不可能一次性装完，只能是：第一个月工资请水泥匠，铺地砖，做卫生间；第二个月叫木匠，做门框、窗框；第三个月买木地板，铺卧室；第四个月，买家具……"

上文已经提到，江嫣是做出纳的，她以一个出纳员的严谨，有条不紊地将新家断断续续装修了半年。这半年，不说马松遭了多少罪，光看看江嫣变暗的脸庞、满嘴的热疮、一双龟裂的手，你就知道她跑了多少建材市场，受了多少苦。江嫣不但要跟建材老板为一枚铁钉讨价还价，并把买好的装修材料雇人力三轮车运回家，还要监督装修小工干活，不厌其烦地批评他们偷懒的地方。

江嫣说，卫生间墙壁上内陷的置物空间怎么没挖；瓷砖阳角要磨四十五度角拼接才漂亮；铝塑管安装封水泥的时候要按照施工标准给热水管预留膨胀空间；地面防水剂不是直接泼在地面上的，那能够均匀吗？厨房橱柜内部多加几层隔板，没错……江嫣说着说着，忘记了疲倦。

原来，江嫣对装修的每一道工序都是请教过许多人的，她简直什么都懂。等到一切装修结束，打扫干净，江嫣在阳台挂她手工缝制的窗帘。这时候，她才感到疲惫不堪，从凳子上一头栽下来。幸好她栽下来时，马松就在身边。马松将她扶到沙发上，害怕得直想哭。这时江嫣又醒了，想的竟然还是窗帘，问："马松，窗帘挂起来，你觉得好看吗？"

马松抬头望见米黄色的窗帘随风飘荡，上面缝满了红色的心形，真够俗的；但是马松被感动了，第一次感到了家的温暖。"江嫣，窗帘很好看，真的，我们的新房很好看。" 马松对妻子说。

出租新房给别人住，是马松先提出来的。没有什么原因，仅仅因为咄咄逼人的月供让他们越来越感到吃力。那是一种无形而巨大的压力，使人感到惶惶不安。

自从住进新房，马松夫妇不敢娱乐、旅游，担心生病、失业，整日算计着怎么花钱，已经到了不能承受的地步：他们取消了早餐，取消了吃零食，加强了废水的再利用（洗衣服、洗澡的水用来冲厕所，洗菜的水用来浇花）。如果是小便，必须三次以上才冲一次水。废纸、废品就不用说了，必须收集起来一块卖。有时候在路上喝了一瓶矿泉水，瓶子也要带回家。不是说一个瓶子值很多钱，而是养成了一种习惯，随时都要想着节约、攒钱，还贷款。

到了冬天是最要命的，马松夫妇舍不得开暖气（他们居住的小区是用自家的天然气壁挂炉采暖的），屋里冷得要命，一进家，他们不但不脱下外套，还要用一盏卤素取暖器取暖。晚上，他们穿着毛衣、盖着三床被子睡觉，即便这样，半夜还要冻醒几次。好在他们还年轻，既然睡不着，干脆就聊起天、调起情来。于是，他们在脱光衣服之后反而热得要命，简直热得要流汗了。但，就在马松夫妇于三床棉被之下赤膊与强大的寒冷作战的时候，有一样东西在悄悄地逼近他们，那是潜伏在马松身上另一种强烈的欲望……

马松在完全无意识的情况下，将江嫣的胳膊咬出血来了，简直像狼一样！江嫣疼得叫唤起来："放开我，放开我！你想干什么？" 马松也不知道自己这是怎么了。只是，他感觉出了汗的江嫣闻起来很香，就控制不住地想咬她。这是没错的：对于马松来说，不论江嫣规定他每天只准花十块钱，还是小便三次以上才能冲一次……这一切，他都是能够忍受的。上厕所不冲，最多有点尿臭。两个月不理发，干脆就理成了光头。朋友不见，倒是省心了。可是人不吃肉，是不行的。在马松的印象中，他在自己家的餐桌上再没有吃到过肉了。

马松整天馋得要命。以前马松走到哪儿，看见的都是错别字；现

189

逃
跑

在马松走到哪儿，只看见吃的。以前马松有肉吃的时候，他一点儿也不觉得肉有多么好吃。肉，不就是动物身上的一块软组织么？现在他才知道，他这辈子最渴望的事情就是吃肉、喝酒，最愿意听到的话就是有人过生日，那简直比自己过生日还高兴。可是你要是结婚的话，最好不要去叫马松，他不会去的，因为他没有钱给红包。

一次，马松和江嫣在车站等车回家，路旁有好几个卖烤热狗的，那热狗的香气如同千万根寻找磁铁的针，对着马松的鼻子狠命地钻进去，马松的鼻子忍不住像管弦乐器那样抽动了几下，他感到那样陶醉，几乎要发出快乐的呻吟，以至于回郊区的公交车在站牌下停下，江嫣跳上了公交车，回过头喊他走，他也没有听到。江嫣只好从公交车上跳下来了。江嫣很愤怒："你他妈的张着嘴、抽着鼻子，站在这里发神经啊！"到这时，马松才回过神来。他四处望望，有些不敢相信自己怎么会站在大街上，赶忙用袖子擦掉了流到脖子上的哈喇子。

他说："江嫣，我、我，刚才好像闻到了你身上的气味，我的心跳悄然加速……"

"哼！你别他妈吞吞吐吐、拐弯抹角的，想吃肉，你就直说嘛……"

那天坐车回家后，江嫣出于怜悯之心，为马松拐到超市买了几斤肉解馋。马松一看见那肉，呼吸急促起来，咳嗽了很长时间；然后，他围上围裙，把几斤肉全切了，做了三大盘红烧肉。虽然江嫣看见马松把姜切得那样大块，很想批评他"你还不如把整块姜扔进去算了""姜老贵的"；然而看见马松吃得那样不雅、那样忘我，江嫣的眼眶酸酸的。

等到马松狼吞虎咽地吃到第二盘肉的时候，江嫣终于说："老公，我答应你，答应你把房子租出去。"

马松和江嫣的房子，三室一厅，一百一十五平方米。当初之所以买这么大面积，是江嫣一人决定的。她认为这辈子就买一次房子，一次性到位，将来不必再买更大的。还有一个原因，那就是她要为自己、为父母争一口气。她的同学、朋友、亲戚中的一部分已经买了这样大的房子，她不能输给人家。她计划着，等到将来生了孩子，她一定把父母接到北京来住，一是孝顺父母，二是让他们带孩子，可以省下雇保姆的钱，所以三室是必需的。

从种种生活细节可以看出，江嫣想问题总是想得很远，想得很周密。比如说，房客也是江嫣一手挑选出来的。她坚决不允许那些没有固定收入、没有固定单位的人住到家里来。她说，如果让那样的人住进来就麻烦了，房租交不清，还偷家里东西。基于这个原因，他们的小卧房租给了一个公司职员，是个女的，年龄在三十五六岁左右，人长得高高大大的，穿着整齐，略施脂粉，打扮成一个时尚白领的样子。据她说是在一个广告公司做经理的。

还有一间书房租给了一个所谓的"律师"。他姓雷，四十来岁，是北京本地人，他胖胖乎乎的，理寸头，脖子很粗很短，头很大很肉，后脑勺扁平扁平的，满脸青春疙瘩，毛孔里溢出油脂。他的特点是爱咋呼，看见马松夫妇日子过得如此节约，如是说："要是我，就是有再多钱也不会买房的，等二十年后债还清了，也没几年好活头了！人生苦短，不如趁年轻，多跑几个地方，多玩几个妞，好好享受单身生活……"

马松在两个没有共同语言的房客面前，几近吝啬、委曲求全地生活，感觉很没面子。他们会怎样看待我啊？房客的一举一动牵扯着马松的神经，总感觉有两双眼睛盯着自己。马松找了一个理由："江嫣，我们趁早换两个房客吧，他们两个看上去都是很难相处的那种人，以后会惹麻烦的。"江嫣看穿了他的心思，说："又不是找对象，你管他们的性格干什么，只要他们不欠房租就行了。"

现在，问题就出在这儿：他们交了一年房租，现在又叫他们搬走，就得还给他们预交的钱……还有，这段时间，江嫣为一些琐事与房客翻过好几次脸（这些琐事无非是对方洗澡时间长了，偶尔带朋友来住，出门忘了关灯，等等），关系已经僵化，而现在房东需要房客做出让步，又如何与他们达成谅解？马松辗转反侧。

"江嫣，睡了吗？"马松问。

"废话！你说我睡得着吗？！"

马松斗争了一会儿，终于说："平日里你跟房客关系就不好，不如趁这次叫他们搬走得了。等你爸妈走了，咱再租给大学生住吧。"

江嫣说："你说得轻巧，我拿什么去还他们预交的房租？钱上哪儿去借？"

"我是说，存折里真没有钱了？"

"哼！你以为我存私房钱了是不是！"没想到江嫣霍地坐起来，发火了。"如果有钱，我还要等你回来跟你商量？我早就叫他们走了！"

"那钱呢？"

"我在上个月总共交了三万房款，除了他们的房租还有我们平时攒的，你没发现这个月的月供已经降下来了？那是银行将按揭重新换算过了……"

马松无语。江嫣却接着说："现在，我们只有两个办法，一是你现在就坐到电话机前去借钱，借了钱叫那两个人走；二是你明天去跟他们说，让他们先出去借住几天，等我父母一走，再叫他们回来。"

马松听到妻子这样说，感到很烦躁。很想说，放你的屁！我向同事、朋友借的钱还没有还，怎么再开口去借？另外你跟两个房客搞得跟仇敌一样，叫我怎么去说出去借住几天？可是，他憋红了脸，不敢说。

马松失眠了。第二天，马松硬着头皮去敲房客的门，希望他们能再交几个月房租，或者住到外面几天，或者先搬出去，欠他们的钱等几个月后来拿。反正怎么着都行。结果是自讨没趣——"我们是签了租赁合同的！你们没有钱，就不要买房子嘛，买了房子又要自己住，就不要出租嘛。"女经理显得理直气壮。

马松垂头丧气地回到自己房间，说："江嫣，实在不行，我们的房间留给你父母住，我们睡客厅的沙发，如此应付一下吧！"

江嫣说："你疯了！沙发怎么能睡两个人？再说了，我一个女人家，怎么方便睡在客厅里？"

马松说："要不，你跟你妈睡房间，我跟你爸睡客厅，咱分开几天。"

江嫣说："马松！你别来刺激我好不！如果你当着我爸妈说这样

的话，他们会从楼上跳下去的！"

马松知道妻子的意思，是不想让父母看见女儿、女婿过着如此窘迫的生活，可是他忍不住还想劝妻子："江嫣，我还有一个好办法。"

"你说吧！"

"你爸妈不是来北京看病的吗？我们可以先在医院提早挂号，等他们来北京，直接把他们接到医院去住不就得了？等他们出院的时候，我肯定把两个房客赶走了。"

江嫣瞪大眼睛，又要发火了。"马松，我警告你！我爸妈明后天就要来北京了！怎么安排他们住宿，我现在全权交给了你！反正，你把他们直接拉到医院去也行，叫他们睡沙发也行，甚至你把他们赶到大街上去过夜，我也不会为你感到悲哀的！"

马松低着头，被江嫣那一副悲愤的样子吓坏了。

当新的工作日到来的时候，马松坐在出版社破旧的桌子前，盯着书稿，心如乱麻。他想象着岳父母明后天来京后的后果：1. 岳父母很是生气，气得连夜要回老家；2. 岳父母气得病情加重了，送去医院抢救；3. 抢救无效，妻子哭得昏过去，要与他离婚；4. 离了婚他自由了；5. 他又结婚了，不，他永远不再结婚，也不再买房子；6. 他岳父母没有死，又活过来了；7. 岳父母根本就没有来，因为病好了，不来北京了……

马松有大半天时间，完全沉浸在信马由缰的胡思乱想中。他一点儿也不知道，他这么想的时候，又是摇头，又是咂嘴，又是皱眉头。他古怪的动作引起了同事的注意。他的同事，也就是坐在对面桌子上的王乐，这时正在校对稿件，他被马松发出的怪声音弄得心烦意乱。他终于说："马松，上班时间你别发出吃话梅的声音，好不好？"

马松这才醒悟过来，目光重新回到了书稿上。这是一本关于地球毁灭的书稿，马松强迫自己默读了以下一段：为了预防核战争、小行星撞击或瘟疫流行等可能给地球带来的毁灭性灾难，欧洲宇航局的科学家们开会讨论一个终极设想——到月球上建立专门的"月球方舟"，为地球物种的 DNA 样本和人类文明建立"备份"……

唉，地球毁灭了才好呢！马松读着读着，忍不住叹了一口气，又想到了岳父母即将来京看病的事情。他想象着，他们来到北京后，看到女儿"受着这样的苦"，后果有可能更严重。他实在无法集中精力。于是干脆放下书稿，跟他的同事开诚布公地交谈起来。

　　他的同事王乐说："马松，你不必这样紧张，他们来，说不定是好事呢！"

　　"怎么可能是好事？"

　　"你就不会这样想，你的岳父母说不定根本就不是来看病的，这只是一个由头，他们是来北京给你们还房贷的，也说不定呢。"

　　"不可能。"

　　"你应该知道，咱社里的'洋葱头'——也就是楼上《宇宙奥秘》的编辑部主任，他结婚就是岳父母给买的房。当时，他岳父母很反对女儿嫁给他，拿枪动刀的，可是真嫁了，生米煮成熟饭了，又拿出钱给他们买了一套别墅。既然别人有这个运气，为什么你就不会碰上呢？"

　　同事提到的"洋葱头"，马松也认识，因为出版社并不大，平时大家常坐在一起开会，或者吃饭。在他的印象中，"洋葱头"是一个"万金油"，整天笑眯眯的，逢人都能滔滔不绝地侃上大半天。有一次，他跟马松透露，他花三年时间研究了世界上五十位亿万富翁的发家史，最后得出了一套一夜暴富的理论。他准备写一本《一夜致富》之类的书。马松听了这话心里痒痒的，因为太需要钱了。马松就等着看他这本书了。但是两年之后也没见"洋葱头"写成这本书，马松对他就有了小小的看法。有一次，"洋葱头"旧事重提。马松不耐烦地说："得，你自己实践过这套理论吗？你自己为什么不用这套理论发笔横财呢？"

　　"洋葱头"站起来，退了两步，仿佛遇见了一个手拿匕首的人，他瞪着马松："你这是什么意思，你是要让瓦特去当火车司机吗？要让邓稼先抱着原子弹上战场吗？让袁隆平去当农民吗？你有没有想过，你说的话已经伤害了我！伤害了一个天才财经学家！总有一天，中国会因为我的理论，成为世界上亿万富翁最多的国家！"

马松自那以后，就很少与洋葱头交往。

不过，整个下午，马松还是被王乐说的洋葱头"娶妻买别墅"的故事吸引住了。他想，"洋葱头"虽然没有写成一本人人适用的一夜致富之书，但是他自己的确是通过"婚姻"这条捷径"一夜致富"的。马松很有些佩服于他，如果当时自己谦虚一些，虚心地向他求教，说不定他也会在自己贫困交集的还款路上支上一招的。马松想到这儿，很有些后悔。因为后悔，加上焦虑，嘴角又发出了同事不愿听见的怪声。

王乐说："拜托，马松！你再这样唧唧喳喳跟人亲嘴似的，我可要向上级报告了！"

马松收拾收拾东西，提前下班了。

马松回到家时，见到的是这样一番景象：妻子江嫣正跟那个女经理牟红吵架。马松打开门的时候，江嫣正和牟红扭打在一起，骂人的话简直比黄色声讯台还要下流。马松在农村的时候，是经常看妇女吵架的，他很喜欢看她们你扯我的头发、我扯着你的头发的样子；但是今天，他无心观战，冲上去拉开了两个张牙舞爪的女人。"都给我住手！都松开手！脑子进猪粪了怎么的……"

女经理牟红一甩胳膊，溜进房，"嘭"的一声关上了门。江嫣则扑到马松肩上，哭得呜呜的。江嫣说："马松，我爸妈就要坐上火车了。他们不愿搬走，该怎么办呀？"

马松推开江嫣，面无表情地进了房。

江嫣说："马松，你为什么不说话？"

马松说："你爸妈生病还坐火车啊？就不会坐飞机来啊？"

江嫣说："你这是什么意思？你寄钱买飞机票啊？"

马松说："让我寄钱买飞机票？做梦！"

"神经病！"江嫣的眼泪又涌了出来。

马松最终决定，再次向他的同事、朋友去借钱。如果能借到钱，事情就会出现各种转机。马松从公文包里掏出电话本，一个一个地翻找，结果，他几次拿起电话都放下了。他不知道如何向人家开口。

江嫣早已不哭了，这时说："你怎么啦？你打呀！"

　　马松说："我会打的，不要你管！"

　　这时，马松又把他认识的几个人像牛市上的牛一样从头到尾估价了一番，经过多轮筛选，最后只剩下两个人具备借钱给他的条件，一个是同乡黄大师，一个是单位同事"洋葱头"。

　　黄大师当年创业的时候，向马松借过钱，马松只有两千块钱，都掏给了他。黄大师第一笔生意亏掉了，绝望得要自杀。不料"非典"来到了北京，黄大师靠倒卖口罩和消毒水发了财。马松买房的时候，黄大师说："你借什么呀，我给你三千块钱，不用还了。"马松拿着三千块钱，不知道是该感激还是抱怨，因为他原本计划向他借一万块钱的。既然上次没有借，这一次总会借的吧，不曾想黄大师拒绝了他。

　　黄大师说："又借钱？你怎么啦？怎么回事？跌断腿了？"马松吞吞吐吐地向他陈述了岳父母要来北京，腾不出房间给他们住。黄大师说："我当时就劝你嘛，买房要慎重，你不听，像你这样的收入水平，把一生献给了房，你拿什么奉献给爱人、孩子和爹娘？所以，房产大鳄早就赤裸裸地宣称：我就是为富人建房，而不是为普罗大众建房……"黄大师还要往下说，马松将电话挂上了。

　　马松在心里骂，畜生！忘恩负义的畜生！真是越有钱心越冷酷！因此，在给"致富能手""洋葱头"打电话的时候，马松的态度强硬多了。马松开门见山地说："'洋葱头'，是我，图书编辑二室的马松，我有事找你，你能借我五千块钱吗？有急用……什么，你休假了？在海南岛？那你的房子空着喽？什么？门进不去，你说什么？我没有喝酒，我很清醒！"他这么吼着的时候，对方已经把电话挂掉了。

　　马松很沮丧。他脚也不洗，就上了床。他睡了，很长时间睡不着。他感到脑子十二万分清醒。他心想，像黄大师和"洋葱头"这样的人，钱的来路都不正，我就不该对他们恭恭敬敬的。真的，我为什么不去把"洋葱头"的房子撬开，暂时应付一下即将到来的岳父母呢？马松的脑子里一旦冒出这个念头，就再也躺不住了。他说：

“江嫣！我有办法啦！”

“啊？你吓了我一跳。”

“我要去撬开我同事‘洋葱头’的房子。”

“你胡说什么！你要去做贼啊。”

“怎么会呢？我又不偷东西！”

“如果他报警呢！”

“报警也没有用，就说经过他同意的。”

第二天，马松一早赶到出版社，向同事们拐弯抹角地问清了“洋葱头”的住址、休假结束的时间，然后就找了开锁公司打开了洋葱头家的防盗门。

“洋葱头”的房子，虽不是同事王乐说的是别墅，但是面积很大，是高低错位结构，豪华装修。因为在板楼东头的第一层，屋后拥有一个配套的小花园。“洋葱头”在小花园里种了许多花草，一派生机盎然的景象。马松很喜欢“洋葱头”的家，在里面安安静静地待了一会儿，才给“洋葱头”发了一条短信：“‘洋葱头’兄，对不起，昨天我没跟你说清想借你房子住，情况十万火急，今天我已把你房屋打开，我会保管好你家的所有财产，只借住一星期，磕头致谢，感激不尽。马松。”

短信发出后，“洋葱头”家的电话响了。马松拿起来，听到的是“洋葱头”的咒骂：“疯子！王八蛋！你怎么真待在我家里！你这该死的，别人要开飞机去撞双子星而你只要跳伞就有同样的威力，我十八辈子都没干好事才会认识你，我这就打110抓你去蹲班房！叫你后悔一辈子！”

马松一直不说话，任“洋葱头”在电话那头像条疯狗一般咆哮不休，等到“洋葱头”嗓子开始沙哑了，他才开始向他道歉、哀求、诉说苦衷。尽管他每说一句都要被“洋葱头”的咒骂打断，无奈“洋葱头”人在外地，只能干着急。如此一通发泄之后，“洋葱头”终于找不到更多脏话来骂了。他最后说：“马松，你这个土包子！骗子无赖！会发出臭味的垃圾人！我真想揍你！把你的头割下来！我剥你的皮！如果我下个星期回来，发现你动过我的东西，我饶不了你！

我把你的眼睛挖出来……"

马松差不多是跪在地上，因为他开始感到害怕了，连连保证，只住三五天，绝不会破坏任何东西，除了呼吸屋里的一点点空气，什么都不会少；并且为了博得"洋葱头"高兴，马松还说："到时我还会给你租金的，你爱收多少是多少！我愿意给你做牛做马……"保证完，马松躺在干干净净的地板上，嘿嘿嘿地傻笑了几声。然后，他瞅见了挂在客厅墙壁上的"洋葱头"夫妇的婚纱照，他妻子的样子又胖又黑，一个巨型鼻子就像一个酱油瓶挂在墙上，似乎在说："嘿，你看看我这个鼻子，还有鼻子下面的一张嘴！"马松跳起来，几乎被这个比江嫣更凶悍的女人的样子吓坏了。

娘啊，她要是骂起人来，就连这座房子也会颤抖不已吧？马松将"洋葱头"和他妻子的婚纱照从墙上取下来，塞在一个暗无天日的地方，这才离开。

马松没有想到，江嫣的父母也是很穷酸、很土的人。马松一直以为，他们既然是城里人，就应该很洋气、很阔气的。而且，在江嫣的描述中，他们一度反对江嫣嫁给一个"农民的儿子"，对马松的出身嗤之以鼻。因此，马松一直以为他们是很富贵的上等公民，不敢去江嫣家见他们。

在马松的想象中，他们不应该是这个样子的：马松的岳丈大人，人精瘦精瘦的，穿着一件很旧的夹克，系着一条很皱巴巴的领带，一条裤子，因裤腿过长所以卷了起来，就跟被人咬了一口的葱卷似的。马松的岳母，则像一本外国小说中的俄罗斯厨娘，她出现在火车车厢出口的时候，把整个通道都堵上了，她的腰起码有两个汽油桶那么粗，脸通红通红的。她在挤来挤去的人堆里骂骂咧咧的，声音听上去就像文革时期的高音喇叭一样刺耳。很显然，江嫣的体貌特征更像父亲，可是她身上那股凶蛮劲儿是从母亲那儿遗传来的。

马松心想，早知道他们是如此普通的平常人，何必去撬开别人家的房门迎接他们呢！马松一声不吭地拎了大包小包独自往前走。江嫣的父母呢，刚才只顾跟女儿讲话了，以为马松是给他们拉行李挣小费的，很不放心地盯着被他拎走的行李，到了火车站广场，终于问：
"江嫣，我们的女婿呢？"

在他们的想象中，他们大老远从南方跑到北京来，他们的女婿应该开着小轿车等在火车站广场上的，可是广场上只有几辆闪着红灯的警车。

介绍后，江嫣的父母对眼前汗流浃背、矮小瘦弱的女婿失望极了。他们当着马松的面问女儿，"小马怎么这么瘦，脸色这么难看？是不是有病？"江嫣说："马松没有病，身体好好的，你看他把这么多行李拎出来，连气都没有喘。"两位老人又盯着马松看了一会儿，说："小马啊，你以后应该加强锻炼，一是要身体好，二是要多赚钱……"

马松感到芒刺在背的难堪，他背着行李去叫出租车，江嫣追上来，说："你钱多得没地方去花呀？我们坐地铁！"

在地铁上，两位老人继续盯着马松看，他们看见马松根本不是自己想象中的样子，如同吃了不合胃口的菜一般难受。毕竟，他们只有一个女儿，并且他们一直盼着女儿将来嫁给一个有钱人，盼着女儿赡养他们。三年前，当他们听说女儿要在北京买房子，高兴得四处炫耀，就盼着来北京了，无奈女儿一直不张口。近来，江嫣父亲的心脏常常出现扑通扑通的乱跳，他们就赶紧以治病为由来北京了。现在，江嫣父亲看着不合心意的女婿，感觉他的心脏又出现了不规律的乱跳。

"要是这个女婿对我们不好，就叫江嫣重新找一个算了。"在地铁到站的时候，老头子贴着老伴的耳朵，轻轻地说。

可是，这种不愉快的想法，很快就被一种惊奇、喜悦的情绪取代了。取代的原因不是江嫣也不是马松的功劳，而是"洋葱头"的房子。马松的岳父母对"洋葱头"的房子满意极了。他们在"洋葱头"的房子里走来走去，这里摸摸，那里瞧瞧。

岳父说："这房子真不错，房间客厅错落有致，尤其是花园，多大啊。在老家，我们可没有这么大的房子，我喜爱种花，总是没有面积，狭窄的阳台被我搭成三层，上面种吊兰，中间种绿萝，下面种山茶花……"

岳母也说："这房子不错，你看厨房卫生间敞亮，家具一应俱全，都老贵呢！等我明天再把花园整修一下，还可以在花园里种菜呢！种韭菜，喏，还可以种胡萝卜……"

岳父说："种菜可不行，我得多种花，房屋面积这么大，你待在屋里看电视就行了。"

岳母说："你别胡说八道！种花能当饭吃啊？"

岳父说："你总这样找别扭，一个农民！"

岳母说："呸，你才农民呢！"

岳父说："我就是农民也比你素质高。"

岳母说："你、你吵吵个屁，敢反了不成？"

岳母说着，就要冲上去揍丈夫，江嫣和马松赶紧去圆场，可是，火爆脾气的岳母已经冲到了花园里，把两棵月季花连根拔掉了。最后，她总算在女儿的劝说下冷静下来。委屈道："你爸如果还这样气我，我就跟他离婚。我以后跟你和小马过！让他一个人住那破房子……让他想我想得哭鼻子……"

马松听岳母这样说，刚刚放下的心又被揪紧了。如果她真要跟我们生活在一起，那么，我离下地狱也不会很远了。

不料，马松当晚就下了地狱。马松梦见自己身处一座巨大的宫殿当中，正中坐着阎王爷，下面站着四大判官，一个个身高丈二，威风凛凛。马松不知道违反了阴间什么纪律，被黑无常捉拿，黑无常举着一根赶牛的竹枝，抽他。

"你为什么要说谎？"黑无常问他。

"我没有撒谎。"马松答。

"那你孝顺老人吗？"

"我……孝顺的……"

"你还狡辩！"

黑无常扔了竹枝，叫小鬼抬上来一套音响，他要用最新的刑具罚他。所谓的惩罚就是播放阳间男女结婚的曲子，很喜庆的那种，可是在阴间播放出来，大家都受不了，马松也是，感觉惊恐万分，魂飞魄散……江嫣把马松摇醒了。马松冷汗淋漓。

"我不该撒谎。"马松说，"我不该说'洋葱头'的房子是用我的版税买的。"

"你什么时候说这话了？"

"在你做饭的时候，你爸妈问我，买这套房子花了多少钱。我只想让他们高兴，信口说了一百万。他们问咱俩哪来的钱？我说，我家里给了五万，还有我刚好出了一本书，拿了六十万版税。"

"他们信以为真？"

"不，好像不相信。我就说，我花了三年时间研究了五十位亿万富翁的发家史，最后得出了一套一夜暴富的理论，我的书《我动了你的奶酪》就是根据这套理论写的。你爸问我，既然如此，为什么你自己不变成亿万富翁呢？我说，我的理论只是理论，就像马克思、恩格斯的《共产主义宣言》，实施起来其实很难的。"

"我爸怎么说？"

"你爸就很佩服我，你妈也是，他们目不转睛地看着我，对我肃然起敬了，以为我真是前途无量的人。我现在感到很后怕。江嫣，我这辈子都没有撒过谎。"

江嫣说："就这点事，没什么，你也别多想，明天还要带他们去登长城呢，睡吧……"

马松闭上了眼睛，又马上睁开。他突然想起，口袋里只剩几百块钱了，还要花好几天呢，这个月的月供也没交……我的天哪，真是倒霉透了……马松的全部思想都集中在一件事情上，那就是明天怎么省钱。光这件事就够伤脑筋的。以至于第二天早上，岳母看到他满脸疲倦，心疼地说："小马，你昨天又熬夜写书了吗？你看，眼睛都熬红了。"马松笑笑。

岳母继续说："像你这样用脑的人，吃饭一定要多吃。我煮了粥和鸡蛋，本来想为你蒸包子的。打开冰箱一看，冰箱里没有肉，就蒸了馒头。"马松推说冰箱坏了。这时，他的岳父穿着"洋葱头"的衣服从房间里走了出来。马松尖叫一声，差一点把碗中的热粥泼在身上。

岳父说："怎么样？还合体吗？衣服在火车上穿脏了，没的换，就先穿你的了。如果不合身，再去换一套。"马松这才反应过来，忙说："爸，真没想到，你穿我的衣服帅呆了！我穿还没有这样合身呢！"岳父不好意思地说："是嘛？我不是吹牛，年轻的时候，追求我的人很多的，我演过样板戏，还会跳交际舞……"

岳母说："哼，别臭美了！赶快吃，我们还要去登长城呢。"

上帝保佑，登长城没有花很多钱。首先，他们没有去八达岭，去的是一个叫大栅子的地方，登的是一段"野长城"。"野长城"是不收门票的。其次，他们走的时候，从超市买了一些吃的，没有在外面吃饭。这两项就省下了不少钱。

不过，当他们看过长城，于下午往回走的时候，意外的事情发生了。也许是"野长城"不好走，体能消耗大，也许是中午饭没有吃饱，在走下最后一段残破的墙垛时，马松的岳父一脚踏空，摔了一跤，躺在地上好一会儿站不起来。"马松！快来背我爸呀！"江嫣朝他喊。

我的天哪，他不会摔成瘫痪吧。马松在江嫣带哭的呼喊中，吓得两腿发软，也快站不起来了。他看见岳父痛苦地张着嘴，手摁在心脏上。从他的表情判断出，他很痛苦。马松要扶他起来，他一扬手，断断续续地说："我的心，就像，要蹦出来了……很难受……扑通扑通的。"岳母说："你以为就你的心脏在跳啊！你不要这样吓我，我也会得心脏病的……"

这时候，周围已经站了一些人。有人演示老头子从墙垛上摔下来的情形，有人告诉马松山脚下有医务室，赶快背那儿去看一下。岳父却死死护着自己的胸口："我有心脏病！不能压它的！我的心一压就会不跳了！"他固执地躺在地上，感觉心脏跳得比任何一次都要可怕，像断了腿的青蛙在挣扎。后来，人就散去了。岳父也不"哎哟，哎哟"叫唤了。马松搀扶他站起来，发现什么外伤都没有，只是"洋葱头"的衣服被他弄脏了。虚惊一场。

最终，马松一行四人安全地到达山脚的停车场，乘大巴回到了北京城。此时，北京城内华灯初上，车流汇聚成一条明晃晃的河，五光十色的霓虹灯目不暇接。岳父、岳母如同刘姥姥进大观园，晕头转向的。可是，作为久居北京的马松而言，眼前的一切他熟视无睹，似乎与他无关。他在考虑一件很紧要的事儿。这件事儿让他难以做出抉择，只好去请教妻子。

　　"江嫣，"马松扯了一下江嫣的衣角，贴着她的耳朵悄悄地说，"该吃晚饭了呢。"

　　"哦?"江嫣看了马松一眼，又看了父母一眼，难以形容她当时的脸迅速变了颜色，"这、这一带有快餐店吗?"

　　"快餐店合适吗?"

　　"那就回去做好吃的吧!"

　　马松心里有数了，再也不敢耽搁，带着岳父母往地铁口快步疾走，简直快要跑着走了。上文已经说过，马松岳母是很肥胖的，又在野长城上爬了一天，这会儿就再也走不快了，累得气喘吁吁的。她有些不明白女婿这会儿为何走得那么快，很想叫他停下来歇一歇，后来实在走不动了，干脆坐在了路边的石基上。马松出于尊老爱幼的精神，在一个十字路口站下来等他们。

　　这时候，意外的事情再次发生了：只见他的岳母就像被虫子蜇了似的，突然从石基上站起来，叫道："唉、唉，老头子！那对面的，不就是北京最有名的'全聚德'烤鸭店吗?"马松一辈子都忘不了，他的岳母于不经意间看见"全聚德"烤鸭店，由衷发出的那一声感叹，那样兴奋，那样快活。他的岳父也好像风雨之后见彩虹似的，眼里一下子冒出光来，嚷道："是的，是的，那就是'全聚德'，百年老店。"

　　此刻，马松的脸一阵发烫，其精心设计的省钱方案瞬间崩塌了。他知道，作为女婿，岳父母想去品尝"全聚德"烤鸭，是绝不能拒绝的，就是砸锅卖铁也要满足他们的要求；可是，他又害怕店大欺客，花钱太多。于是，他乘岳父母与自己还有距离，赶紧捂住嘴咳嗽起来。他咳嗽得这样厉害，就跟比赛谁的声音更响，连站在一旁拿一面小红旗的交通协管员都注意到了他。交通协管员喊道："绿灯亮了，别磨蹭，快走！快走！"

马松如同接到一道密令，就跟一只逃命的耗子一样蹿到了对面的街上。不料对面，正是那家"全聚德"烤鸭店。那一刻，弄错方向的马松恨不得把那个帮了倒忙的交通协管员揍一顿；但是他竭力克制自己，因为他不想让岳父母知道自己的尴尬。最后，当然啦，他们真去吃烤鸭了。不过，在马松的百般算计和巧妙遮挡之下，四个人只点了一只烤鸭、两个凉菜和一个热菜，没有花很多钱。但是这两件事时刻警示他们：以后和岳父母出门，一定要小心防备；否则，钱会花掉很多的。

事情却没有往好的方向发展。

尽管游完"野长城"，大家很疲惫，按理说第二天不可能出门了；可是第二天，岳父母提出来要去看天安门。看天安门是不收钱的，马松也就不便干预。他对江嫣说："看天安门虽不收钱，但是你千万记住了，不要去故宫，他们一定要去，就带他们沿护城河绕一圈，去爬景山。爬景山也不收钱，从景山顶往下看，整个故宫看得清清楚楚的。当然，游北海公园也行，北海公园门票好像不贵吧。"

江嫣说："你的意思不就是少花钱吗？知道了！"他们就出发了。他们到了天安门，马松的话江嫣却忘了，她带领父母悠哉游哉地从毛主席画像底下穿过去，不一会儿就来到了故宫门口。当江嫣意识到危险时，已经太晚了。她的父母执意要进去看一看。"听说里面有老多老多古董，还保留着溥仪的床铺、婉容的马桶呢！"父亲比划着。江嫣不得不给他们各买了一张老年票，自己则在外面等着。她的父母看到女儿不陪着玩，也就不想进去了。父亲说："封建王朝的糟粕，看与不看都没有什么意思。"

他们就去退票，遭到了拒绝。后来两张票倒卖给了一个外地人。

江嫣说："既然你们不愿参观故宫，那么我们就去爬景山吧。"

父亲说："景山太矮了，景山是人造的山。我们不妨去王府井玩吧。王府井我在电视里常看的，连老外也去的。"

江嫣心想，到王府井玩是不需要门票的，那么，为什么不去那里逛逛呢？终于，这一逛，逛出了事情。异想天开的岳父母竟然要在王府井购物！这在江嫣看来，简直是斜刺里冲出来的灾难。王府井的东西不但昂贵，而且欺诈外地游客，她自己在北京多年都没有在此地买过东西。江嫣几次劝说，与父母斗智斗勇，他们两个却商量好了似的，直往那些高级商场里钻。几个回合下来，江嫣终于支撑不住了，躲在一边给马松发短信。

　　"我爸妈要在王府井买'纪念品'，你说怎么办？"

　　马松收到短信，差一点吐血："你没带他们爬景山啊？爬累了就老实了。"

　　"没有。"

　　"是他们自己掏钱买吗？"

　　"不是。"

　　"看中了什么商品？"

　　"想买一块手表、一条项链。"

　　马松恨得咬牙切齿，真是的，买这些东西能当饭吃吗？这么大年纪了还臭美！马松火速回信："现在，唯一的办法就是装肚子疼，四处找厕所，知道了？"

　　过了一会儿，江嫣的短信来了："你的方法很有效，我们现在已经决定去地坛了，好险！"

　　马松答："要是他们再提出购物要求，你就推说哪一天专门带他们去，要委婉，学聪明。"

　　江嫣答："知道，知道了！"

　　马松答："知道就好！"

　　可是，过了一会儿，江嫣又来短信了："马松，我们没有找到去地坛的公交车，现在去动物园玩！"

　　马松提醒："去动物园票价一人二十五，三人七十五，不如去陶然亭。"

　　江嫣答："总比王府井购物强。"

　　马松"扑哧"一声笑了，回："七十五就七十五吧，我不管！不要跟我联系了，我要工作。"觉得意犹未尽，又补了一句："希望花了钱，能在动物园里多待一会儿，跟动物多接触，做到票有所值。"

江嫣回了一条："马松，这不是办法。工资没发的话，还是去借点钱吧。"

江嫣的话，把马松惹恼了。马松很想回一句比较难听的话，诸如"都是你家爸妈带来的麻烦""他们也不为我们想想"之类的，最终还是没有回，怕江嫣跟他吵架。后来，短信提醒又响了几次，他都没有打开看。心想，我管你是看动物还是去看月球呢！反正我是不会再给你爸妈花一分钱的！

一直到下班，马松都处在抱怨与烦躁之中，加上他向财务室去借（支）钱也没有借（支）到，心里更是郁闷。因为郁闷，他突然很想喝酒。而冥冥之中，仿佛这一天他就应该喝酒似的，临到出门，马松的手机响了。

"喂，马松吗？你猜我是谁？"对方捏着鼻子跟他藏了半天猫猫。马松心烦得要命，你是谁直接说出来嘛，我的手机费很宝贵，浪费不起。

"我是李棍呀，你不会连我都忘了吧？"

"啊？是你呀，李棍！"马松嘴上乐呵呵的，心里却直叫苦，他怎么跑到北京来了？

"我在北京逛了两天了，你现在哪儿？喂，我跟你说，我想找你聊聊。"

考虑到口袋里钱已不多，请客是万万不能的。马松说："你不要过来了，我去你住的宾馆看你。你是公费出差吗？哦，不是呀。这样吧，我现在还有一点事，要赶稿，等晚饭后，我们找一个地方，见一面，怎么样？"

那一刻，马松的脑子高速运转着，他约对方晚上八点半在西单图书大厦会面。马松心想，你要是饿，就啃那里的书当粮食吧。对方却比马松更聪明，把马松一下子逼到了绝路上。他说，"马松，不必等啊，这么多年没见了，我太想见你了，我现在就往你出版社赶，请问地址是……"

马松惊了一身冷汗，说："好，好，你过来吧。"马松知道，这个家伙一定饿得快疯了。

此次会面，叫马松花掉了三百多块钱。从理论上讲，马松是不该也不会花那么多钱的，就算请老同学在小酒馆吃饭、喝酒，总能控制在一百块钱以内的。问题是，马松已经好几个月没吃过肉、喝过酒了（虽然陪岳父母进了"全聚德"，他却连一块鸭肉都没有吃），所以菜还没有上齐，他自己先醉了。一醉之后，就把房贷呀、月供呀、每天的开销呀、岳父母呀，全抛到九霄云外去了。

马松隐隐约约听见老同学说什么这里玩过了，那里玩过了，就是三里屯、什刹海、酒吧街还没去，想去那里开眼界。马松一拍桌子，说："走，我带你去！"他们到了酒吧街，又喝了一些酒，然后也不知道是几点了，马松的手机响了。

"该死的，你死到哪儿去了？怎么还没有回家？"

"你，谁啊？"

"你别管我是谁！我问你下午为什么不回短信？"

"哦，我明白了，你是江嫣。"

"你快回来吧！马松！我爸被老虎咬了！你那儿怎么吵吵嚷嚷的，可记住别乱花钱啊。"

"你刚才说什么？老虎？"

"我们也刚从动物园回到家呢，我爸真被老虎咬了！"

"我的天哪……"马松感觉有一股阴风从他灼热的胸膛吹过，接完电话他立刻清醒了。他看见在桌子上，放着水果、花生、开心果，还有啤酒瓶，大概有十来只，就像一个排的士兵。马松站起来，只想逃跑；可是，他的老同学一把抓住了他。

"请你听我把话讲完嘛！"

"讲什么，你喝醉了！"

马松的同学李棍露出两颗龅牙，继续说："我没有醉，我只是很痛苦，你知道什么是真正的痛苦吗？这七年里，我与她经过好多磨难才可以在一起的，想不到她竟然背着我与别人在一起，幸好我本身是做侦查工作的，警惕性比较大。我真想杀了她啊！我吃不下、睡不着，我是生不如死啊……”

接着，这个自称没醉的家伙就像摊泥一样倒在地上，呜呜地哭个不停。原来，李棍跑到北京来不是出差的，而是他的结发之妻被人睡了，他很痛苦，出来散散心的。马松非常懊恼，你老婆跟人睡觉，睡了就睡了吧，又有什么损失？可是我的钱，却是从牙缝里省下来的啊！

马松自认倒霉买了单，本想丢下躺在地上的李棍不管的；可是忆起读书时的情同手足，又狠不下心，最后将他拉到了自己的那个家，让他睡在沙发上他特意叮嘱雷房客说：“胖子，这人是我的中学同学，精神受刺激了，还好没有疯，你不要给他钥匙，他酒醒后自己就会走掉的。如果不走掉，你也不要赶他走……”

马松叮嘱完，再从自己的那个家回到“洋葱头”的家，已经凌晨了。他发现“洋葱头”家里的灯没有关，悄悄地走进去，心里很害怕。这害怕来自两个方面：一是害怕“洋葱头”和他妻子已经回来了；二是害怕岳父被老虎咬了，伤口恶化，死了。好在他推门进去，“洋葱头”没有回来，岳父也早睡了；只有江嫣一个人坐在客厅里，两眼红红的。

马松轻手轻脚地走过去，问：“江嫣，老虎真咬你爸啦？”

江嫣说：“我不想理你。”

“怎么啦？”

“都是你！让我们在动物园多待一会儿，还让我们跟动物多接触，本来早回家了，因为听了你的话，我又带爸妈第二次去猛兽馆看老虎。老虎被人看了一天，累了，趴在地上。我爸见馆里没有什么人，就想试试笼子里的老虎是不是很凶，他把一只手伸进去，向老虎挑衅说，‘你来呀来呀，你这吃了激素的肥猫，公家养你很惬意吧！’结果那老虎大概听懂了，跳起来，差一点把我爸的手咬掉了。”

“结果呢？”

“结果还好，饲养员赶来了，只被老虎咬掉了一块皮。但是，我爸经过这样一吓，心脏绞痛了很长时间。他刚睡了。”

马松心想，今天真是什么倒霉事都发生在我家了。

由于游动物园出了事，马松的岳父母终于在家里待着了。岳父的一只手用纱布捆绑着，纱布上渗出了血迹。岳父的脸色蜡黄蜡黄的，仿佛元气大伤。岳母呢，还是老样子，她已经拔掉了小花园里一部分她认为"没用"的花草，种上了她认为"有用"的韭菜、大葱等。她对自己的劳动成果非常满意，答应女儿过几天割韭菜包饺子，还说："以后蔬菜不用上菜市场去买了。"

马松对岳母狂妄的改造花园的行为不得不默认了，反正人已经在别人家住着了，横竖都得挨骂。自己是死猪不怕开水烫，到时用棉花球把耳朵堵上就是。可是，马松总觉得还有一件事没有去做。后来才想起来，岳父母是来北京看病的。但是，怎么他们从来没有提起看病，也没有看出有什么病啊？马松这才警觉起来，莫非他们是来北京长住的？马松一想到这种可能性，整个人像泡烂的油条一样发软。

晚上，马松和江嫣睡在"洋葱头"的床上。马松问："江嫣，你父母不是来北京看病的吗？病呢？"

江嫣说："我也不知道。"

马松说："可不可以问问？"

江嫣说："怎么问呀？他们上医院的话，谁出医药费呀？"

"也是，"马松说，"就怕'洋葱头'马上就要回来了。"

江嫣说："我才不管他回来不回来呢！全都是你出的馊主意！我烦着呢！"

马松说："早知道他们没有急病，还不如叫他们晚来几个月呢，那样子就不会这样狼狈。"

江嫣说："现在说什么都没用了！我爸妈整天都在夸你能干，盼着你写书挣更多钱，现在就算你把自己的房子腾出来，我也想象不出他们到底愿不愿意搬回去！"

马松两眼盯着天花板，痛苦极了。他万万没想到，自己辛苦挣钱，省吃俭用，已经够苦了。把房子租出去，本来是想减轻一份压力，结果却陷入了这一场没完没了的苦恼之中。

不过，他终于想出了一个方法。他对江嫣说："我有办法了！等我明后天赶走两个房客搬回去住时，你就跟你爸妈说我们买有两套房子，而且那套房子还是专门为他们买的呢！保准他们高高兴兴的！"

江嫣说："既然你有本事把他俩赶出去，为什么要等到现在才去做呢？"

马松说："人都是被逼出来的嘛。"

马松一整夜都充满了报复和血腥、暴力的想法。

可是第二天，他回到自己的房子，连马松自己也没有想到，事情会进行得这样顺利（那些血腥、暴力的方法都没有派上用场）。他敲开胖子雷房客的门，刚跟他说明来意，胖子就同意在三天后搬出去。马松有些不敢相信这是真的。他都不知道如何来感谢了。"听我说，我的朋友，我这段时间遇到的困难是你难以想象的，你愿意搬出去，真的是救了我！"

胖子说："感谢就不用了，要说感谢，还要感谢你呢。你不知道，你不在的这几天，这屋里发生了翻天覆地的变化。第一件事，就是我要和牟红结婚了，我们需要租一套独立的公寓。"

马松打断了他："你说什么，你和牟红结婚？你不是说要单身一辈子的吗？"

胖子说："我说单身也就说说而已，不结婚，情欲怎么解决啊。要不是平日里你和你老婆跟间谍似的监视我，我早下手了！再说第二件事，就是你那个同学……我还要感谢你那个同学……"

"我那个同学还没有走吗？"马松再次打断了他。

胖子说："他如果早走了，就没有我的好事了。就这么跟你说吧！当初我来你这里租房，我就看中了牟红，她虽然长得不漂亮，但是很有味道，熟透了还带酸的味道，就跟六月天的西红柿似的。你不知道我一直在向她献殷勤，可她冷若冰霜，不给我任何可乘之机。直到你们走后，特别是你把那同学带来了，我才有了靠近她的机会，因为你那个同学一喝醉酒就在客厅里发酒疯，牟红怕得要命……"

"这么说，你们两个都愿意搬走喽？"

"是的，我们过几天就搬。等我们结婚的那天，我还想请小老弟喝喜酒呢。"

"不，不！"听到"喝喜酒"，马松吓得连连摆手，"喝喜酒就不用了，你只要送我一包喜糖就够了。只是，这次大概要欠你们预交的房租……"

胖子说："房租没事的，你们也不容易。"

马松眼眶一热，两眼湿湿的，他握着胖子的手，胖子的手温热温热的，他很想说点什么，可是什么都说不出来。

嗯，还有什么可说的呢？

马松下了楼，他是奔跑着离开自己的小区的，他一直跑呀跑呀……跑到公交车站的时候，车刚好来了，一秒钟都没有等，他就跳了上去，也不知怎么的，车上还有一个空座位，好像就等着他坐上去似的，他一屁股坐了上去，感觉人一下子找到了依托，坐在座位上真是舒坦极了。

马松下了公交车，又跑着回到"洋葱头"家，岳父母问他："你怎么不去上班又回来了？"马松没心思跟他们啰嗦，理直气壮地说了自己拥有两套房子的事，告诉他们，早上出门，他把那套房子的房客赶走了，想接他们过去住……

他的岳父母一点都不怀疑马松是在说谎，仿佛自己的女婿本就该拥有两套房子才般配似的。不过，他们对马松把房客赶走这件事，表示了不理解。他们认为，房子空着是一种浪费，如果把每个月收取的房租交给他们，够他们一个月的生活呢。为什么要把房客赶走呢？

马松早就猜到他们要这样问，直截了当地向岳父母陈述了他的理由："我买那套房子，当初就是为你们准备的，想让你们在北京多住一段时间，是江嫣的心愿，也是我的心愿。"可是，马松的岳父母一点都不明白马松说这番话的真正用意。他们还以为，马松的意思是怕他们在这边住得不舒心，所以想让他们住到那边去。所以他们说："既然你写书需要安静，你们住那边，我们住这边，也很好的。"

马松知道，有一些话自己是不能跟岳父母直接说的，说了就要伤感情，所以他去上班了。在路上，他打了两个电话，一个是打给江嫣的，向她汇报了房客要搬走和岳父母不想搬走的情况。江嫣说："既然房客愿意搬走，什么都好办了，晚上我会跟父母做思想工作的。"江嫣叫马松放心。马松的第二个电话是打给同学李棍的，李棍的手机没有打通。马松想，他大概已经离开北京回家乡了吧。这个事就暂且不去想它。

到了出版社，马松开始工作。这时，李棍的电话回过来了。

李棍说，"马松，听我说，昨天我在网吧用QQ和老婆聊了一夜，我现在跟我老婆和好了，QQ真是好东西，嘴上说不出的话在那上面全说了。不过我戴'绿帽子'的事你千万不要跟任何人讲。我现在在火车售票处，买到车票就回家了。"

马松有点不耐烦，说："好，好的，你回到家，代我问嫂子好。"

老同学说："一定的，这次来北京散心很感谢你，那晚上没有你听我倾诉，我可能已经卧轨了。"

马松说："每个人有每个人的苦衷，咱再联系吧。"

马松挂了电话。

马松挂了电话，屋里静悄悄的。

人都上哪儿去了？马松借上厕所之际，溜到隔壁编辑室坐了坐，他发现人们看他的眼神怪怪的。回到自己的办公桌前，他发现同事王乐已经坐着喝茶。王乐看他的眼神也怪怪的。马松隐隐约约猜到了原因。他想，大概我把"洋葱头"的房子撬开一事，整个出版社都知道了。那又怎样呢？这也是没有办法的办法。如果"洋葱头"要赔偿，那就付给他房租好了。

可是，事情没有这样简单。在接近中午的时间，马松被社长叫走了，社长询问了这个事的来龙去脉，批评倒是没有批评他，只是说："你有困难，早跟组织汇报嘛，组织会想办法解决的。"马松心想，真是说的比唱的还好听。"你这样做是犯法的，而且叫同事怎么看你？我听说，你撬开'洋葱头'的房子不但不道歉，还把他骂得狗血喷头？你在我印象中可不是这样的。"

马松脸涨得通红，他没命地解释自己没有骂过'洋葱头'。社长说，"这大概是我记错了，有可能是你的家属骂他。我也是一早听

'洋葱头'向我反映这个事才知道的。洋葱头说他原本原谅你了的，但是他今天打电话回家，可能被你家属骂了，骂得很难听。你还是给他打个电话，解释一下。"马松想象得出来，如果接电话的恰恰是他岳母，就算与"洋葱头"相隔千里，她也会把"洋葱头"骂得背过气去，自己想抽自己。因为她骂得更专业。

马松从社长那儿出来，躲在楼顶给"洋葱头"打电话，谢天谢地，"洋葱头"没有像上次那样对他又喊又叫的，只是说："马松，碰上你这个扫把星，是我不小心踩了一泡狗屎，是我本命年的一个坎，如果我要移民火星也是为了要离开你。因为你，我这几天在外面都没有玩好，好在我明天就要回家了，在回到家之前，你无论如何也要从我屋里消失掉，尤其你家那个骂我的老妖婆，要是让我老婆看见了她赖在我们屋里，会死人的……"

马松没想到"洋葱头"说得这样可怜，他本来还想对着电话装哭的，以求得"洋葱头"的同情，这样一来，他反而同情起"洋葱头"来了。伴君如伴虎，马松心想，他那个拥有酱油瓶鼻子的妻子，想必对他也是轻则恶声恶语、重则拳脚相加，跟城管对付小贩似的。马松想到又一个男人的尊严即将受到蹂躏，就更愧疚于"洋葱头"了，说："'洋葱头'，你放心吧，今天晚上一定从你家里搬走！请你相信我！等你回来的时候，一切如故，保证你老婆不会因此埋怨你。"

"洋葱头"说："但愿这一次你不是在骗我。"

马松必须在"洋葱头"抵达北京前，叫胖子搬走，还要把岳父母转移出豪宅，接到自己那间简陋的房屋住；否则，他无法向社长、"洋葱头"和同事们交代。马松在办公室急得如热锅上的蚂蚁，因为"洋葱头"留给他的时间不多矣。

于他而言，现在最紧要的任务就是把岳父母转移出去，至于胖子那边，还不是事件的重心。他想，事情到了这个地步，已经没有必要向岳父母撒谎了。他把房子租出去，这是事实。假如岳父母说他是骗子，那就骗子好了；叫女儿和他离婚，那就离婚好了！他对岳父母的

213
逃
跑

感受以及可能出现的危机，已经无所谓了。自己只是穷、软弱，但是诚实。他想。

江嫣却还想坚持，没有撤退到底的意思。她跟马松吵起架来："不行，你不能这样，马松！你现在不要说实话，不能说就是不能说，我跪下来求你行不行？我不想伤害他们，不想让他们知道我们还不起贷款租房给别人住，不想让他们知道我们很不幸福，不想让他们在亲戚面前抬不起头，马松，你能理解我的苦吗？"

马松吼道："我不管！我需要房客的钱，这有什么？我真的受够了！很累很累，我在出版社已经颜面扫地了，我不想再蝇营狗苟地活下去，不想每天醒来首先想到的是贷款，一想到这个，我为自己可怜。昨天，银行又打电话来催缴月供了，你叫我怎么办？"

江嫣质问道："哼，照你这么说，你过这样的日子都是我造成的喽？还不是因为缺钱？如果你能挣到大钱，我用得着这样吗？如果你早几天把胖子赶走，如果你当初不去撬别人家的房门，如果你不跟我爸妈说买了两套房子，我现在跟他们解释起来也会容易得多！"

马松说："去你的！嫁给我这样的穷人，想过的却是富人的生活！你自己也想一想，我不是从今天开始变穷的，你如果认为我没用，你当初就不要嫁给我！你去找有钱人嫁了吧！"

江嫣在电话那头委屈得呜呜哭个不停："马松，我嫁给你，你说说，我享过一天福吗？你以为我愿意过这样的生活啊！我告诉你，我怀过两次孕，我都不敢跟你说，偷偷地到医院打了，怕你因此埋怨自己，责备自己。如果不是因为缺钱，孩子都会走路了啊！"

马松低着头，心里针扎似的难受。他知道彼此都为这个家付出了所有。

马松说："好吧，我再想想办法。"

马松想得脑子都疼了。

马松只想出了两个办法：第一个办法是离家出走，等半个月后回来，收拾残局；第二个办法是犯点罪，让派出所抓起来，等放出来时，想必岳父母已经走了。这两种办法，其实都是为了达到一个目的——逃避。而逃避，多么对不起江嫣……

哭泣事件

临到下班，马松仍没有想出一个两全其美的办法。这时，他的同事王乐要回去了。王乐对他说："马松，我看你今天又是摇头，又是咂嘴，又是皱眉头的，是不是又遇到了什么麻烦事了？"

马松说："何止是麻烦事，简直是末日来临了。"

马松决定放下男人的尊严，让王乐帮忙想想对策。

王乐说："区区小事有何为难的，你真是书呆子，所以才会去撬洋葱头家的门。"

"你有什么好办法吗？"

王乐说："这还不简单吗？你按我这个办法去做，保准两个老家伙再也不想在洋葱头的房子里住下去了。"说着，王乐凑在马松的耳朵上，讲了一句悄悄话，讲完之后，他扮了一个鬼脸，先下班了。留下马松一个人在办公室呆呆地坐着。马松有些难以把握王乐说的话，到底是真心帮忙的，还是捉弄他的。

不过，王乐说的这个办法倒是简单易行，就算失败也不会造成什么损失。马松还是决定试一试。

晚上十一点了，马松还在喝酒，喝酒的原因并非是为了执行王乐跟他说的方法和为自己壮胆，而是同学李棍买好了火车票，明天就要回家与妻子重归于好了，李棍执意回请他在小酒店吃饭。按理说这回别人掏钱请客，马松应该喝个烂醉如泥才对，事实上马松喝得很少，吃得也不多。因为忧愁，他丧失了胃口。

李棍似乎注意到了马松的变化，说："马松，你我是性情中人、莫逆之交，你有什么心事或困难需要我帮忙的，你直说。"

马松说："我没有什么心思，也没有需要帮忙的。"

李棍说："你要是当我是你兄弟，只要我能做到，赴汤蹈火也要帮你。你就不该瞒我！是不是你老婆也有了外遇？"

马松说："你不要胡说！就是老婆被人睡了，我的苦也不会这样有口难言的；就算说出来，你也不会理解的。"

李棍说："怎么会不能理解呢？你说的又不是外国话。"

就这样，马松在老同学的诱导之下，终于把他遇到的困境全部说了出来。说完之后，他又有些后悔，怕李棍回去之后，在熟人之间散布他在北京的窘迫生活。他低着头，显得很脆弱。

李棍说："马松，你呀，真是把简单的事情弄复杂了。你那同事帮你出的主意不就挺好嘛。这样吧，我来帮你做这件事。"

马松说："你愿意帮我当然高兴，只怕耽误了你的行程。"

李棍说："我要到明天凌晨才上火车呢，这中间正好给你帮忙。"

于是，两人又碰了几次杯，商量了一番，直到小酒店打烊，马松才回到了"洋葱头"的家。此时，已经子夜一点了，岳父母跟往常一样早睡了，江嫣和衣躺在被窝里，似睡非睡。马松很想跟她说说话，但又无从说起。他干脆熄了灯，也和衣躺下。大概过了半个小时，马松听见李棍开始行动了，为了消除紧张，他故意发出很响的鼾声。

不一会儿，江嫣摇了摇他："马松，你醒醒，你醒醒！"马松问她怎么回事？她说，她好像听见窗玻璃被人敲了三下。马松说："这么晚了谁会来敲窗户，除非遇见了鬼？"江嫣说："不会是'洋葱头'回来了吧？"马松说："如果是'洋葱头'，他敲的会是门，再说他要等到明天下午才回来呢。"江嫣问："那会是谁敲呢？"马松说："会不会是虫子要飞进来？"江嫣推推他，"你起床去看看不就明白了？"

马松悄悄地下了床，掀开窗帘看了看，说："什么也没有看到，大概是你做梦吧。"江嫣不相信，正要下床看个究竟，这时他们听见岳父母的房间里响起了一声尖叫。这声尖叫响亮无比，就跟猪挨了宰一样。江嫣把马松抱得紧紧的："马松，快去看看！不会是我爸妈那边出事了吧！"

马松拉起江嫣就往岳父母的房间跑，没想到岳父母吓得已经跑出来了。岳父只穿了一条裤衩，瑟瑟发抖；岳母连衣服都没来得及穿，用一条毛毯裹着身子，那身子就像几个装满土豆的麻袋堆在一起。这样的情况，大家也顾不上什么形象不形象了。四个人战战兢兢挤在过道里，面如死灰。

岳父说："这半夜三更有人敲玻璃是怎么回事？是不是小偷？"

岳母说："不是小偷！我刚才肯定看到了鬼，鬼在窗外一闪而过，他的头又大又丑，咧着嘴，獠牙很长……"

江嫣说："妈，你别说了！你越说我越害怕！"

岳母说："我说的是真的！我先是听见敲玻璃的声音，接着，玻璃上出现一个黑影，就跟电影里一样的鬼，贴着玻璃想跳进来。我问你们，这屋里是不是死过人？"

江嫣说："妈，这屋子是新买的，没有死过人！"

马松也说："这屋子的确是新买的，不要说死人，就连耗子都没有死过一只。"但是，马松又说："有一个谣传，不知当讲不当讲，据说这个住宅区以前是一片坟场。我们刚买房的时候，不知道这个情况，直到有一天，我在花园里种花，从地下挖出一具女尸，一身白，连头发都是白的，我才相信谣传是真的！"

江嫣已经吓得发颤了："马松，你不要骗人，你什么时候在花园里挖过地了？"

马松说："你不知道的事多着呢！我在深夜里，还常听到有女人的哭泣声。你们听，就是这么哭的，噢呜，噢呜……住在这里的居民实在无法忍受种种恐怖的现象，开始陆续迁走。"

岳母说："天哪！这么说，这里真是一间鬼屋！难怪这几天怪事很多，做饭时明明切完的菜放在菜板上，等你往锅里放完油再回头，菜没了。而且我接到一个电话，竟然说这房子是他的！看来，那电话是鬼打的，我的天哪，我是跟一个鬼在通电话！"

岳父说："都在胡说什么！什么鬼不鬼的，越说越迷信，依我看，那个电话就是这间屋的房主打的！关于这个事，我正要问小马呢！今天早上你刚走，就有一个长途电话打来，说你撬开他的门，住进了这个房子，他要找你算账……"

马松没想到事情突然扯到"洋葱头"的电话上去了，一下子被问住了，感到很尴尬。好在无知而傲慢的丈母娘沉浸在鬼的臆想里，再次帮了他的忙。她说："老头子，你还不明白吗？那个鬼就是这屋子的主人啊！他的意思是我们掘掉了他的坟墓，在上面造了屋，可是虽然造了屋，那鬼还认为这是他的地盘……"

"是啊，是啊，从阴间打来的电话肯定是长途的……"马松忽然觉得岳母漂亮了许多——赶忙说，"我以前也接到过一个很恐怖的电话，也说这屋是他的。他还多次蹿到屋里来吓唬我和江嫣。江嫣，你曾经做噩梦，梦见老有什么很沉很重的东西压在胸口上，是不是？那叫'鬼压床'，是那个鬼压在你的身上……"

江嫣已经完全被弄糊涂了，大脑空空荡荡的，她睁大着眼睛，冷汗滴答滴答从额头掉下。岳父说："我们现在先不要自己吓唬自己。你们听我的，都不要往那方面想。我想是有人在搞恶作剧，你们两个女的待在屋里，我和小马出去看看。实在不行，我们还可以报警！"

马松心想，这老东西真是老奸巨猾，他一定怀疑是我在搞鬼，否则他不会这样说的。

马松很为难，担心一出门，他和李棍串通好的计划会被岳父识破。这时，岳父已经找了一根棍子，还有一个手电筒。他对马松说："我的这只手伤还未好，棍子你拿着，我帮你照手电。"马松被逼无奈，只好拿起棍子，打开通往后花园的门。

屋外黑黑的，不是完全看不见，但也不是看得很真切，花园栅栏外的树影和栅栏内的葡萄架，影影绰绰，仿佛随处都有鬼魅躲藏在暗处似的。岳父将手电照来照去，从"洋葱头"种的花草里飞出昆虫。

岳父说："小马，刚才大概真有小偷来过了，你看那边的脚印。"

马松说："是吗？也有可能。"

岳父说："鬼这东西我从来不信，二十年前我们工厂的宿舍也谣传有鬼，我不信，去蹲点，结果被我抓住了，是一个小偷，我直接将他押到了派出所。"

马松听了岳父的话，叫苦不迭：没想到这老家伙是个无神论者，但愿装鬼的李棍已经离开才好，这个笨蛋，连装鬼都不会，没有把岳父吓倒，反而吓得精神了。马松想到这儿，很有些沮丧，因为岳父再不答应搬走，"洋葱头"就要回家了。情急之下，马松的脑子里突然冒出一个念头：要是李棍已走，不如由我亲自吓他一吓，就像小时候吓同伴那样，两眼上翻，伸出舌头。

马松被这个念头吸引了，说："爸，你看，那具女尸就是从那个角落挖出来的，她一身白，肉没有烂，一张脸也白白的，我一镐子挖下去，一股毒液喷到了我脸上……爸，就在那边，把手电给我，我照给你看。"

岳父却没有把手电给他，或许他太想揭穿女婿的把戏了，或许仅仅因为好奇心使然，他大步流星地朝女婿指给他看的那个角落走去，完全没有想到身后的女婿已经起了歹心，就像一个鬼一样跟着他。更让他没有想到的是（当然马松也没有想到），那个装鬼的李棍并没有走，此刻因为无处躲藏，蹲在通往"女尸"之路的一簇花丛里。

李棍也没有想到，他刚才趴在窗户玻璃上的表演没有达到应有的效果。他现在很紧张，蹲在花丛里一动不敢动，难受得要命。马松又偏偏指引他的岳父往他所在的方向走来，眼看马松的岳父照着手电离自己越来越近，李棍前无出路后无退路，狼狈不堪。他不得不憋足力气，就在马松的岳父将手电照向自己之际，大喊一声，从花丛里跳了起来。

而此时，马松的岳父一心想走到那个埋葬女尸的角落，完全没有注意到小径边的花丛，李棍突然跳起的一瞬，他恍惚看见了如妻子所说的那个鬼，他感觉心脏咯噔一声，就像断了一样什么东西，他赶忙转身向后逃去，不料撞见因受惊忘了收回表情的马松怔怔地站着（事情发生得如此突然，马松同样吓得不轻），两眼上翻，伸出舌头。岳父一惊之下，心脏发出连续的断裂之声，倒在了地上。岳父喊道："有鬼，有鬼!"随后便晕死过去了。

马松起码有半分钟不知身在何处，再看李棍，同样不知所措地站着。"笨蛋，你快跑啊!"马松喊。李棍这才翻身跃过栅栏，摘下了面罩，跑远了。

自然，李棍逃跑的时候，屋里的江嫣和她母亲已经赶出来了，她们终于明白鬼屋闹鬼是怎么回事，气得就差晕过去了。"你为什么要这样对待我们啊！你为什么要吓唬我们啊?"岳母捂着脸，哭起来的声音就跟毛驴在嘶叫……

只是马松的岳父昏迷不醒，她们现在还无暇就地审判马松。她们一个跑进屋去打求救电话，一个瘫在岳父身边，悲戚、惊恐地呼喊着丈夫的名字。"老江，醒醒啊！醒醒啊！"马松岳母的呼喊夹着颤抖的哭声在住宅楼间回荡，引起了整个小区的恐慌。小区的保安倾巢而出，一些助人为乐的业主也起了床。

不用说，事情可真变得热闹了。不明真相的和欲知真相的人，都挤在洋葱头家的花园旁，有的说夜里马松的岳父见鬼了，并且形容鬼的模样；有的说是女婿把老头子打成这样，因为老头子偷了女婿的钱去找妓女，这个岳父真不是东西；有的说老头子是梦游者，如果看到一个人在梦游，千万不要去叫醒他，老头子就是因为在梦游时被叫醒，结果成了这样。五花八门，什么说法都有。最后警察也介入了。

警察的介入并非像某些人期待的那样，是跑来抓鬼或者维持秩序的，而是因为保安发现住在"洋葱头"家的这四口人，身份极其可疑，他们赶紧报了警。总之，马松岳父在苏醒之前被送到了医院抢救，马松则被警察带走了。你也可以想象得到，马松在审讯室接受审讯的心情。他几乎要发疯了。他在审讯室大喊大叫，拒不承认自己是入室抢劫犯，也不承认是他勾结外人装神弄鬼。结果他尝到了拳头的滋味。

"你这是什么意思？"一个警察在用拳头揍了马松的脑袋之后，又用一根手指头指着马松的鼻子，"你说话要动脑子，你有房子出租，为什么还要撬开别人的房子？这样做仅仅为了好玩吗？"马松被揍得脑袋嗡嗡直响，有气无力地说："一点儿也不好玩。"警察再次暴跳如雷起来："好一个嘴硬的家伙，别装蒜了！给我放老实点儿！不说实话小心我把你的舌头割下来……"

当审讯结束，马松被放出来的时候，他的头肿了一半。一个警察把他带到了一个敞着门的地方，对他说："你可以走了！以后识相一点！"此时，天已蒙蒙亮。经过了担惊受怕的一夜，马松又困又乏，猛一走到派出所门口，他才发现自己根本不想回家。他很清楚这新的一天，他将要去面对什么，他打了一个激灵，思想被回家的情景压垮了。

"我还可以待在这里吗？我还想回到板凳上睡一会儿。"马松问。

"不行！快给我走，快走！"那个警察呵斥着，狠狠地推了他一把。

马松就这样来到了街上。他的眼睛虚焦空茫，恍如木偶泥胎一般。"我该怎么办呢？"马松在街上漫无目的地游走，感到泪水涌出了眼眶。他走着走着，没有目标，没有方向，感觉不是自己走而是有人推着他走似的。终于，马松走累了，瘫坐在街边绿地的石椅上。他很困，竟然坐着睡着了，睡着之后大概又做了噩梦，几次大喊大叫起来。街边的行人躲得远远的，以为这是一个人垂死的过程。直到马松放在胸口的手机响了，他才从梦境中摆脱出来，马松醒了。

电话是李棍打来的，问："马松，我已上了火车，就要走了，你岳父没事吧？啊？可把我吓坏了！"

马松张着嘴，嘴唇抖动半响，才说："没事没事，兄弟，我们挺好，放心吧。"

马松挂了电话，又来到了街上。街上变得更嘈杂了，车来车往。马松走了五分钟，感觉自己越来越滞重，发软的身子如一袋被雨淋湿的面粉。他现在唯一的想法就是躺在床上，睡得像个死人。可是多少烦人的事再次涌现在脑海：岳父、岳母、江嫣、医药费、"洋葱头"、出版社、领导、同事、按揭、催款、债务、乡下老父母……它们像胃酸一样不断地泛上来……

他最终停下了脚步。他注意到，一个流浪汉在朝他走来，夸张地哼哼着。

"行行好，先生，我没钱吃早餐。"

马松摸了摸口袋，口袋里还有一百来块钱。

"对不起，这钱我不能给你，我要用的。"马松说。

流浪汉很失望，正要走，马松却摸了摸手机，叫住了他："兄弟，你要上哪儿去？"

"我想上哪儿就上哪儿，四海为家。"

"你，能带我一块儿走吗？"

"不行。我喜欢一个人。"

"那就算了。"马松说，"你不是一个好相处的人。"

流浪汉没说话，瞪着一双玻璃珠似的眼睛。

马松说："喂，我有一部手机，对我来说已经毫无用处了，送给你，要吗？"那个流浪汉说："要。"马松就把手机交给了他。他大概还没拥有过一部手机，所以当宝贝一样拿在手里。

马松说："你得答应我，待会儿如果有一个凶巴巴的女人打电话来问起我，你就比她更凶巴巴地答：'我不回家啦！'"

"你是谁呀？"流浪汉问。

马松摆摆手，说："一个比你倒霉的人。"

流浪汉点点头，头也不回地走了。马松目送他，直至踪影全无。

我终于变成一个自由人啦。马松心想。

代　孕

　　阿松、阿香夫妇有两个孩子，都寄养在父母家中。大的七岁，九月份就要上学了。小的才刚刚学会走路。阿香生下小的孩子后，就一直自己带着，靠阿松一个人挣钱。终于养到孩子咿呀学语，尿和屎也不会一天到晚拉在身上，夫妇俩商量了一番，还是决定把孩子塞给父母，阿香也出来做工。

　　这是没有办法的事情，两个人挣钱总比一个人多。孩子再重要，家里没有钱，谈什么都是空的。比如：大的孩子到九月份就上不起学。比如：没有钱心里是慌的，一摸孩子的额头烧得像块炭，也不敢抱到卫生站去看，终于熬到孩子烧退下去，自己也躺倒了，心里就像犯了罪。

　　阿香说："我还是跟你一起出去吧，别人能做的事，我也能做。"

　　阿松看了看阿香的身子骨，粗粗壮壮的，这一点他在床上领教了。

　　阿松、阿香于正月十三坐上了进城的中巴车，第二天就租好了房。第三天，阿松说："城里的元宵节很热闹，我带你去看灯。"

　　阿松、阿香往市中心跑。广场上就像刚刚倒进农药的鱼塘那样喧闹。区别是，鱼塘里的鱼喧闹一阵后就翻着肚子，不动了，人却越搅越浑、越有劲。阿松、阿香在挤来挤去的过程中，也获得了快乐。

　　阿松说："现在时间还早呢，等到天完全黑下来，还要舞龙、放烟花，你看那边架子上还没人，我们先爬上去占个好位置。"

　　阿松说的那个架子，是一块还没有来得及完成的广告牌，已经完工的上半身是一个袒胸露背的外国女人。阿松在工地上是做粉刷的，善于爬架子，就爬上去了。阿香却不敢爬。于是，架子上的空位置很快就被效仿阿松的人填满了。

结果——

广场上表演最精彩时，那个铁架子吃不消，突然坍塌了。架子上的人掉了下去，外国女人压了下来。连阿松自己都不知道，他是怎么受的伤，又是怎么躺在医院的病床上。他只听阿香说，当时场面一阵混乱，警察都鸣枪了，坍塌的广告牌下面压了好几十个人。

虽然检查的结果说阿松没有脑震荡，但是他总感觉头晕。这种感受真是糟糕，从医院出来后，他垂头丧气地去做工，才发现自己再不敢去爬脚手架。爬上去以后眩晕、恶心，连三楼的高度也受不了。

阿松出来是为了挣钱，现在患了这头晕的病，让他很苦恼。这么多年来，他刷的墙要是摊在地上，足有几十个足球场那么大；现在，他却不能再做一个技艺娴熟的粉刷工了。他躺了几天，吃不香睡不好，琢磨着自己必须换一条路走了。至于换什么路走，他不知道。

阿松平时总羡慕他的几个老乡，会动脑筋，懂得挣轻巧的钱。只有自己还在做苦力。他其实一直想找个轻松点儿的、挣钱又多的事情做做。

他的几个老乡，有的在商场卖皮鞋，有的在汽车站开快餐店，有的像模像样地注册了装修公司，可是若干年前，这些人和他一起出来的时候，跟他一样在劳务市场门口拿着干活的工具，像一群逃难的难民。那时候，阿松挣的钱不比他们少，因为阿松身上力气多，又不偷懒。

可是，恰恰这身上的力气制约了他。因为身上力气多，就总能找到活做；有了活做，就会认真地干活，不肯去动脑筋了。这就好比一头牛，一旦套上牛轭，就只能被人抽打着拉犁了。从这个意义上说，不能爬架子刷墙，倒不一定是坏事呢。

这么想明白了以后，阿松就下了狠心，以后干脆不再做苦力了。他想，别人能挣轻巧的钱，为什么我不能挣？

阿松开始在城里转悠，呆呆地看大街上的店铺，看报纸的中缝，看电线杆上的小广告，看地摊杂志上的致富信息……看见什么，都要想一想：这有没有钱挣？那有没有钱挣？看见一个厕所，都要琢磨半天。按照他的设想：他可以承包一个厕所，他搞卫生和卖手纸，阿香呢，就在门口卖粽子、茶叶蛋，两个人相互照应……甚至，孩子也可以接到城里来，让孩子在胸前捧一束鲜花卖……

一通胡想之后，他更觉得街上到处都有钱挣。一个人不使用身上的力气后，脑筋真的活络了。脑力与体力之间的关系，就是彼消此长。有一次半夜了，阿松还要把阿香推醒：

"阿香，你支不支持我投资啊？"

"你说什么鬼话，困死了！"

"就是自来水变燃气的事儿，一本万利，能挣很多钱！"

"你神经病啊，水能当柴烧，还轮得到你去挣呀！"

"这有什么轮不到的？只要交三千块钱，就教给你技术……"

"我看你呀，还是去找找村里的阿文他们，也许会帮你一把。"

"呸，我才不去找呢！说是老乡，可人心早变了，唯恐你混得好。你没看见阿文最早把老屋扒了，在旧基上盖洋房，那后来挣了钱的阿东，就在阿文门前把洋房造得更高，村里这几年都在比谁的洋房造得高，就剩下我们，再怎么苦，也不能把房子抬高一寸……"

"唉，既然我们没那个本事，去想这些干吗？我又不嫌你穷，睡吧，明天还要找工作呢！"

阿松却不困，在黑暗中瞪着牛一样的眼睛。他有一种预感，只要肯动脑筋，总能找到发财的路，一旦找到发财的路，那你看着吧，谁也拦不住……或许明年就可以把老屋扒了，在旧基上盖洋房，盖得比谁都要高、都要漂亮……

可是，第二天早上，阿松无精打采地出现在街上，既没有去开自来水变燃气的工厂，也没有去承包臭烘烘的厕所。他坐在街边茫然无措，嘴里嚼着发硬的油条，就像老牛吃着干草。他想："发财哪有想的那么容易啊，如果容易，这扫大街的愿意扫？这卖油条的愿意天没亮就起床？"

总之，阿松内心矛盾，又充满迫切的幻想。他与自己斗争了好几天，最终去订做了一辆"麻辣旋风车"。自此，阿松发财的愿望才算有了具体的手段。

"麻辣旋风车"是阿松取的名字，车的造型也是他在纸上先画好了的。比起常见的卖小吃的手推车，它的体积要大三倍。简直可以说，它不是一辆手推车，而是一间形式别致的饮食店。它既可以卖麻辣烫，也可以卖烤肉串，还可以卖酸辣粉和茶叶蛋。

最重要的是，阿松对这辆漆成红色的饮食车满意极了。交付使用的那天，一路上都有人扭头朝它张望。阿松回到家就买了一些原料，无师自通地操练了一番。他对阿香说："阿香，你先来尝一尝，如果卖得好，你就不用去找工作了，我也帮你去订做一辆，我们一个在城北卖，一个在城南卖，到过年准能挣到一大笔……"

阿松正要说"挣到一大笔盖洋楼的钱"，却听见阿香"啊"的一声尖叫，把阿松的美好愿望叫回去了。只见阿香咧着嘴，跳着，两手不停地扇动嘴巴前面的风，好像有谁放了一个屁，必须用这样夸张的动作才能驱走被污染的空气。

阿松问："怎么回事啊，你？"

阿香说："你成心想辣死我啊你！"

阿松忍不住笑了。他敏感地意识到，阿香夸张的叫喊，正是他的卖点。

第二天，他真的推着"麻辣旋风车"上路了。果然，他那超出常人忍受极限的麻辣旋风，立刻吸引了食客的注意。阿松在呛人的烟雾和食客"啊""啊"的叫喊声中，忙碌并且快乐着，以至于下面这件事即将发生之际，他完全沉浸在难以抑制的挣钱的快乐里。

殊不知，麻辣旋风车的体积、艳丽的外观以及浓烈的气味，既可以引来饕餮的食客，也容易招来嗅觉灵敏的城管。当阿松正埋头为一个小姑娘烧烤一对鸡翅时，突然从什么地方刮来一阵歪风，把街上的小贩刮得惊恐万状。阿松没有经历过这等事儿，他看着小贩们收拾地摊仓皇逃窜，心里感到怪怪的。

发生了什么事？跑什么呀？他正要跑过去问一个人，不料，这时他看见两个穿制服的人朝他冲过来了。人的本能告诉他，自己可能违法了，他推起"麻辣旋风车"跑起来。可是"麻辣旋风车"的弊端

哭泣事件

在这时暴露出来，它又大又沉，炉子里还冒着烟，推着它，就像推着古代的战车。

阿松急了，撞倒了栏杆，还撞伤了好几个人，整条街道被搅乱了。最后，"麻辣旋风车"被没收了，阿松被关进了拘留所。

是的，就在拘留所，阿松遇到了那个名叫阿强的人……

阿强是汤溪镇人，因为聚众赌博被拘留十四天。虽然汤溪镇人向来认为自己是"平原人"，从而瞧不起阿松这样的"山里人"；可是当他们一起在城里出现的时候，都成了不折不扣的"乡下人"。所以当他们从拘留所出来的时候，虽然没有什么交情，却留了联系方式。

然后，阿强往南走，一直走到看不见；阿松呢，往北走，一直走到他的简陋的出租房。他一进出租房，就躺下了，一觉睡了三天……

阿松就像一棵被人砍断了根须的树，他那伟大的发财梦想，遭到了毁灭性的打击，他变得蔫头耷脑。不但如此，跟随他来到城里谋生的阿香，因担心丈夫的安危，人也瘦了一圈。这些日子，她天天愁夜夜哭，阿松被抓进去了，她找不到工作，从家里带出来的钱也快花光了。她埋怨阿松起来："你有多大能力就吃多大碗饭呀。"

没想到阿松回敬她的是拳头："你闭嘴！我就是去偷去抢，也不会再去做牛做马！这世界黑得很，我真的失望了！"阿松说完以上的话，独自来到街上。如果有出路，谁愿意丢下父母儿女，跑到这个乱糟糟的地方来？

阿松很无奈。第二天，这种无奈彻底俘虏了他，他重新回到了工地上。这一回，他爬上脚手架，头倒是没有以前那般犯晕了，可是他的脑子里很混乱，几次差一点摔下来。包工头不得不警告他："阿松，你想让我给你出丧葬费，是不是！"

阿松可怜巴巴地来到地面上，感觉自己真的被这个世界抛弃了。回家的路上，他就跟丢了魂似地爬上一辆公交车，坐到了一个从来没有到过的地方。他躲在一个无人的角落偷偷地流了几滴泪，然后蹲下来，从口袋里掏出一堆零票，又从那堆零票里找到了阿强的号码。

他捏着那个号码，就像捏着一根救命稻草，在电话亭前逗留了很长时间才进去拨打。他语无伦次、结结巴巴地说了半天，对方才明白他是"山里来的阿松"。对方笑了："你就说我们是一起蹲过牢房的兄弟，不就完了嘛！"

就这样，我们的故事兜了一个圈，又回到阿松与阿强的见面上来了。可以说，如果阿松与阿强不再次见面，那么阿松一定会去做点别的，比如再去承包厕所，比如还靠力气吃饭，甚至去偷去抢，那么这个故事的标题《代孕》，就需要修改了。可是现在，阿松既然已经与阿强联系上了，这个故事自然就与阿强说服阿松，阿松又说服阿香去"代孕"有关。因为阿强表面上是一个游手好闲的赌徒，实际上从事的是帮人物色妇女"代孕"的勾当。

那么，阿香肯定是不会同意的。阿香说："我就是饿死穷死，也不会去给别人生孩子！你以为我是那种不知廉耻的女人吗？"

阿松呢，不得不从头引用阿强的说辞，企图说服阿香。诸如：代孕不是借种，更不是卖身，代孕不需要身体接触，人家只借你身上一个子宫。子宫是什么？就是你肚子里的育儿袋，你就当把育儿袋对外出租十个月好了……

阿香听阿松讲得这样起劲，以至于两目放光，她的眼泪哗啦啦流下来。她很想说："你想出租我身上的育儿袋，你以为我是可以出租的房屋吗！"可是，她又想到自己既没有文化，也没有一技之长，来城里这么久都找不到工作，拿不出勇气来顶撞他……

阿松见阿香抽抽搭搭地哭着，心里也酸酸的。

"阿香，我也不忍心这样做啊！可是我们能怎么办？村里人都知道我们出来了，又要两手空空地回去吗？如果你愿意，人家阿强说了，保证你十个月后拿到六七万。六七万！那是一大笔钱啊！你说说看，我们到哪里去找这样的好事呀？有了这六七万，我们可以回家盖洋楼，也可以在城里开一家什么店……到那时，我们可以接两个孩子到城里来生活，我去找最好的学校……"

阿松的憧憬终于击败了对方。阿香离家的日子，最最割舍不下的，就是丢在老家的两个孩子。她是在两个孩子的哭声中离开家的——大的孩子已懂事，抱住她的腿，哭喊道："妈妈！你什么时候回来啊？你走了，我和谁睡觉？"小的孩子受了哭声的感染，也跌跌撞撞地来追她，她看见他跌倒了，在地上爬……

她低下了头。

于是，一个星期后，一辆小轿车开到棚屋前，阿松真的把阿香交给阿强了。当然在这之前，还要签一份协议，并且给了定金。阿松拿了定金，看着阿香坐上了阿强的车，车开走了，棚屋的门前只留下两道深深的碾痕。

阿松回到屋里，屋里一团漆黑，几条光柱从牛毛毡的漏洞里打下来，打在他的脸上。他一摸脸，湿湿的，知道自己流泪了。他倒在床上，用被角擦了擦眼睛，他闻到了被角上残留着的阿香的体味。他压抑着自己，将头埋在被子里哭了起来。因为他心里明白，怀一个孩子要受多大的罪……

阿松哭完了，坐在床上，数起了钱，钱的数目是对的。他捏着钱发了一阵呆。毕竟，这是阿香出租子宫挣来的第一笔钱。这样的钱是拿命去换的！从此，阿香就不能住在家里了……

阿松心乱如麻。

阿强会不会是一个骗子呢？

这种担心到夜深人静时，更是难以排遣。他一会儿猜疑阿强会逼阿香和想要孩子的男人上床，一会儿又忧虑阿香死于难产……以至于某一片刻的昏睡里，他大呼小叫着被噩梦惊醒。他竟然梦见阿香被阿强捆绑在一个"保胎架"上哭泣。简直没有比这样的梦境更叫人揪心的了。因为阿松在老家时养过猪，母猪怀孕后为了保胎，要把母猪架在保胎架上，直到母猪把猪仔全部生下来，才会把它从保胎架上放下来。

阿松想到怀孕后的阿香被活生生地架在保胎架上，想躺，躺不下，想站，站不直，只有垂挂在保胎架下的紧绷绷的肚子，越来越大，越来越鼓，等到瓜熟蒂落之时，阿强一把剪刀扎过去，把阿香的肚子剪开了……"哇"的一声，一个别人的孩子被掏出来，抱走了，丢下被剖了膛的阿香，趴在保胎架上挣扎……

如果是那样，阿香就是在炼狱里受刑啊！阿松再也睡不着，就像疯了似的给阿强打电话。阿强的手机提示关机了，他仍反反复复地打，直到早晨八点终于打通了。阿松开门见山地要求阿强把阿香送回来。阿强吓了一跳，问他为什么。阿松说了"保胎架"的事。

阿强被激怒了："妈的，你的脑袋进水了！我问你，你老婆是一头母猪吗？就算她是一头母猪，她将要怀上的，那也是当官人、有钱人的种！你想想，怀着这样高贵的种，还能让她吃苦吗？告诉你，阿香现在就住在高级公寓里，一屋只住三人，一天吃六顿，鸡鸭鱼肉什么都有。这样吃好喝好、有专人伺候的日子，跟神仙比，也不过如此！"

阿松想说一句反驳的话，被阿强打断了。阿强说："我再次提醒你，代孕不是儿戏！整个流程都很严格！不管吃的住的都要健康，生活也要规律。早餐后读书看报，中午要午休，下午要出去散步，晚餐后还要听音乐。所以，你把心搁在保险柜里……"

听阿强如是说，阿松也不知说什么好了。挂了电话，阿松劝自己要相信阿强的话。可是，他仍然要联想到在农村喂养母猪时的情形：母猪怀孕后一天也要吃六顿，酸性过大的青贮饲料、含有酒精较多的酒糟，都不能用来喂，而且每次投料量不宜多……这样的联想让阿松快乐不起来。

现在，那种要立刻见到阿香，将阿香从水深火热之中解救出来的念头，反而更加强烈起来。他不知道该相信自己的耳朵，还是相信自己的猜疑。他怀疑阿强在撒谎，怀疑阿香被阿强控制起来了；他怀疑阿强正要把阿香卖到台湾或者香港去，已经准备上路了。

于是，阿松再次拨打阿强的电话。这一回，阿强的口气软多了："阿松，你到底想怎样？我是想帮你才让阿香来做'代妈'的，你不要黑白颠倒了。"

阿松说："我可以把三千块钱退给你！"

阿强说："我真不知道你是这样一个人。阿香优生条件合格，子宫环境良好，已经有一对不孕夫妇看上了她。你这不是瞎捣乱吗？"

阿松死磨硬缠，非要阿香接电话。阿强起初不同意，过了一会儿，阿松听到了阿香的声音。阿松叫了一声"阿香"，眼泪就不可遏止地流下来。"你回来吧，阿香！你回来吧，阿香！"他一个劲地哭喊，以至于当他停止哭喊时，听见的已经是阿强的劝导："阿松！高兴了吧？阿香顺利怀上后，钱不会少你一分的，放心。"说完，电话就断了。

等阿松再次见到阿香，是在二十天以后了。在此期间，阿松四处寻找阿强可能藏身的地方，都没有找到。他准备去报案。这时，阿强的电话打来了。阿强告诉他，阿香已经顺利"着床"了。

阿松真想一把揪住阿强，揍他。可是，当阿强问他想不想拿一万块"着床金"时，阿松那种要把拳头打进手机里去的仇恨，悄悄减了一半。

阿松赶到阿强指定的茶馆。两个人又进行了激烈的较量。最后，阿强不得不带阿松来到了阿香住的地方。这地方虽然没有阿强渲染得那么高档，但的确是幽静小区的三室一厅。阿松在这里见到了阿香，还见到了另外两个同样代孕的妇女。这两个妇女，一个在电视机前慵懒地坐着，肚子已经很大了；另一个模样清秀，肚子要小一号。

至于阿香，阿松注意到，她跟离开时没什么两样，好好的，还是那么粗壮。在阿松和阿香单独待在阳台的几分钟里，阿香告诉他，她刚来时，特别担心要和客户发生性关系，从家里带出来的剪刀藏在身上，直到做完代孕手术，测出自己怀上了，心里才踏实了……

阿松不敢看阿香的眼睛。他问阿香："你们仨人平时都住在这里？"阿香答："厨房里还有一个做饭的阿姨，她睡在沙发上。"阿松又问："那两个妇女是哪里人？"阿香说："一个贵州的，一个江西的。"又补充说："贵州的那个，已经代孕好几次，在城里买了房，把孩子也接来了。"

阿松沉默了片刻，问："听阿强说，做手术时，要把一粒东西放进去？"阿香点了点头。阿松问："手术疼吗？"阿香说："手术不是很疼，就是觉得不是自己的孩子，心里不舒服，在肚子里，总感觉放进来一条虫子……"

"阿强他——真没有欺负你吗？"

"没有。"

"一天真吃六顿饭吗？"

"嗯。我现在吃四顿，等怀到三个月后，也要吃很多。"

听到阿香这样说，阿松的心里更加难受起来。他多么想说，阿香，跟我回家吧！可是他想这样说，话到嘴边又缩回去了。"怀上了，也好……早生，早回来……我等你……"阿松浑身战栗起来。一刹那，他陷入加倍的悔恨与自责之中，窒息得喘不过气来。

不过，阿松最终把阿香搁在一边。一万块"着床金"，他收下了。说实话，阿松在外打工多年，还没有一次性拿到过这么多钱呢。以至于当他走出那个幽静偏远的小区，因为担心被抢劫，还不得不把钱从口袋里掏出来，捆在裤腰里。钱是用塑料袋扎着的，走起来腰部会簌簌作响。

回到他租住的棚屋。一进屋，阿松就关了门，把插销插上。黑暗里，他浑身都是汗，一颗心剧烈地跳动起来。这笔钱，这一大捆，难道真的属于我了？在那个不平静的夜晚，他数完钱，还对着灯泡一张一张地看；看完了，再把那包钱塞在枕头底下，将昏沉沉的脑袋搁在上面。

他整个人仿佛被塑料袋里的那一捆东西压住了，他感觉胸口很闷，脑袋却浮在上面……做什么生意？办自来水变燃气的工厂？开饭店？进服装？卖皮鞋？或者什么都不做，先回家盖一栋洋楼。他想到自己家的洋楼矗立在村口，"嘿嘿"地笑了起来。这一笑不打紧，可把自己吓一跳！他赶紧将手伸到枕头底下，庆幸那东西硬硬的，还在。

他再没有睡着。而且，他从那一夜开始，丧失了睡眠的能力。原因上面都提到了：一是高兴，他从来没有这么多钱，很不适应；二是他现在反而感到了压力，他想让钱多起来，让钱生出钱来。他应该继续想发财的路。

终于，阿松回了一趟家。当然是指农村的那个家。

他简直是换了一个人回去的，进屋的时候，连他的父母都认不出他，以为他是乡里来的干部。他的两个孩子，本来就生疏，这时候吓得躲了起来。村里人看见他，也吓了一跳，因为阿松也穿西装挂领带了。穿西装挂领带是次要的，重要的是他的气场，逼人的、孤傲的，似乎跟以前不一样。

村里人问他："阿松，还没过年，你怎么就回来了？"

阿松说："人长着两条腿，不是只有到过年时才走路的。"

村里人说："怎么没看见你家阿香，她没有回来吗？"

阿松说："我今年也学着做一点生意。阿香在城里帮我打理呢。"

村里人问他做的什么生意，阿松说："我租了一间屋子，帮人织毛衣。我回来就是想找几个人，待在屋里帮我织毛衣。"

阿松说得理直气壮，村里人都信了。可是数天之后，当阿松带着几个妇女到桥头坐中巴车的时候，大家都有些惊讶了，阿松为什么不叫那几个手脚灵活的妇女跟他去城里？他要带走的这几个妇女，别提了，都知道底细，除了胸大、胯大、身材高，做细活是万万不能的。

首先说说阿机老婆铁珠，这女人一顿能吃两斤肉、半只鸡、好几碗饭。村里有人造房子需要帮工，都不愿去找她，她自己不知道，挑着簸箕去帮忙。到了吃饭的时候，主人家急得在锅台旁团团转：叫铁珠吃，没有那么多肉；不叫她吃，怎么开口？没办法，有人打算将三顿饭折成钱，打在她的工钱里。她不乐意了，说："你们知道我家阿机是个饿死鬼，顿顿跟我抢肉吃，我回家什么都捞不着吃……"

其次是阿法老婆阿花，这女人是阿法三十二岁那年从深山老林婆回来的，整整比他小十三岁。刚嫁到山下，连汽车都没见过，看见汽车，不管是谁的，都要抱着孩子往上坐一坐。有一次村里来了扶贫的车队，她又带着孩子来坐了。结果一不留神，那不懂事的孩子在县长坐的车上拉了一泡奇臭无比的屎……

因此，阿松带着这样一些人进城去"织毛衣"，真是异想天开。

不过，阿松对这一趟回家很满意。一是他很体面，把村里人镇了一下，再不敢小瞧他；二是他从村里一共带回三个条件合格的妇女，一共赚了四千块钱。这是阿强付给他的介绍费。

阿强说："社会上有'三铁'：一起扛过枪的，一起蹲过监的，一起嫖过娼的。我与你就是第二铁……那是当然！我对她们肯定会按协议上规定的办啦，这跟你家阿香给我代孕是一码事儿，过几天就会有客户过来看人，看上了，再联系你。放心吧，老弟！"

阿松兴高采烈地回到住处，又在床上数了半天。那种激动的情绪，比起上次拿到一万块"着床金"，丝毫未曾减弱："钢筋以前就从工地上偷拿回去一些，水泥砖头自己到镇上去买，木头更是不缺，自家承包山上多的是，现在就缺一张新式洋房的图纸。有了图纸，自己会泥水活，再找几个人帮忙一下，没什么难的……"

阿松干脆拿笔在纸上画起来。房子的结构自然比"麻辣旋风车"的结构复杂多了。阿松沉浸其中，涂涂画画，忘了时间。

第二天，他补觉，睡了一天。晚上，他是被一个电话吵醒的。他当时真有一些迷糊了，醒来一看，我新造的房子呢？我怎么躺在这个破烂地方？这种感觉就像《聊斋志异》里的书生遇见了鬼。

这时，手机又响了："喂，喂！阿松吗？你马上过来一下，你介绍来的几个妇女，怎么这么难伺！"

阿松赶到孕妇们居住的屋子，只见地上一片狼藉，人们一个个脸色铁青，气氛很是压抑。

"阿松，你来说说看，她们这是什么道理？"阿强发火道，"胃口好，不讲卫生，我就不说了。可你不能弄得真正的孕妇吃不到东西呀！再说了，现在又不是闹饥荒，用得着为吃肉大打出手吗？还有看电视，我这里不允许看大喜大悲的肥皂剧，否则会影响到胎儿的正常发育。可你说说，她们控制着遥控器，一个个哭得跟泪人似的……"

阿松在阿强的抱怨中，叫苦不迭。他当初只注重"育儿袋"的容积与质量了，完全没有考虑到"育儿袋"的素质与修养。这几个妇女虽然适合代孕，可是她们不像阿香那样温柔贤惠。简直可以说，她们缺少教养，不懂规矩。

"我要你来，就是要你劝劝她们，把心安定下来，尽早进入代孕妈妈的角色。你告诉她们，这是给有钱人、当官人生孩子，不是随随便便生一堆傻子下来玩的。这个行业，客户最大的心愿是生出个健康活泼的孩子。能成功，什么都好说。所以绝不允许在这里争吵、抢食，闹矛盾……"

这一番训诫，把阿松训得心悦诚服。因为他养过猪，养殖户同样要防止怀孕的母猪因互相拥挤、咬架、滑倒、惊吓等引起不良的应激反应。可是村里的妇女认为，这是在自己省的地界上，从外省跑来的"贱女人"有什么资格住最好的房间、吃最好的菜？以至于因为这样的地域歧视，双方再次争吵不休。

阿强终于忍无可忍，答应给她们单独租一套房子，由阿松负责监管和照顾她们。她们说："阿松是个男的，我们可是良家妇女呢！"阿强呸了一口，说："就你们的泼妇样，哼！谁有这个胆？这样吧，干脆叫阿香也一起住过去。再由阿香来看管阿松，这样总安全了吧！"

从那以后，阿松真的开始了监工兼保姆的生活。最初的日子，他多少还不能适应，他是一个粗人，监管几个妇女不让逃跑他很乐意，要他在厨房、卫生间里打转，就有些笨手笨脚。更要命的是，他自己有些看不起这份给孕妇服务的工作，当他给她们洗衣、做饭、买菜、擦地板时，会联想到古代的太监，仿佛因此被阉割了似的。但是一身兼二职，工资要高一些，阿松也就不觉得受屈了。

现在，除了阿香已经怀了三个月，其他人的肚子还是瘪瘪的，并不需要特别的照顾。不过，由于他从村里带出来的三个妇女，在前些日子被阿强相继拉走，在一个秘密医疗点做了代孕手术，阿松还是感觉责任重大。阿松心里清楚，能花得起重金找"代妈"代孕的主，都是有头有脸诸如阿强说的有钱人、当官人。他怎么能掉以轻心？

书上说，孕妇在最初的三个月，身体变化虽不明显，但值得注意的是，这最初的三个月是最容易失去宝宝的三个月。为了留住宝宝，准妈妈的一举一动要格外当心。为了做到万无一失，阿松时刻提醒自己，一定要做到猫头鹰一样警觉，老山羊一样耐心。比如营养，要绝对保证它的丰富性，什么维生素、微量元素，什么锌、铁、钙，哪一样都不能缺。

好在他念过书，能看懂阿强指定他看的书。他的许多孕期知识就是从书本上看来的。比如：尿频。

晚上，阿松是睡在客厅沙发上的。不一会儿，村里那个更夫老婆就开始起夜上厕所。阿松本来睡得就轻，听见窸窸窣窣的声响，既怕有人逃跑，又怕有谁得了不好的病，忍不住发起火来："怎么回事？你是得了淋病，还是成心折磨我？"

这个更夫老婆，是跟阿松进城的三个妇女当中最本分的。她怕起夜吵醒阿松，是在黑暗里摸索着走的，突然一声怒吼响起，把她吓得直接尿在裤子上。即便这样，她也不敢说她膀胱不舒服。她只知道哭。她一哭，阿松就更凶了："你流什么猪尿，啊？人家还以为我骚扰了你!"

不过,他刚发完火,心里就后悔了。一是这个名叫"阿芳"的女人,是一个苦命的女人,之所以跟他来城里代孕,是她那烂醉如泥的丈夫逼她来的。二是因为他的原因,把其他孕妇吵醒了。而且,阿香真以为他做了什么不该做的事情,否则阿芳的裤子为什么湿了?

这样的事,阿松只能求助于书本。书上说,刚怀孕的准妈妈,子宫在骨盆腔中渐渐长大,会压迫到膀胱,从而使部分准妈妈老想上厕所,总觉得尿不干净……因为懂了这个道理,阿松也就允许更夫老婆起夜次数能超过三次了。

不觉间,阿松起早摸黑,洗衣做饭,打扫卫生,外加晚上煮夜宵,又过了一段日子。一方面,他开始习惯了这种婆婆妈妈的生活,仿佛他这个七尺男儿就应该为妇女服务。另一方面,他在服务的同时也会产生一种错觉,仿佛自己过上了一夫多妻的生活。这时候,他好像还挺幸福的。

首先是阿香的肚子明显地鼓起来了。这让他很高兴,时刻监视着这个变化——能鼓起来,说明一个新生命的确在阿香的育儿袋里居留、发育了,而在这之前,他总怀疑这不是真的。记得在老家,他剖开鱼的肚子,从里面挖出许多鱼子,泡在玻璃缸里,鱼子却都腐烂了,没有变成小鱼。他困惑极了,玻璃缸里的水,跟小溪里的水,是一样的啊?

接着,那几个后来怀上孩子的妇女——或者说他的小妾,也相继出现了孕期的反应——现在的科技真是发达了,听阿强说,这些新生命是先在试管里孕育,确定成活以后再植入人体内的。试管,不也是玻璃做的吗?为什么鱼子却腐烂了?

阿松对生命的起源充满着天生的好奇心。记得小时候,他除了做过浸泡鱼子的实验,还做过一个腐肉变老鼠的实验。他将吃剩的米饭、变臭的猪肉塞入瓶中,静置于暗处,几天后里面竟然真的产生了老鼠。让他惊讶的是,这种从腐肉里变出来的老鼠和我们常见的老鼠完全相同。那么,这试管里孕育的婴儿,难道也是从腐肉里变出来的?

容不得阿松细探究,几乎在一夜之间,村里那三个妇女的肚子一个接一个地鼓起来了。望着她们渐次隆起的肚子，阿松觉得自己应该对她们付出更多的爱心才对。于是，阿松抛却许多于现实无益的胡思乱想，全身心投入到工作中去。妇女们的内衣裤，原本是她们自己洗的，怕阿松洗不干净。现在，阿松抢着给她们洗。阿松做饭的时候，阿香常常来帮忙，这时他绝不允许她走近。一是怕油烟吸进肺，呛着不食人间烟火的孩子；二是担心微波炉辐射，造成像原子弹扔在日本那样的后果。

关于原子弹扔在日本，还有辐射之类的说法，阿松都是从电视里看的。老实说，不论从书上还是电视上，阿松都学到了不少知识。可是在日常生活中，究竟哪些辐射会对胎儿造成影响？电视里没有说，书上没有说，问阿强，阿强也说不清。阿松只好规定孕妇们在看电视的时候离电视机远些，微波炉使用时要走开，并且约束自己将手机挂在离她们最远的地方——窗户外面的一个铁钩上。

另外，他还时刻警惕着：避免做激烈运动，不宜过度大笑；不仰卧位睡觉；还要预防便秘，规定她们定时上厕所；不可下腹受寒，不可偏食；忌热性食品，如狗肉、羊肉、胡椒粉；禁止过性生活——这个道理谁都懂——可是，不慎服用了孕妇禁用药，怎么办？

还有，胎教……

阿松发现自己真是太粗心，差一点忘记胎教了！好在亡羊补牢，为时不迟。书上说，怀孕第八至第十一周时，胎儿对压、触觉有了反应，可以轻轻拍打、抚摸腹部。这种触摸刺激可促进胎儿的感知觉发育。第十六至第十九周胎儿听力形成，此时的胎儿就是一个小小"窃听者"，能听见妈妈心脏跳动的声音，他最爱听的是妈妈温柔的说话声和唱歌声……

阿松手头还有一部分阿强给他的自由支配的钱，他本来想"贪污"的，最后还是决定拿出来，买了一些胎教碟。回来后，他又多了一项任务，定时给孕妇听音乐。听完音乐，再听儿歌。听完儿歌，再命令孕妇们将手放在腹部轻抚胎儿，告诉胎儿开始上课……

这是书上说的，优美的语言像花朵一样美丽，它不但可以刺激胎儿的大脑和生长发育，而且可使孕妇调节自身，进入愉快和宁静的状态。可是，为什么总是要听书上说的？

关于撩起衣服，给腹中胎儿听音乐和儿歌，从农村来的孕妇们虽然觉得荒唐可笑，还是能接受的。可是要让她们对着自己的肚子，不厌其烦地讲话、唱歌、跟想象中的孩子聊天，心理上还是有些接受不了。一是这肚子里的孩子，就在肚子里，可总感觉隔了厚厚的一堵墙；二是她们怀疑这样做没有效果，是阿松故意折磨她们的。

阿松对她们的不配合，表现出了超常的恼怒。阿松说："我折磨你们？我家阿香不也一样要胎教的？你们以为我乐意受这累是不是？你们不是千金小姐，更不是皇宫里的娘娘，你们就是个生孩子的破工具！协议上写得清清楚楚，因为孕妇的原因怀了不健康的孩子，客户是不要的！到时你们自己到医院去把不要的孩子做掉！"

阿松骂完了，似乎又有些后悔了，沙哑地说："我也是为了你们好啊，总共也就苦十个月，就当坐十个月的牢好了。我的意思是，把胎儿保好养好，还不是为了顺利产下客户满意的婴儿！到时候，他们是不会亏待你们的，我清楚得很，他们不光有钱，人也是很正派的，要不然老婆不能生，找个情人就可以解决问题。所以大家都忍一忍，等孩子生下来，拿到了钱，回家把洋楼造起来，到那时，站在高高的屋顶上，你想怎样就怎样，天皇老子也管不着你！"

阿松说着说着，又激动起来，仿佛是提前感受到了洋楼造起来以后的风光，他挥舞着手臂，大声说："现在！你们都给我仰卧到床上去，全身放松，放松！然后用手来回抚摸胎儿，跟我一起唱：盖盖盖，盖楼房，我搬砖头你帮忙。一层红，一层黄，样子好看又大方。一边忙，一边唱，楼房不断往上长。一长长到蓝天上……"

阿强没有看错人，阿松做保姆兢兢业业，近乎走火入魔。自然，很让他满意，也让他担心。那一天，阿强来的时候，阿松正在教孕妇们唱上面写到的这首童谣。阿强吓了一跳。因为他从事代孕业多年，还是第一次看见几个孕妇同时把凸凸的肚子一溜摊开，就像北方人刚刚蒸熟的馍馍似的。阿松呢，样子更是恐怖，像个巫师那般围着那几个凸凸的肚子，手舞足蹈。

阿强大喝一声："这是在干什么？啊！"

"胎、胎教呀，你说的……"

"有你这样胎教的吗？吓着孩子怎么办？嗯！"

阿强第一次教训了阿松一番，然后又带着孕妇们到医院做了检查，回来的时候，阿强一改严肃的表情，说："阿松，还好，B超测出四个孩子没有异常情况。特别是你家阿香的那个，已经能看出人型。这让我很高兴。再过些日子，后面几个也将陆续进入怀孕中期，你哪，好兄弟，再担待一点。等她们都怀到第七个月上，这笔业务就基本成功了。"

阿松忍不住笑了，说："你放心吧！我会把这里安排得很好的。"

阿强拍了拍阿松的肩，又给了他一些钱。因为这时候，孕妇们一天要吃六顿饭的时期，已经全面到来了。阿松准备了一辆有四个轮子的小推车，一天要去菜市场两次，去超市一次，去婴幼儿专卖店一次。他根据自我监督的原则，给孕妇们制定了非常复杂的食谱和严格的作息时间。他一天到晚都在忙，就像一只育雏时期的鸟从巢里飞进飞出，忙得不亦乐乎。

这时候，阿松是高兴的。可是最高兴的，要数阿机老婆铁珠。这个从小在饥饿中长大的农村妇女，对吃有着天生的热爱。自怀孕以来，她饭量大增，最多时一天要吃七八顿饭，最少也要吃五六顿，有时夜里还要吃两顿，不吃就饿。反正是花别人的钱，不吃白不吃。有时候，由于吃得太多，最后撑得难受，她才被迫停下来。

阿松曾经天真地以为，像铁珠这样会吃的妇女，一定是优等的代孕女，因为吃得越多婴儿越胖嘛。然而，看着铁珠每天都像饿鬼一样随意乱吃，看着她满嘴流油，听见她打嗝放屁的声音，大得像打雷，频繁得像叹息，阿松这才感到了危险的逼近。

铁珠的腹部，在怀孕之前，就因为脂肪堆积，比别人大许多，貌似乡干部的啤酒肚；现在，她的肚子更是大得夸张，似乎比阿香的还要大三倍。难道她怀了双胞胎？还是她的孩子要提早生下来？

这时候，阿松通过翻书才知道，孕妇不加限制地进食，恰恰是代孕女的大忌。因为孕妇吃东西太多，容易喂出巨婴，到时会造成难产，以至死亡。关于死亡，正是阿松最害怕的事情。所以，他决定控制铁珠的进食量。

这是一项得罪人的事情。铁珠要吃，阿松要去夺，铁珠奋起反抗，阿松任其骂骂咧咧、百般阻挠，也要把碗从她手里夺下来。问题是，铁珠是跟阿花睡在一屋的，她吃不饱，就叫阿花将剩下来的饭菜留给她。她在夜里躲在被窝里像老鼠那样吃。阿花呢，天生就爱美，为了保持身材，她是不太想吃那么多饭的。她就把剩下的饭菜偷偷地倒在一个饭盒里，塞给铁珠吃。

阿松知道这个秘密后，揪住阿花，要打阿花。阿香把他拉住了，说："你这是干什么？你疯了！她们又不是第一次生孩子。她们怀自己的孩子时，就是这样吃这样喝的。你规定这规定那，何苦来？"

阿松说："你不帮着我，还向着她们，你想死啊！你以为，她们肚子里怀的，还是穷人胚吗？要是那样，我早一脚踹死她们了！"

阿香说："有钱人的孩子又怎么啦？他们在肚子里就要高人一等啊！"

阿松向阿香举起了拳头，咆哮道："你别在这里瞎掺和！如果铁珠把孩子生死了，阿芳肚子里的孩子达不到六斤半，我回去造不出房子来，把你当砖头砌进去！"

阿松感到很累，也有特别烦闷的时候。毕竟孕妇们肚子里的孩子是别人的。自己的孩子，也没有这样操心过，他有说不出的难受。他会想起自己的两个孩子，想起自己的两个孩子在阿香肚子里时，哪有什么吃的？不但如此，阿香还要下地干活。想起这些，他会嫉妒这些肚子里的孩子命这么好，心理上更是承受不了。

可是每个人都有自己的命，有些人生来就是享福的命，有些人生来就是劳碌的命，有什么办法？只是为了改变一家人的命，要委屈挺着个大肚子的阿香了。如果不委屈阿香，不出租她的育儿袋，不让富人的孩子钻进她的身体，钱怎么才能挣到？房子何日才能造起来？自己在外打工多年，存款在哪里？

阿松的烦闷情绪，因为这些毫无益处的联想，变得紧张起来，仿佛内心充满了哀怨与不平。当他意识到这一点，开始责备自己不应该。我这是怎么啦？最不适应的日子都熬过去了，最难决定的决定都做出了，现在，青涩的苹果已经挂在枝头，就等着秋后的收获了。又有什么理由感到愤愤不平？

阿松强迫自己保持着昔日的热情。他依然为孕妇们奔忙着，操劳着，一会儿量量这个肚子又大了多少厘米，一会儿又扒在那个肚子上，听听里面是否有了动静……如果从外部观察，阿松的日子并无多少变化。只是他自己能感觉到，他很孤独，很烦躁。这种孤独和烦躁，让他总想扑上去，对着女人发脾气。晚上，他躺在沙发上，翻来覆去睡不着。

他又失眠了，经常在黑暗里走动直到黎明。就算睡着了，也是做各种不该做的梦。这些梦，害得他要经常换洗内裤。人真是奇怪，前段日子这样的梦从来不曾做过，这段时间怎么突然多起来了？他只好打开电视，把声音关得最小。他看着电视的时候，发现自己也不像以前那般爱看动物世界或者科普知识了，现在只有电视里出现漂亮的女人，他才会盯着看一会儿，脑子里充满了猥琐的想法。

于是，他多少明白了，前段日子以来，他的神经一直像拉开的弓一样绷着，对于女人、白白胖胖的雌性，几乎无暇顾及。因为他只顾关心寄养在她们育儿袋内的新生命了。现在，随着这些新生命在育儿袋内日趋稳固、成型，他在高兴之余，神经松弛了，身体却像弓一样绷了起来。于是，他多少明白了，这焦躁烦闷的根源不是来自内心，而是他的身体——他的身体很久没有得到放松了。

他决定着手解决这个问题。这个问题不解决，他知道会变得越来越难以控制自己。以前在工地，他就因为长年累月碰不到女人，滋事打架。现在自己的老婆就在身边，为何要受这般煎熬？于是，他又翻开了书。书上的说法让他大吃一惊。他没想到人类已经进化到这样的程度：妊娠中期的女人是可以过性生活的。而且还说，夫妻在此期间恩爱与共，生下来的孩子反应敏捷，语言发育早而且身体健康。

阿松虽然怀疑这种说法的科学性，但毕竟为自己找到了违反协议、放纵自己的理由。于是，在一个十分难得的机会，他从阿香的身后悄悄蜇过去，一把搂住了她。阿香的一对奶子因为怀孕变得饱满了，此刻就在他的十指之间滑脱、跳荡。没想到的是，阿香推开了他。阿松憋红了脸，问为什么？阿香扭扭捏捏，说怕流产。阿松拿来书，指给阿香看。阿香一下就急了，说："阿松，你真是越变越坏了，就连动物都不这样做，你见过动物怀崽后还交配吗？"

阿松一时语塞，偃旗息鼓。他当然知道，雌性动物只有在发情期才有性欲，一旦怀上崽就老老实实了。可是书上为什么说，人是常年"发情"的动物，早已脱离"繁殖"的束缚呢？

阿松开始把目光盯在其他三位女性身上。铁珠？万万不能打她的主意！阿松一想到该婆娘牛高马大，又得罪过她，就直冒冷汗。阿芳？人长得一般，倒是可以试一试。想到这一点，阿松很后悔当初阿芳半夜起来上厕所，没有将她摁在沙发上。只是想到她家的那个老公，是一条不折不扣的疯狗，喝醉后人都会杀的，阿松还是有些顾虑了。那么，阿花呢？

阿松开始有意识地讨好阿花了。尽管因为逼她多吃饭的问题，阿松也得罪过她，以至于很长时间，阿花不理睬他。可是生性风流的女人永远是生性风流的女人。阿松对她采取的进攻，几个回合下来，就初见成效，阿花开始对他暗送秋波了。

阿松暗暗等待着一个很好的时机，随时准备展开一场有所顾忌的肉搏战。偏偏这时候，天有不测风云，他挂在窗户外面的手机被盗了。本来这件事不算大，他可以把眼前最紧迫的事先办了；可是手机丢了，他的脑子就套在这件事情当中了。他在楼下四处寻找、打听，在楼梯上来来回回。

被打听者反问他："你为什么要把手机挂在窗户外面啊？又不是卫星电视接收器。你住二楼，人家伸上来一根竹竿就把它钩走了。"

阿松无言以对。因为其中涉及辐射以及代孕的保密性。正因如此，他只能自认倒霉。等到他准备斥资再去买一个手机（因为跟阿强联络少不了），这时他才发现，阿强给他的钱所剩无几了。

钱到哪儿去了？阿松的第一反应是钱可能也被偷了。事实上，经过仔细核算，钱是自己亲手花出去的。四个孕妇，还有她们肚子里的四个孩子，每天都在花钱；而且为了保证孩子的质量，他花钱花得很是大方，以至于他一出现在超市，就有导购小姐迎上来，他一出现在菜市场，那些拿砍刀的，都以为他是开餐馆的老板……被人尊敬的感觉，真是让人难忘。

可是阿强为什么很长时间没有送钱来了？阿松没有了手机，不得不到街上找公用电话。公用电话真贱，他拿拳头砸了一下，通了。阿松喊："喂，喂！强哥，是我！怎么，听不清吗？喂，喂！"他正要举起拳头接着砸，阿强的声音轻飘飘地传过来，他只听清两句话，一句好像是说"我在外地要债呢"，另一句是"我马上就回来，你先垫一垫"。

阿松满腹心事地回到家。阿强是不是跑了？他跑了，这肚子里的孩子怎么办？他不由得紧张起来。转念一想，阿强有什么理由丢下四个孩子跑掉？他已经前后投进来好几万，而且再等几个月，孩子们生下来，他能挣更多，说不定有几十万。或许真的在外要债吧。

尽管这样想，阿松还是很担心。他担心阿强要不回债，直接受害的还是自己。阿强没有挣到这笔钱，他还能去挣别的钱，阿强有这个本事。可自己呢，简直没什么说的。忙完了一天，等孕妇们都睡了，阿松坐在黑暗里，没有勇气面对这个问题。忧愁，呆滞，像死人一样。

此时，那个前几天被他勾引过的阿花，正在等待着他的召唤，仿佛是她体内有一种什么东西被点燃了。她虽然躺在床上，假装睡着了，但是能感知到不远处有一个雄性，在客厅沙发上，结结实实的，身上散发着男人特有的气味。虽然根据她的判断，该雄性这一天散发的气味好像有些发馊似的，却令她着迷。她想，他一定也在等着我呢，等得实在不耐烦，连气味都变了。

她蹑手蹑脚地起床了，只穿一件睡衣，连内裤都没有穿。她打开房门，又轻轻带上，她看见阿松果然坐在沙发上，如同一座黑塔，有一股冷冷的力量。难道他闻不到我散发的气味吗？她说不出哪儿不对劲，单是感觉阿松没有回应她，立刻就有些不悦了。明明是你先勾引了我，还摆什么臭架子呢？

阿花这么想着，很生气地往卫生间里摸，她不想让他看出自己是因为渴望男人的爱抚才起床的——在她的偷情史中，历来都是男人淌着口水追求她，要不是在这特殊而封闭的环境，像阿松这样的男人，她是看不上的。可是当她经过阿松的身旁，还是不争气，克制不住自己。毕竟她已经很久没有得到男人的爱抚了。她凭借一个虚假的踉跄，倒在了阿松的身上。

阿松呢，一直沉浸在气塞胸闷的愁绪里，阿花的突然到来，简直吓了他一跳。他以为吊灯从天花板上砸下来了，赶紧一捏，压在身上的重物显然不是吊灯，仿佛是一大麻袋面粉。再一摸索，就出了一身汗。这怎么行！实在，那个……不过，他不忍心推开。他使了一股力，将阿花翻在了沙发上。他恶毒地想，反正这几个月要白忙了，管她肚子是什么货色的孩子呢！就算你是天子皇孙，得不到钱，让你也不得安生！

事情却最终没有进行下去，因为阿松还是心虚了，没有那个情绪，他在那个方面忽然不行。这时，眼泪就从阿花的脸上哗的一下涌出来了，她压抑着哭声跑进房间。顿时，阿松感觉自己被阉割了一样，一腔屈辱冰水一样从头顶浇下来。

第二天一早，阿松从屋里溜出来，又给阿强打电话。阿强说："你怎么这么啰嗦，我不是跟你说我在外面要债吗？客户现在不给我，我正追着要！但是快了！你还不相信我？"

阿松说："我相信你，可我能相信客户吗？"

阿强说："阿松，就算我求你，救个急，你先帮我撑几天，等我这边要到债，还有那个贵州代妈就要生了，她一生，钱就来了，我给你送过去。咱手上控制着有钱人的亲骨肉，咱还怕什么？"

阿强总有办法说服阿松，让他倒贴钱进去。问题是，阿松不能不倒贴钱进去，因为他不能让四个怀着孩子的女人挨饿！他还得买菜做饭，保证大家的营养。然而阿松当初把钱存进银行，是想在村里造一栋漂漂亮亮的洋房的，他甚至已经在脑海里造了无数遍。现在要他把钱一笔一笔取出来，约等于逼他一立方一立方地拆除已经造在脑海里的洋房，那种感受是可想而知的。

为了省钱，阿松不得不学会吝啬了。最主要的是，他这是在花自己的钱，每花出去一分，都像在割他的肉。那么，没什么奇怪的，阿松在前后取出三千多元钱、将它们做成饭菜让四个孕妇吃进肚子里去之后，他去捡青菜叶给孕妇们吃了。

现在，代表阿松短暂的辉煌时期的那套靓西装早就脏了，领带也不戴了，气场也没有以前气宇轩昂了。他提着一只篮子，在菜市场转悠，没有人理他，他当然也不希望有人理他。他的眼睛总是盯在地上，寻找被人丢弃的菜叶或者烂苹果。小贩看见他捡这些东西，真是势利得很，故意问他捡回去干吗的。阿松只好说捡回去喂兔子的，说完，逃一样跑了。跑到半路上，阿松心里很难受，觉得没必要这样作践自己，于是又折回去，走到肉摊那边去，在一个不熟悉的摊主那里，买了几根漫画家爱画给狗吃的那种棒骨，沉甸甸地在塑料袋里提着。

棒骨哑铃一样的重量，的确给了他一些安慰。他故意从捡菜叶的地方经过，心中那种凄惨感就这样没了。他几乎有些高兴地回到住处，把几根棒骨放在地砖上，用铁锤一砸，棒骨断了，从里面掉出手指粗的骨髓。他就熬这些骨头和骨髓，一大锅，每人三大碗。当然，阿香的碗里还漂着一点肉，这是从棒骨上剔除下来的。毕竟阿香的身体是自己家的，自然要吃好一点。

就这样，阿松真的承担起了一个公共丈夫的角色，而不再是单纯为孕妇服务的保姆。因为保姆是不会自己拿钱出来养活你的。尽管阿松已经尽了全力，没有让大家挨饿，甚至每天把她们喂得饱饱的，临睡前还在打嗝，泛上来一股萝卜洋葱的气味，然而有个别妇女还是很不满意——为什么近来食物的供应越来越少，越来越单一？她们怀疑是阿松克扣了她们的伙食费。

她们闹得很厉害，阿松苦不堪言。阿松还不太愿意让孕妇们知道，钱的来路已经中断，现在是他自己在拿钱维持局面。万一阿强明天就要到了债，后天就回来了呢。

阿松去了那个原来的孕妇们待的地方。那个地方其实不太远，阿松已经去过多次了。那里早已人去楼空！

阿松再多次去那个地方，就像一个走投无路的人拨打远房亲戚的电话那样，总是拨了又拨，盼着应答。他每天都盼着阿强回来，每一趟都扑了空。他就坐在房门口，想着阿强会不会躲在屋里面。他还时不时地站起来，将耳朵贴在防盗门上倾听……结果有一次，他刚要这样做，门突然打开，从里面蹿出来一条狗，差一点咬了他一口。

原来，那套房子来了新的租户。

那人说："我没有时间跟你啰嗦，狗没有咬你，要打疫苗你自己打去！"

阿松灰溜溜地走了，一路上失魂落魄。谁也不知道，他是怎么度过这一天的。当他回到住处，已经夜幕降临。屋里的几个孕妇都等着他回来，她们都很饿，也很愤怒："阿松，你把我们从家里骗出来，怀上别人的孩子，当初话是怎么说的？为什么不兑现！

或许阿松的确说过，怀孕到第几个月上，吃得多么多么好，要给多少多少钱。现在哪里还顾得上？她们当着阿香的面，指责阿松，咒骂阿松，就连那个最本分的阿芳也学着骂人。铁珠甚至几次扑上来，要打阿松。阿松抱着头，可怜极了。

阿松多么想说出实话，告诉她们，阿强已经人间蒸发，你们肚子里的孩子没人要了；但是他没有勇气说出来，他怕孕妇们听了这个消息，会更加伤心，她们的丈夫，会连夜赶到城里……甚至整个村子的人都会谴责他，瞧不起他，他永无脸面，被人戳脊梁骨……

阿松在孕妇们的逼问下，决定撒谎：他连着打自己耳光，请求大家的原谅。阿香问他到底怎么了？阿松说，这些天一时糊涂，把钱都拿去玩女人了。阿香信以为真，因为阿松的确有过很强烈的性要求，于是她气得差一点晕倒在地上。阿香哭着说："你、你真是牲畜不如啊！"

晚上，大家都睡了，阿松还坐着，欲哭无泪。

是的，他被阿强欺骗了。可是，阿强为什么要欺骗他？是因为要不到钱，客户首先欺骗了他？还是阿强这混蛋卷款跑了？出事了？

第二天，阿松头昏脑涨，很想补上一觉，可是两个房间里的四个孕妇需要食物，他不得不爬起来，给她们买了蔬菜和大米。然后，再次出门寻找阿强。

一连五天，他几乎找遍了阿强可能藏身的地方。直到第六天，他在一个赌博场所得到了一条阿强可能逃回汤溪老家的线索。他立刻抓住这条线索，去了汤溪镇。

在汤溪镇，阿松很快找到了阿强的家。当他向屋里的一个妇女询问阿强的下落时，妇女说，她和阿强离婚五年了。阿松想问一点别的，那妇女不耐烦，说天天都有人跑来要债，真是上辈子欠他的，如果他欠了你钱，不管你是卸掉他一条腿，还是砍断他一只手，她都举双手赞成。

阿松不相信妇女的话，在小镇上逗留许久。事实证明，阿强的确离婚了，而且就在前几天，阿强在镇上出现了。他一出现，马上就有许多债主追着他，最后阿强被人打伤了，倒在地上很久没有站起来。

"后来呢？"

"后来，大家见他不行了，都散了。第二天派人去看，地上干了一滩血，人却不见了。谁知道，也许死了……"

这个信息对阿松刺激很大，在回城的车上，他眼泪哗哗地往下淌。挣不到钱不说，这些妇女肚子里的孩子，怎么办？

他想到了堕胎。对，趁胎儿还小，得赶紧把他们打下来。可是，她们怎么会愿意？一定会要求赔偿！他知道自己的存折里只剩下不到一万块钱了，刨去堕胎的手术费，几乎没有钱赔偿……

回到住处，孕妇们正在吃晚饭，见他回来，默不作声。阿松从锅里铲下一点锅巴，倒了一点菜汤，稀里哗啦吃起来。不料，阿香把他的碗一把夺下了。阿香从口袋里掏出来一封信，扔在阿松身上。

"你自己看看，从门缝里塞进来的！"

阿松抽出信纸，署名是阿强。信的内容大意是：前几天，那个贵州代妈难产，把自己生死了，她老公报了案，还四处追杀他。警察也在到处找他，他不得不请求阿松，帮他度过这个难关。

"我已逃了许多天，后续的钱拿不到。如果被抓，我不会供出你。另外，告诉你客户的电话，是要孩子还是不要？你和他联系。如果要孩子，扣除预付的二十万，他还欠我们五十万。我自身难保，这笔钱都归你。你拿钱后，赶快回家。"

阿松看完信，突然决定暂时不带孕妇们去堕胎了。原因很简单，去堕胎一分钱挣不到不说，还要给妇女们赔偿，还可能遭到她们丈夫的殴打。这事传出去怎么收场？还不如直接去跟客户联系……

问题是，阿强的这封信内容是否属实？会不会是一个新的陷阱？阿松读了几遍，心里很不安。五十万，毕竟是一笔巨款啊！阿松最终决定冒一次险。他把存折里的钱全部取了出来，他要保证孕妇的营养，保证孩子的健康。至于怎么跟客户联系，他在脑子里拟了一个提纲。

天明之后，阿松去了电话亭。回来时，他对孕妇们说："你们听着，那个人……要来检查，快把方便面、干馒头扔了，我去买一些猪肉和新鲜水果回来，要是他先进来，问你们平时吃什么，就拿菜谱给他看。"

不多时，阿松买回来许多菜，厨房里飘出了肉香。阿松和四个孕妇已经很久没有吃到肉了。阿松不吃肉倒没什么，孕妇却是不行的，她们的肚子虽然看上去很大，因为没有油水，总感觉里面空洞洞的。她们焦急地等着开饭，阿松却说："等一等，再等一等，现在就吃光了，待会儿让那个人看光桌板吗？"

就这样，一伙饥饿的男女看着一桌丰盛的食物，等了足足一天，直到吵起架来。阿松只好说："算了，不等那个王八蛋了，吃吧。"

那个"王八蛋"到底是谁？

是跟阿强串通好的骗子？还是真有实力拿出五十万代孕费的大款？

根据那个人说的"你怎么证实孩子就是我老板的"这句话，可以看出那个人是帮老板办事的，那么他的老板是谁？干什么的？问题很多，要想弄明白真相，只有约见那个人，可是那个人总是闪烁其词，不肯现身。

有一次，阿松对着话筒发火了："什么意思！不想露面，那就把钱打过来！否则，我明天就让她们的肚子瘪下去！就跟扎破四个气球似的！"

那个人说："那很好啊。我跟老板说，孩子不合格，已经做穿刺做掉了。我们再找别的公司代孕。"

阿松听他这样说，直起鸡皮疙瘩。他心里清楚，这个人的心要比自己的硬。经过讨价还价，那人同意先打两万块钱过来，同时也提出了条件：要保证孕妇和孩子的健康；不得打探孩子父母的真实身份；还说，这是一次绝对保密的行动。不得告诉任何人地址，不得带任何人进入，不得与任何人见面。

阿松说："这个你放心，这几个月就是这么过来的。"

的确，只要能拿到钱，事情就好办了。妇女生孩子，好比母鸡下蛋，是自然而然的。尽管近段时间，由于阿强失踪了，阿松对孕妇及其肚子里的孩子怠慢了，不但没有放音乐给他们听，还实行"素食运动"，以至于孕妇们由于得不到足够的营养，肚子颜色暗淡了许多。

可是不得不说，当阿松恢复昔日的热情，特别是恢复正常的生活开支，再次忙里忙外以后，孕妇们的肚子就像吸水的海绵，很快恢复了隆起的弧度和健康的光泽。阿松看着这些紧绷绷的肚子中间出现了一条深褐色的线，真是惊诧极了，这是一条由汗毛形成的纵向线。什么意思？为什么她们的肚子上突然出现一条莫名其妙的纵向线？难道这些肚子里孕育着的富贵人家的孩子，天生就与众不同？

阿松想象着这些肚子里的孩子，或许是哪个老总的亲骨肉，或许是哪个局长的私生子，他们的阔太太或者情妇住在江边的别墅区，要么年龄偏大害怕难产，要么年纪轻轻不愿付出这份辛苦，于是找人代孕一下。一朝分娩之时，他相信总能见到他们。

"怀了这么久，辛苦你们了，快点拿着钱回家吧。"这以后，说不定就有了一门贵亲戚！为什么就不可能呢？看到自己的亲骨肉从别人的肚子里掏出来，健健康康、白白胖胖的，多年以后，他们还记得代孕妈妈的好，说不定会开着车到处找呢。

"做孩子的干爹干妈倒是次要的，就是自己的两个孩子，以后要在城市里扎根，有一个靠山，总是要稳妥一些，不像自己这一辈，进城来，两眼一抹黑……"就这样，一个接一个的联想，令阿松应接不暇。

是的，自从有了新的生活费用来源，自从那封信上说了五十万

"欠款"，阿松的脑子就热了，开始胡思乱想，控制不住，重新出现各种美好的憧憬、想象。他在暗自高兴之余，甚至有些后悔了，不该让村里的几个妇女知道那封信上说的"五十万"。这样子，如果只给她们每人三万或者两万，一定会嫌少；如果把五十万拿出来平分，我又不是傻瓜！冒着风险疲于奔命，不就是为了挣得更多？

可就在阿松这么琢磨时，令他担心的事却提前发生了。那三个妇女由铁珠带头提出来，孩子已经快五个月了，该给她们家里寄一点钱回去了。阿松警惕地问，你们准备寄多少？铁珠说："先寄五万回去吧。"

"你说什么？"阿松跳了起来，"孩子还没生下来，剩余欠款能不能拿到还不知道，你们就要我付给你们五万代孕费？"

"我们没有说付全部代孕费呀，剩下的那五万，等孩子生完再算。"

"什么！简直……不要脸！"阿松气得血冲脑门。

"怎么就不要脸？我们都讨论过了，我们加上阿香，一共四个生孩子的，再加上你，你也算一个吧，一共五个人，五十万平分，谁都不吃亏！"

过了两天，村里的妇女们再次找事。她们说："阿松，钱你给不给？再不给，我们就去堕胎！"

阿松惊出了一身冷汗，口上却说："想吓唬我，还嫩了点！把胎堕了，就等于杀死一条人命，你们自己拿钱来赔！"阿松还说："你们的一举一动，都被客户监视着，他们都有打手养着的！"

这时候，阿松很害怕孕妇们逃跑或者造反，毕竟已经到了最关键的时候。首先，他每人给了三千，都帮她们寄回去了；其次，他循循善诱地开导，试图让孕妇们心胸宽广不再斤斤计较；而且，他还要再度放下尊严，给孕妇们洗内衣内裤什么的。尤其是按摩的时候，还跟她们开起了无伤大雅的玩笑。

"谜语：圆肚肚，紧绷绷，肚子里面空又空，不敲它，不吭声，敲它就喊咚咚咚。这是什么？"

"肚子呗。"

"你们的肚子，敲它会喊咚咚咚吗？哈哈哈，是鼓！"

这些玩笑，使原本敌对的情绪得到了有效的化解。阿松想，再坚持坚持，瓜熟了，果甜了，采摘季节就到了。到那时，如果四个孩子都能顺顺利利地生下来，那是一个什么概念啊！就算五十万平分，他和阿香也能分到二十万！再说，怎么可能真的平分呢？

阿松的心因此剧烈地跳动不已。

他想，那栋在脑海里已经建成的洋楼的草图，终于又派上用场了；两个孩子呢，真是命好，明年就可以接到城里来生活了。还有，终于可以实现自己下半生不再做苦力的愿望了。不论办自来水变燃气的工厂也好，经营饮食的夫妻店也罢，总之，以后的生活会一马平川。

可是很奇怪，阿香为什么总是情绪低落？有时候，阿松想到以后的规划、目标，像蜘蛛织网一样复杂，想跟她聊聊，总感觉她在应付他。刚开始，阿松以为她受刺激了，因为老公得了一个这么好的赚钱机会，摞谁身上都会恍惚一阵的。后来，又怀疑自己跟其他妇女开了太多玩笑，她吃醋了。再后来，他无法忍受，问她："你怎么回事，一天到晚耷拉着脸，跟阉牛屁股上的卵袋似的？"

阿香忧心忡忡地说："阿松，我、我好像怀了一个怪胎，我、一直不敢跟你说。"

"什么？你再说一遍！"

阿香又说了一遍。阿松好比被尖利的东西戳了一下，汗珠像雨点似的冒出来，他盯着阿香的肚子，喊道："胡说！"

然而，事实是最顽固的东西。阿香的肚子看上去很不正常，太不正常了。首先，它原本的菜色虽然褪去了，可是它的形状发生了很大的变化，它不再是圆的，也不是扁的，而是一会歪到这边，一会歪到那边；其次，手放在上面，很奇怪，马上就有一个东西拳头一样顶上来，能感觉到它猛烈的撞击，就好像要扑出来咬人。

阿香是怀过两个孩子的母亲，她知道宝宝的胎动不是这样的，宝宝踢你的话，被他（她）踢的地方鼓起来，就一小会儿。可肚子里的这个东西呢，不光是踢、蹬，而是在肚子里没完没了地拱来拱去，

代
孕

力气之大，就像蟒蛇在洞内翻转。有时候，肚子会一下子鼓起来，简直太吓人了，真怕给撑爆了。有时候，肚子会剧烈颤动，忽左忽右，忽上忽下，似乎里面有一个四肢抽搐的病人垂死挣扎。要不，它在里面干什么呢？

每天，那个疑似怪胎的东西折磨她时，她的肚子里简直翻江倒海。她想，一定是它想出来，在寻找出口！剧痛难忍时，她多么想拿一把剪刀将肚子剪开，让它早一点出来！可是，她不敢这样做。她记起来，前段日子由于吃不饱，又不好意思跟村里的几个妇女抢食，梦里梦到吃肉，咬自己的舌头。有一天，她梦见自己扣墙上的石灰吃，又好像是在现实生活里，她在墙上扣了一个洞，没想到洞里有一窝老鼠的幼崽，光溜溜的，吱吱叫个不停，她饿得实在难受，吃了一只小鼠崽。就在这时，她看见一只母老鼠，龇牙咧嘴朝她扑过来。从此，她的肚子就没有安生过。

"我的肚子里是不是真有一只硕大的老鼠崽作怪？"阿香一面这么想，一面又否定自己，"不，不可能的，如果是老鼠崽，怎么会这么大，这么沉？而且，老鼠是善于掘洞的，它要想出来，早就咬破肚皮钻出来了。当然，也有可能，吸收了人的营养，变得不像普通的老鼠了。"

她也不知道那是什么，总之，不是正常的胎儿。所以她才一直瞒着，直到这一天才跟阿松说。

阿松又要翻书了（没想到，最省心的阿香，这时候出了这样的问题）。通过翻书，他才知道，孕妇们肚子上那条让他惊诧莫名的纵向线，没啥奇怪的，是每个孕妇都有的妊娠线。既然这样，阿香肚子里的奇怪胎动，应该也是可以解释的。"或许是因为，怀的是别人的孩子吧，要是自己的，就不会感觉瘆人。就像我挠你的胳肢窝，你会痒痒得难受，你自己挠就没什么感觉。"阿松很满意自己想到了这个比喻。

但是阿松不能说服阿香相信这个比喻，因为阿香没有遇到过这样动个不停的胎儿，它简直是对母体的摧残与折磨。每天晚上，刚睡着一会儿，那东西就踢她。她醒了，根本不能翻身也不能再躺着。她左侧睡，那东西用脚蹬她；她右侧睡，那东西拿脑袋撞她。要是她还不坐起来，那东西就拳打脚踢，想着法子折腾她。一句话，那东西不想让她休息，就好像知道阿香不是它的亲生母亲，非要她大晚上的，在房间里一圈一圈地走，一停下来肚子就疼。

而且，那东西的体积还在增大，阿香感觉它的体积也是一个问题。她是怀过八斤重的孩子的母亲，知道肚子里的这个东西已经超过八斤了。难怪自己最近越来越馋，脑子里塞满了吃的欲望。有时候吃着吃着，她会突然停下来，像噎着一样，心里想："啊，我这是在给谁吃呀，我越吃肚子越大，将来就生不下来了。"

阿香这么一想，心里不免担心。她发现那个疑似怪胎的东西，好像又变化了，它不往横向长了，而是从腹部往高处长，快长到心窝口了。她摸了摸，正是心窝口那儿。这可怎么办？她感觉心脏跳得比擂鼓还响。她试着轻轻一摁，一阵胸痛、心悸……那东西好像撞到了她的心脏上，而且它的手在她的身体里乱抓起来，一会儿捏住了她的肾，一会儿扯住了她的肝，疼得她站都站不直……

阿香的疼痛和恐惧仿佛会传染一般，几天之后，屋里的其他几个孕妇，也感觉浑身不对劲似的，可是又说不出哪儿不对劲。她们私下里打听对方的肚子，都有哪些异常。铁珠说，她肚里的东西，虽然没有阿香肚子里的那个捣乱，可是一样折磨人。它好像把她的胃压着了，这些天她不愿意吃东西了，吃啥也不消化，晚上也没法睡觉，总是打嗝、反酸，泛上来一股臭豆腐味。她觉得那东西知道她嘴馋、爱吃，故意让她吃不成。

阿芳接口说，这些天她也这不舒服那不舒服的，她本来睡眠就轻，每个晚上都要起夜小解，现在，这个毛病突然严重起来。晚上太难熬了，她要起夜三四十次，每次都尿不干净，因为尿尿的开关被胎儿控制了，它整晚都在摁那个开关。尽管她现在有了一个痰盂，解决了频繁起夜惊扰别人的问题，可是她的肚子也挺大的了，起来一次不容易，疲劳到极点时，她真想哭起来……

孕妇们的议论传到阿松的耳中，阿松翻来覆去睡不着。他知道，孕妇们怀上怪胎的可能性虽然很小，但是不排除其他一些情况。记得有一次，阿松坐在沙发上，看科技频道在播一个节目，说有一个外国科学家，好像是苏联的，把一头大猩猩的精子注射进一个蒙古族女人的体内去，结果制造出一种只会干活的半人半猿，它身高一米九，浑身长毛，比人发育得快，十来岁就能干重活。它力大无穷，在划定的区域内工作，派什么活儿干都不嫌累，唯一的缺憾是不能生育。

阿松当时看呆了，很佩服那个科学家，心想自己也拥有这样一头怪物多好，可以让它给自己干活。现在，当阿松再次回想起电视上那惊世骇俗的一幕，却是手脚冰凉。阿松越想越害怕：在那个非常偏僻的秘密医疗点，阿强这混蛋把村里几个妇女拉那儿去，到底干了些什么？会不会也是进行类似的实验？

阿松决定带孕妇们去医院做最后一次检查。第二天，当阿松面容焦枯、昏昏沉沉地起来，却发现手头的钱又不多了。

他必须要找到那个人，再要一次钱。

阿松是去街边的公用电话亭与那个人联系的。

那个人说："阿松，我知道你的难处，可是，你再等几天行不行？我也是帮老板办事，他这几天度假去了，我也在等他回来呢！"

阿松压抑着心中的怒火："你撒这样的谎，我都替你害臊！真后悔当初要了你那两万块钱，结果把肚子拖得更大了，但是我现在带她们去医院，还可以把孩子打下来！你就给我一句牢靠话，这些孩子你到底要，还是不要？"

"当然要！怎么能说不要呢！孩子生下来，不光你那边能挣到钱，我也能从老板那里捞到一点回扣之类的好处呢！所以你一定要有信心。"

"他什么时候回来？"

"具体不好说，反正他一回来，我马上通知你。"

"你想饿死我们啊！"

"这不是情况特殊嘛。只要孩子身体健康，确定是我老板的种，你就是把他卖到国外去，老板也会花钱找回来。谁愿意自己的后代落在别人手里受苦？"

"你别啰嗦，直接告诉我你老板的电话！喂，喂……你什么意思？"阿松发现对方已经把电话挂了。

阿松茫然地站着。他很后悔，以前太相信阿强，现在又上了这个神秘的中间人的圈套。

"为什么电话突然挂掉了？难道这个口口声声挂在嘴上的所谓老板，是一个虚设的符号？"

阿松垂头丧气地回到家，感到背痛颈酸，浑身无力。

阿香见他一副半死不活的样子，问他怎么回事？是不是那个要生孩子的人又变卦了？

阿松说："这事你不要管。你把肚里的孩子养好，再把那三个看牢就行了。"

阿香一听这话，就火了。阿香说："她们又不是犯人，看什么！我早就说过，挣这样的钱，是作孽！"

阿松说："都是你！先说了什么怪胎！再给我找麻烦，把你送神经病院去！"

阿香说："你有本事，往你肚子里塞一个别人的孩子试试看？告诉你，我受够了！你别以为我们不知道，我们是给一个有钱的驼背怀孩子，是不是？你为什么要骗我们？你明明知道，驼背的孩子背拱起来，像座山，不比我们自己的孩子……怎么生得下来啊……"

阿松说："你胡说什么，你疯了！我哪里认识什么驼背？你这是听谁说的？"

"你不要管我听谁说的，我只想问你，我们是不是给驼背生孩子？"

阿松想把话题岔开，可是晚了。这时，铁珠她们也参与进来了。妇女们包围着他，情绪很激动。她们你一言我一语，说什么阿松出门这会儿，电视里播了一条早间新闻，内容是本市一个很有钱的驼背，发财以后到处找人怀孩子，怀上正常的孩子就生下来，给孕妇数万元奖励，怀上畸形的孩子就扔掉，连看都不看一眼……

事情突然发生这样大的变化，阿松简直有些难以招架，他咬牙切齿道："你们就联合起来装吧！一会儿说怀上怪胎，一会儿又演变成给驼背生孩子！我就是对你们太好了！我真想在你们每个人的肚子上端上一脚！把你们的肚子踹扁了，流出脓血来才解恨！"

孕妇们看到阿松一副要吃人的样子，吓得不敢吱声。阿松趁机把她们反锁在屋里，出了门。

他再次给那个人疯狂地打电话。电话再也打不通了。

那个人到底是谁？那个幕后的老板，真是一个有钱的驼背，一个畸形人吗？

事实上，一直有一个疑问在他心里，那就是：阿强之所以把这笔"生意"让给他，其中一定有问题。要是五十万这么容易得手，阿强为什么轻易放弃？

幸好，这是给一个驼背代孕。不管怎么说，给驼背代孕，比起科学家制造半人半猿的实验，比起怀上真正的怪胎，总要好得多。只是，可以料见的是，那个疯狂的驼背为了留下数量庞大的子女，很可能不像阿强说的，孕妇们只提供子宫，很可能还提供了卵子。这就等于说，包括阿香在内的妇女，虽然没有跟驼背睡过觉，却要给他生下有血缘关系的子女！这样可怕的事实，要是被孕妇或者她们的丈夫知道，不知又要惹出多少麻烦。

想到孕妇们的丈夫，不论是阿机，还是更夫、阿法，都不是省油的灯；想到一旦事情败露，又拿不出他回家"招聘"时信誓旦旦答应给他们的钱，他们什么事情都干得出来。除非手上有钱，用钱砸在他们脑袋上……

所以，阿松必须尽快找到那个中间人，搞清楚事情的来龙去脉，即便拿到一部分钱也好！可是很显然，那个人也像阿强一样神秘消失了。或者说，他根本就没有出现过，又该到哪里去找？

阿松茫然无措地坐在马路边上，不知该怎么办。

他简直不敢去想这事该如何收场。首先，阿香她们，真是给新闻里揭露的那个畸形而疯狂的驼背生孩子吗？如果不是，他的担心纯属多余。其次，他还能找到阿强或者那个中间人吗？如果找到了，能不能拿到五十万？如果现在就把孩子打掉，万一那个幕后的老板又找回来怎么办？

种种可能性，决定着他今后的人生。